AMBITION 1부

토룡영인

구선모 新무협 판타지 소설
FANTASTIC ORIENTAL HEROES

토룡영인 1

구선모 新무협 판타지 소설

초판 1쇄 찍은 날 § 2008년 9월 3일
초판 1쇄 펴낸 날 § 2008년 9월 10일

지은이 § 구선모
펴낸이 § 서경석

편집장 § 문혜영
편집책임 § 정서진
편집 § 유경화 · 최하나

펴낸곳 § 도서출판 청어람
등록번호 § 제1081-1-89호
등록일자 § 1999. 5. 31
어람번호 § 제2-1571호

주소 § 경기도 부천시 원미구 심곡1동 350-1 남성B/D 3F (우) 420-011
전화 § 032-656-4452 팩스 § 032-656-4453
http://www.chungeoram.com
E-mail § eoram99@chol.com

ISBN 978-89-251-1460-6 04810
ISBN 978-89-251-1459-0 (세트)

AMBITION 1부

토룡영인

구선모 新무협 판타지 소설

FANTASTIC ORIENTAL HEROES

1

[지렁이의 꿈]

도서출판 청어람

目次

두 번째 작품입니다.

AMBITION 1부 토룡영인.

한 인간이 품을 수 있는 꿈이 대망으로 변할지 아니면 야망으로 변할지 모르지만, 어떻게 변하는지에 대해서 그려보고 싶어 쓰게 된 글입니다. 시작은 무림에서 하지만 퓨전물입니다. 요즘 퓨전물이 들어가는 추세이긴 하지만, 처음 의도했던 것이 있기에 글을 쓰게 되었습니다.

첫 작품인 호열지도를 마무리하고 바로 집필을 시작했는데, 출판은 어느덧 이 년 반을 훌쩍 넘겨서 하게 되었습니다. 그동안 개인적인 사정으로 첫 단추만 끼우고 뒤로 미루기만 했는데, 막상 다시 시작하려고 하니까 '왜 시작했을까?' 라는 생각이 먼저 듭니다. 비록 책을 쓰는 것이 좋아서 하는 일이지만, 이런저런 생활에 치이며 살다 보니 저절로 이런 생각이 드는 것 같습니다.

그러나 책을 쓰면서 많이 느낀 것이 있는데, 그것은 지도교수님의 배려였습니다. 한곳에 집중해야 할 시기에 그렇게 하지 못하는 저를 꾸짖지 않으시고 '오히려 인생에 도움이 될 수도 있으니 하고 싶은 만큼 해봐라' 는 말씀이 마음에 와 닿습니다.

그리고 3월에 고인이 되신 김남웅 교수님.

항상 절 보실 때면 환한 미소로 '구 작가, 요즘도 책을 쓰나? 재미있더라' 라고 농담 한마디라도 던져 주시고, 제 보잘것없는 자질을 높게 평가해 주셨던 고마운 분이십니다.

다시 한 번 글로나마 고마운 마음을 전하며, 부족한 자질이지만 재미있는 글이라는 말을 듣도록 최선을 다하겠습니다. 삼가 고인의 명복을 빕니다.

나름 재미있게 쓰려고 노력했는데, 막상 다시 읽으면 뭔가 빠진 듯한 느낌을 지울 수가 없습니다. 하지만 그것을 채우기엔 제 자질과 내공이 부족하기에 제 글을 읽을 독자들께 죄송하단 말씀을 먼저 드립니다. 다만 할 수 있는 데까지 최선을 다할 뿐이며, 최선을 다한 만큼 만족스러운 글이 나오길 기대할 뿐입니다.

부족한 글이지만 제 글을 읽어주실 독자 분께 감사를 드리며, 중도에 책을 집어 던지는 일이 없는 글이 되도록 노력하겠습니다.

2008. 08. 23.
구 선 모

난 오늘과 같은 순간이 오지 않기를 바랐다.

그러기 위해 구 년.

혼탁하고 무서운 세상에 혼자 남겨진 후 구 년을 악착같이 버티고 또 버텼다. 하루에 한 끼, 아니, 삼 일에 한 끼라도 먹을 수 있던 순간이 천국처럼 느껴지는 시간이었다. 하지만 내게 천국은 그리 길지 않았다. 대부분의 세월을 오로지 살아남기 위해 본능처럼 나무줄기와 풀뿌리로 연명하면서 버텨냈다.

정말 그 구 년은 피눈물 나는 세월이었다. 그렇게 악착같이 버티었건만 세상은 시간이 지날수록 자꾸만 내 등을 끝조차 보이지 않는 낭떠러지로 조금씩 떠밀고 있었다.

지금은 너무도 오랜 세월이 흘러 기억이 흐릿하지만, 나의 유년 시절은 그럭저럭 먹고살 정도는 되었던 것 같다. 매일 상다리가 부러질 정도의 진수성찬을 먹을 수 있을 정도로 부유하지는 않았지만, 하루에 두 번은 배부르게 먹을 수 있었기 때문이다. 그런 덕에 힘들지만 글공부도 했고, 다행히 천자문은 익힐 수 있었다. 비록 사서삼경과 같은 어려운 것을 배우진 못했지만, 세상을 살아가면서 일자무식이란 말은 듣지 않았다. 뭐, 정확하지는 않지만 동네 어른들에게 꽤 총명하다는 소리를 들었던 기억도 이따금씩 떠오른다. 이런 생각이 떠오를 때면 나도 모르게 입가에 흐뭇한 미소가 자리를 잡지만, 배에서 들리는 천둥소리에 금방 현실로 돌아온다.

지금 생각해 보면 정말 꿈같은 시간이 아닐 수 없었다. 갑자기 찾아온 기근과 역병으로 부모님이 돌아가신 후, 비록 힘들게 살았다고 해도 이따금씩 옛날 생각을 떠올릴 때면 부모님의 얼굴이 정확히 기억났다. 그러나 지금은 그것도 아련하다 느껴질 정도로 흐릿하다.

하지만 그것이 다 무슨 소용이란 말인가! 지금의 현실은 대도시에서 거지가 하루 종일 구걸해도 냉대 섞인 눈빛만 받다가 굶어 죽는 것이 비일비재했다. 오죽하면 자기 구역에서 구걸한다고 매일 때리기만 하는 녀석들조차 말리는 최후의 선택을 하게 되었겠는가…….

하늘이 원망스럽다.

왜 내가 이렇게 살아야만 하는가?

걱정없이 잘살던 내가 왜 하루아침에 부모님을 잃고 홀홀

단신 거지가 되어야 했는가?

세상엔 신이란 존재가 있기나 한 것인가?

만약 신이 있다면 지금 내가 처한 현실은 꿈이어야 한다. 만약 꿈이라면 재수없는 악몽을 꾼 것뿐이라고 생각하며 지금이라도 당장 부모님께 달려가고 싶다. 그러나 꿈이 아닌 이상 신은 세상에 존재하지 않는다.

그래서 난 지금 살아남기 위해서 어쩔 수 없이 걷고 있다. 비록 내가 가고자 하는 곳이 최악의 선택이지만, 난 후회하지 않을 것이다. 지금으로서는 최선의 선택이고, 내 선택으로 인해 최악의 상황에 직면한다고 해도 웃으며 받아들일 것이다.

배고픔에 견디다 못해 죽고 싶다는 생각이 하루에도 몇 번씩 들었지만, 죽는다는 것이 생각보다 쉬운 것이 아니었다. 어쩔 수 없이 죽는다면 모르겠지만, 스스로 죽음을 택한다는 것은 지금까지 버틴 세월이 억울해서 도저히 할 수가 없었던 것이다. 그래서 내 목숨을 걸고 마지막 도박을 하고자 한다. 최소한 그곳에만 들어가면 하루에 한 끼는 배를 채울 수 있는 식량을 배급받을 수 있음으로…….

第一章
사람 구실을 한 번쯤은 하고 죽어야 하는 거 아닌가요?

섬서성의 한 마을.

새벽에 내린 눈으로 인해 온 세상이 하얀 겉옷을 입고 있는 것처럼 마을의 겉모습은 꽤 평안해 보였다. 하지만 태양이 중천에 떠오른 이후에도 거리를 오고 가는 사람들의 모습은 좀처럼 찾아볼 수 없을 정도로 한가했다.

마을의 규모도 주변 마을에 비해 그리 작은 편은 아니었다. 그러나 매섭게 불어오는 겨울바람과 이따금씩 거리를 오고 가는 사람들의 해어진 옷깃조차 움켜잡는 안타까운 모습에서 한산한 가운데 썰렁한 분위기마저 느껴졌다.

아무리 차가운 바람이 불고 거리를 쉽게 다닐 수 없을 정도로 눈이 내렸다지만, 단 한 명의 아이조차 눈으로 뒤덮인 거리에서 뛰어노는 모습을 볼 수 없다는 것은 마을의 분위기가 썰렁함을 넘어 삭막해 보이기까지 했다.

그러나 거리의 사람들은 이미 이러한 분위기에 많이 익숙한 듯 그 누구도 신경 쓰는 사람이 없었다. 그도 그러한 것이, 거리를 오고 가는 사람들 중 단 한 사람도 쌓인 눈을 반기는 듯한 유쾌한 표정을 보이지 않고 있었던 것이다.

하지만 유독 이 마을이 다른 마을에 비해 특별하거나 특이해서 이러한 모습을 보이는 것은 아니었다. 마을이 위치한 섬서성뿐만 아니라 중원 곳곳이 어수선한 가운데 하루하루 버티는 것조차 힘겨울 정도로 피폐해져 있었다. 상황이 오죽했으면 거리 곳곳에 기생하는 거지들조차 죽을 날만을 기다리는 암울한 표정을 짓고 있을까.

황군과 농민봉기군의 접전.

이 모든 것은 바로 황군과 농민봉기군의 접전이 시작된 후부터 나타난 현상이었다.

명나라를 일으켰던 홍무제 주원장.

안휘성(安徽省) 봉양현(鳳陽縣)의 가난한 농부의 아들로 태어나 십육 세에 고아가 된 후, 한때 황각사(皇覺寺)의 승려로 출가를 하였다가 곽자흥(郭子興)이 이끄는 비적의 일개 병사로 시작해서 한 나라의 황제가 된 주원장이다. 그 후로 무려 이백칠십이 년이 지났으며, 세월이 흐르는 동안 나라를 다스렸던 황제도 열여섯 번이 바뀌고도 십삼 년이 흘렀다.

숭정(崇禎) 13년.

칠 년간 황제의 제위에 있었던 희종(熹宗) 주유교(朱由校)의 뒤를 이은 숭정제(崇禎帝) 주유검(朱由檢)이 당금의 황제였다.

그동안 명나라의 황조가 보낸 세월은 한 황조의 흥망성세로 본다면 짧다면 짧을 수도, 길다면 길 수도 있는 세월이다. 그러나 인간의 생명이 유한하지 않듯이, 명 황조가 보낸 세월 역시 적지 않았다. 황조가 융성한 때도 있었고 내풍과 외풍에 시달렸던 적도 있음은 딱히 과거를 준비하는 박식한 유생들뿐만 아니라 무식한 일반 백성들도 익히 알고 있는 사실이었다. 그만큼 거친 풍파에 이리저리 흔들렸던 것이 한두 번이 아니었기 때문이다.

그러나 주지육림에 빠져 있는 황제와 환관들, 그리고 대신들은 황조가 어려웠던 세월을 굳이 기억하려고 하지 않았다. 특히 황제의 곁에 딱 붙어서 권력이라는 무기를 마음껏 휘두르는 환관들과 살아남기 위해 환관들의 눈치를 보아야 하는 대신들은 마땅히 백성들의 어려움을 황제에게 고하고 살펴야 함에도 불구하고 자신들끼리 파벌을 만들어 세를 확장하는 데 여념이 없었다.

명 황실은 세 번째 황제였던 성조(成祖) 주체(朱棣) 이후 환관들이 황제의 신임과 동창의 무력을 손에 쥐면서 대신들과 수많은 정쟁을 벌였다. 특히 영종(英宗) 주기진(朱祈鎭) 때의 왕진(王振)과 헌종(憲宗) 주견심(朱見深) 때의 왕직(汪直), 그리고 무종(武宗) 주후조(朱厚照) 때 팔호(八狐)라 불렸던 여덟 명의 환관이 있었다. 또한 가장 최근인 희종 때 위충현(魏忠賢)이란 환관은 황제의 전폭적인 신임을 받으면서 황실 내에서 그 세력을 넓혔고, 비동림당과 연계를 함과 동시에 눈엣가시였던 동림당(東林黨)과 당쟁을 유도시켰다. 그로 인하여 동림당은 탄압을 받기 시작했고, 마지막 보루였던 동림서원(東林書院)마저 문을 닫는 지경에 이르렀다. 이에 위충현은 황궁 내에서 자신을 견제할 세력이 없어지자 군정까지 자신의 마음대로 좌지우지할 수 있었다.

상황이 이렇다 보니 백성들은 시간이 흐르면서 좋았던 기억은 점점 희박해져 가고 있었으며, 자신들이 살아가고 있는 현재가 가장 어렵다고 서슴없이 말을 할 정도로 중원은 어수선한 분위기일 수밖에 없었다. 더불어 늘어만 가는 것은 백성들의 한숨뿐이었고, 흘리는 것은 백성들의 피와 땀이 섞인 눈물이었다. 그러나 백성들은 아무리 어렵다고 해도 이러한 상황을 묵묵히 견디어내며 하루하루를 살았다. 비록 몇 번의 농민 봉기가 있기는 했지만 황실에 위협을 줄 정도로 그리 큰 영향은 없었던 것이다.

하지만 희종 말년과 현 황제인 숭정제가 즉위하던 해엔 섬서성 지역에 극심한 흉년이 들어 황실에선 곡식을 거두어들이지 못할 상황이었다. 그러나 섬서성을 관할하던 관청에서는 이러한 상황을 고려하지 않고 백성들에게 막대한 조세를 독촉함으로써 최악의 극한 상황까지 몰고 가기에 이르렀고, 이 일로 인해 처음으로 농민 출신 왕이(王二)가 굶주린 백성 수백 명을 규합하여 징성(澄城)으로 쳐들어가 그곳의 지현(知縣) 장두요(張斗耀)를 죽이면서 농민 봉기가 일어났다.

당연히 백성들은 왕이의 행동에 환호를 하며 그동안 참고 있던 백성들의 민심이 움직이기 시작했고, 이 일로 인해 섬서성 전역에서 크고 작은 봉기가 계속해서 발생하게 되었다. 이때 나타난 인물이 부곡현(府谷縣)의 왕가윤(王嘉胤) 및 안새현(安塞縣)의 고영상(高迎祥)과 의천현(宜川縣)의 왕좌괘(王左掛), 연안부(延安府)의 장헌충(張獻忠) 등이었으며, 이들은 굶주린 농민뿐 아니라 제때 배급을 받지 못한 병사들과 마적 집단까지 끌어들이며 세력을 확장시켜 나갔다. 이에 다급해진 명 황실에서는 초무책(招撫策)을 쓰며 민심을 수습하는 데 주력하였지만, 시간이 흐르면서 명 황실의 의도와는 반대로 자꾸만 불어나는 봉기군의 세력에 대해 강경책을 쓰기 시작했다.

하지만 황실의 노력에도 불구하고 봉기군의 위세가 점점 확대되자 숭정 4년에 이르러 황제는 섬서성 지역에 군대를 파견할 것을 명했고, 오군도독부를 비롯한 지방의 군대가 봉기군을 진압하기 위한 작전을 폈다. 이에 봉기군은 관군에 밀려 섬서성을 떠나 산서성으로 들어가게 되었으며, 황하 유역을 떠돌아다니며 관군과 수많은 전투를 벌여야 했다. 하지만 봉기군은 대부분 단독으로 작전을 벌였기 때문에 제대로 훈련을 받은 관군들과 격전을 벌일 경우 쉽게 격파당했다.

따라서 봉기군 중 가장 큰 세력을 형성했던 안새현의 고영상은 장헌충과 마수응(馬守應) 및 라여재(羅汝才) 등의 봉기군과 연합을 하였으며, 관군의 포위망을 뚫고 황하를 건넌 후 하남성의 서부와 호남성 북부를 거쳐 섬서성 남부로 진출하였다. 그러나 고영상의 잘못된 판단으로 관군에 포위가 되는 최악의 상황에 직면하게 되었는데, 이때 일반 병사로 있다가 봉기군에 합류한 이자성(李自成)의 기지로 간신히 관군의 포위 공격으로부터 빠져나오게 되었다. 그 후 고영상이 이끄는 봉기군은 종남산으로 들어갔다가 호남성 남부 진주(陣州)와 하남성 형양(滎陽)을 공격하여 수십만의 부대로 성장하였다.

자신의 휘하에 수하들이 늘어가자 자신감을 회복한 고영상은 숭정 8년에 장충헌과 이자성 등의 봉기군을 이끌고 안휘성에 돌입하여 명 황실의 본향인 봉양(鳳陽)으로 맹진하였다. 이때 황가의 선산을 불태운 고영상은 스스로 틈왕(闖王)이라 칭하며 성세를 과시하였다.

그러나 고영상의 위세는 그리 오래가지 못했다. 그 다음해인 숭정 9년 무더위가 기승을 부리던 칠월에 고영상이 부대를 거느리고 서안(西安)으로 진군하는 도중 섬서주지(陝西周至)에서 손전정(孫傳庭) 부대에게 포위당하여 사 일간 혈전을 벌린 끝에 패전하였다. 그렇지만 고영상은 구사일생으로 포위망을 벗어나 도망을 칠 수 있었다. 하지만 불행하게도 고영상의 운이 없었는지 매복하고 있던 관군들에게 기습을 당하여 사로잡히게 되었으며, 북경으로 압송당한 후 진노한 숭정제의 앞에서 능지처참의 죽음을 당하였다. 이에 지도자를 잃은 봉기군은 이자성을 주축으로 하여 관군들과 전투를 벌이게 되었다.

관군의 기습으로 인해 큰 피해를 입은 봉기군의 사기를 끌어올릴 필요성을 느낀 이자성은 스스로 고영상의 뒤를 이었다는 것을 내세우기 위해 틈왕이란 칭호를 사용하여 봉기군을 규합하는 데 성공하였다. 그 후 부대를 인솔하며 섬서성에서 사천성으로 진군하여 십여 개의 현성(縣城)을 함락했다. 하지만 숭정 11년 봄에 사천성에서 섬서성으로 돌아오는 도중 사천성 북부 조하(洮河) 일대의 재동(梓潼)에서 홍승주(洪承疇)와 손전정 부대의 습격을 받아 패하고, 봉기군은 민주(岷州)와 예현(禮縣)으로 뿔뿔이 흩어졌다.

봉기군에게도 그렇지만 재동 전투는 이자성 개인으로 보더라도 최악의 대패였다. 이 전투로 이자성은 단 열여덟 명의 기병만을 거느리고 살아남았는데, 천섬(川陜)의 변경 산간지대에서 활동하다 관군들의 추격으로 인해 섬서성 상낙산(商洛山)으로 피해야만 했다.

하지만 봉기군이 모두 패퇴한 것은 아니었다.

숭정 12년 여름.

이자성이 사라진 중원에 호북성 곡성(谷城)에서 장헌충이 봉기하여 사천성과 섬서성을 오가며 관군과 치열한 전투를 벌였고, 지금까지 중원은 물론 주지육림에 빠져 있는 황성을 시끄럽게 만들고 있었다.

터벅터벅.

"응?"

"……."

"흐으음……."

열심히 주위를 살피던 사내는 자신의 앞에 처음 보는 거지가 멈추어 서자 잔뜩 찡그린 자세로 쳐다보았다. 사내가 보기에 자신의 앞에 서 있는 거지는 위협의 대상이 되지 못했다. 그저 자신이 하는 일에 방해가 될 뿐이었다.

하지만 지금은 무엇 하나라도 그냥 넘길 수가 없는 상황이기에 사내는 눈앞의 거지를 면밀히 살펴보았다.

'개방인가?'

많아야 열세 살 정도로 보이는 소년.

하지만 개방에서조차 받아주지 않았는지 허리춤을 살펴보아도 개방의 방도임을 나타내는 매듭이 없었다. 사실 모든 거지가 개방에 속한다고 말할 수는 없지만 웬만한 사람의 의식 속에 '거지는 개방이다'란 말이 각인되어 있었다. 그만큼 거지란 우스운 존재이면서도 쉽게 건드릴 수 없는 존재인 것이다. 물론 이런 생각은 무림인이거나 무림과 약간이라도 관련이 있는 부류의 생각일 뿐, 일반 사람들은 개방의 거지인지 그냥 거지인지 구별을 하지 못했다. 그냥 거지는 주변에 흔해빠진 비루먹는 놈들일 뿐이었다.

"흠……!"

사내는 소년을 향해 인상을 썼다. 더불어 눈짓으로 소년을 압박했는데, 당연히 거치적거리지 말고 다른 곳으로 가라는 뜻이 표정에 가득했다.

소년은 건장한 사내가 부리부리한 눈으로 자신의 전신을 훑어보자 처음보다 더욱 위축된 자세가 되었다. 처음엔 당당히 앞에 가서 할 말이 있었는데, 막상 다가가서는 입이 떨어지지 않아 어정쩡한 자세가 된 것이다.

"제길! 뭐냐? 내게 할 말이라도 있냐?"

"저……."

"뭐냐니까! 흠, 빨리 말하고 가거라. 이 아저씨는 너하고 노닥거릴 만큼 한가하지 않다."

사내는 거지소년이 우물쭈물하며 말문을 열지 않자 답답한 마음에 더욱더 눈에 힘이 들어갔다.

하지만 사내가 목청을 높일수록 거지소년은 더욱더 움츠러들며 말문을 열 수가 없었다. 가뜩이나 처음부터 사내의 건장한 체격에 주눅이 들어 있었는데, 거기다 자신을 대하는 태도가 마치 호랑이의 기세와 같아 침조차 목구멍으로 넘길 수 없을 정도였다.

"이거 참, 정말 답답하네. 야! 할 말이 없으면 저리 가든가, 아니면 빨리 하고 가라. 더 이상 너를 상대할 시간 없다. 알겠냐?"

'해야 해. 지금 말하지 않으면 안 돼. 말하자. 그 길만이 내가 살 수 있는 길이다.'

거지소년은 사내의 나지막한 호통에 어떤 결심을 했는지 자라처럼 목을 움츠리고 있던 자세를 풀고 용기를 내서 사내의 눈을 똑바로 쳐다보았다.

"하, 할 말이 있습니다."

'호~ 내 눈을 똑바로 봐? 머리에 피도 안 마른 녀석이 그래도 사내라고 담력은 있네.'

"흠! 그래, 내게 할 말이 뭐냐? 빨리 말해라."

"저도… 저도 데리고 가주세요."

"응?"

"저도 잘할 수 있습니다. 그러니 꼭 데리고 가주세요. 아저씨, 부탁드릴게요. 제발……."

"지금 무슨……? 뭐, 뭐라고?"

사내는 거지소년의 말을 이해할 수가 없었다. 갑자기 찾아와서 자신을 데리고 가달라는 말이 어떤 뜻인지 쉽게 판단을 내릴 수 없었던 것이다. 그러나 거지소년이 자신을 바라보는 눈빛과 태도를 본 후 사내는 거지소년이 무엇을 생각하고 있는지 금방 알 수 있었다.

"저도 다 알고 왔어요. 지금 병사를 모집하고 있는 거잖아요. 저도 병사로 데리고 가주세요. 몸은 이렇게 허약해 보이지만 저도 창을 들 수 있어요. 보세요. 제발… 부탁드릴게요."

'이거 참…….'

사내는 자신을 향해 두 주먹을 불끈 쥐며 흔들어 보이는 소년의 행동을 보면서 어이없다는 표정을 지을 수밖에 없었다. 얼마나 먹지 못했는지 소년이 흔들어 보이는 손은 마치 여자아이의 손처럼 앙증맞아 보일 정도였고, 팔뚝은 마른 장작처럼 야위어 있었다.

하지만 소년의 행동을 보면서 마냥 있을 수는 없었다. 아무
리 사정이 어렵다고 해도 창조차 들 수 없는 소년을 병사로 받
을 정도는 아니었던 것이다. 아니, 어렵다고 해도 받을 수 없었
다. 자신이 허락하는 그 순간 소년의 생명은 첫 전투에서 사라
질 것이 뻔했기 때문이다. 그렇기에 자신의 결정이 바로 소년
의 죽음을 결정하는 것이라 해도 과언이 아니었다.

"이 녀석, 지금 네가 무슨 말을 하고 있는지 알고 있느냐? 그
렇게 죽고 싶으면 다른 일을 찾아라."

"아저씨, 제발 부탁드릴게요."

"이 새끼가? 어서 썩 꺼지지 못해!"

"못해요! 아저씨가 무엇 때문에 저를 받아주시지 않는지 알
지만 지금 받아주지 않는 것도 제게는 똑같아요. 지금 굶어 죽
으나, 아니면 나중에 칼 맞아 죽으나 같다고요."

"이……!"

"제발, 아저씨……."

"…흐으음."

소년의 나지막한 대답은 사내에게 울부짖음으로 들렸다. 아
니, 죽지 못해 살고 있는 소년의 처절한 몸부림으로 느껴졌다.
소년의 처지가 안타깝고 불쌍하여 절로 숙연한 마음이 들 정
도였다.

"아저씨, 부탁드릴게요. 아니, 형님! 제발 저 좀 살려주세요.
전 살고 싶어요. 허어엉~ 님."

'허, 혀엉~ 님? 이거 참, 대책없는 녀석일세.'

"휴~ 어찌 네 사정을 모르겠느냐. 하지만 너도 생각해 봐라. 지금 네 몸으로 창이나 들 수 있겠느냐? 설사 창을 들 수 있다고 해도 네가 창을 들고 하루에 오십 리 이상을 걸을 수 있겠느냐? 아무리 생각해도 네겐 무리인 것 같구나."

"아닙니다. 할 수 있습니다. 아저씨 말대로 지금은 이렇게 허약하지만 며칠 배불리 먹을 수만 있다면 금방 회복할 수 있을 것입니다. 그렇게 되면 창을 들고 오십 리를 못 걷겠습니까?"

"며칠 배불리 먹으면……? 허! 차라리 다른… 흐음……."

사내는 소년의 말을 듣고 있자니 헛웃음만 나왔다. 더욱이 지금과 같은 당찬 모습이라면 점소이나 다른 거지들과 함께 구걸을 하는 것이 좋겠다는 생각이 들었다. 하지만 소년의 몸 군데군데 시퍼렇게 드러난 멍 자국과 상처들을 본 후엔 차마 입 밖으로 자신의 생각을 내뱉을 수 없었다. 어떻게 살아왔는지 능히 짐작할 수 있었기 때문이다.

"정말이에요. 그리고 지금은 이렇게 삐쩍 말라 비실비실하고 허약해 보이지만, 약간의 허기만 면하면 금방 건강해질 수 있어요. 그리고 저 열아홉 살이에요. 아저씨가 보는 것보다 어려 보이지만 저도 웬만큼 나이를 먹었다고요. 거짓말 아니에요. 한번 믿어주세요."

"열아홉 살? 네가? 허……."

"정말이에요. 그리고 뒷골목을 전전하며 무의미하게 사느니 차라리 무언가 사람 구실을 하고 죽도록 해주세요. 사람이 사람 구실을 한 번쯤은 하고 죽어야 하는 거 아닌가요? 그리고 이런 몰골로 살아 있다면 제가 나름대로 오기가 있다는 걸 아실 거잖아요. 형님…….”

“흐흠… 그렇기는 하지만 오기는 좀…….”

사내는 소년의 대답을 들으면서 약간이긴 하지만 절로 고개가 끄덕여졌다. 자신이 생각하기에도 사람의 도리를 지키며 죽는 것이 더욱더 가치가 있는 삶이었던 것이다.

“부탁드립니다, 형님. 다른 사람들에게 부담을 주지 않도록 열심히 하겠으니 제발 받아만 주세요.”

“휴~ 정히 네가 원한다면 받아주겠다. 하지만 지금 네가 다짐한 것은 꼭 지키길 바란다. 무슨 말인지 알겠느냐? 다른 사람들에게 짐이 된다면, 아니, 우리가 행하는 일에 짐이 될 경우 내 손으로 가차없이 네 목을 칠 것이다. 알겠느냐?”

“저, 정말 받아주시는 건가요? 예? 정말이지요?”

소년은 사내의 험악한 말에도 아랑곳없이 자신을 받아주겠다는 말밖에 귀에 들어오지 않았다. 그저 사내의 말이 진담인지가 우선이었다.

“휴~ 그렇다. 그러니 더 이상 이곳에 있지 말고 어서 다른 사람들과 같이 안으로 들어가거라. 그리고 내 말, 명심하거라.”

“예! 가, 감사합니다, 형님. 정말 감사합니다. 열심히 할게요. 감사합니다~!”

소년은 사내의 허락이 떨어짐과 동시에 사내를 향해 몇 번이나 허리를 숙여 인사했다. 그리고 허약한 몸 어디에서 힘이 나온 것인지 순식간에 사내를 지나쳐 건물 안으로 뛰어갔다.

"내가 잘한 일인지 모르겠구나. 휴~ 괜히 한 생명을 죽음으로 모는 것은 아닐는지……. 그나저나 형님? 이 녀석, 정말 개념없는 녀석일세. 내가 동네 건달로 보였나? 이거 참……."

사내는 건물 안으로 사라지는 소년의 뒷모습을 보면서 괜히 찜찜한 기분이 들었다. 그러나 이미 자신의 입으로 허락을 한 상황이라 번복하기도 뭐했기에 애써 자신의 기분을 달랬다. 어차피 지금부터는 자신과 상관없는 일이었기 때문이다.

소년은 어렵게라도 허락을 받아내기는 했지만, 혹시라도 사내가 번복할 수도 있다는 생각에 죽을힘을 다해 건물 안으로 뛰어갔다.

'이제 됐어! 어차피 이렇게 죽으나 저렇게 죽으나 매한가지. 차라리 배부르게 먹고 죽을 수 있다면 지금 내 상황에선 최선의 선택이지. 암! 배부르게 먹고 죽은 귀신, 때깔도 좋다고 하잖아?'

소년은 숨이 턱밑까지 찰 정도로 뛰면서도 자신의 선택에 대해 스스로 옳은 결정이라 되새겼다. 자신의 결정으로 인해 앞으로 어떤 상황에 직면하게 될지 알고 있었지만, 소년은 미래에 대해 생각하지 않기로 했다. 당장 급한 것은 눈앞의 굶주림이었기 때문이다.

그리고,

앞으로도 역시 미래에 대해선 생각하지 않을 것임을 스스로 다짐했다. 매일매일 하루를 어떻게 견딜까 하면서 보내는 것은 마찬가지였지만, 그래도 지금부터는 예전과 상황이 달랐다. 굶주림을 벗어나긴 했지만 죽음과 직면하게 되었기 때문이다.

전쟁터.

삶과 죽음.

자신이 원해서 전쟁터에 나가게 되었지만, 소년은 죽기 위해 사내의 허락을 받고자 한 것은 아니었다. 굶주림에서 벗어나고 싶다는 소원을 풀었으니 이제는 전쟁터에서 재수없게 창에 찔려 죽지 않았으면 하는 소원이 생긴 것이다. 그렇기에 소년에겐 '전쟁터에서 어떻게 살아남느냐'가 인생의 목표로 자리를 잡게 되었다.

*　　　*　　　*

섬서성 상낙산.

섬서성 동쪽 남상현(南商縣) 낙남(洛南) 일대에 위치한 산으로, 그리 높지 않은 산세지만 안으로 들어가면 갈수록 험준함을 온몸으로 느낄 수 있을 정도로 나무들이 빽빽하게 자리를 잡고 있는 산이다. 흔히 절경이라고 불리는 정도의 운치는 찾아볼 수 없다고 해도 누군가 숨어들고자 마음먹으면 쉽게 찾을 수 없을 정도로 험한 산이다.

사방이 탁 트인 언덕.

어느덧 가을이 다 지나가고 겨울이 조금씩 다가오는 것이 느껴질 정도로 나무들 사이로 지나가는 바람에 냉기가 배어 있었다. 그러나 아직 나뭇가지에 걸려 있는 단풍이 아름다움을 잃지 않고 있어 보는 이로 하여금 발걸음을 잠시 멈추게 했다.

하지만 지나가는 행인들과는 달리 산 중턱 구릉지대에 자리 잡고 있는 산채의 사람들은 아무리 살펴보아도 단풍을 구경하기 위해 온 이들처럼 보이지 않았다. 비록 그들 중 몇몇이 주변을 둘러보기는 했지만, 그것은 저마다 어색함을 달래기 위해 두리번거리는 것뿐이었다.

상낙산이 비록 큰 산은 아니지만 한눈에 보기에도 이천 명 정도는 충분히 되어 보이는 인원이 모여 있는 산채는 흔하지 않았다. 아니, 이처럼 많은 인원이 모여 있는 곳은 이 산채가 유일했다. 아무리 무림에서 악명을 떨치고 있는 녹림이라고 해도 이 정도로 많은 사람이 모여 있지는 않았다.

사람들은 서로 친한 동료들끼리 무리를 이루며 대화를 나누고 있었으며, 또 어떤 사람들은 몇 명이 모여 조용히 자신의 자리에 앉아 있었다. 언뜻 보면 무질서하게 보였지만, 그들도 나름대로 위계질서가 있는지 몇 명의 사람들이 통솔하는 모습이 보였다.

그렇게 사람들은 저마다 자신들의 일에 집중하면서도 모두의 시선이 집중되는 곳이 있었다. 바로 산채 중앙에 자리 잡고 있는 작은 오두막이었다.

쿵쿵.

삐이이익~

"하하, 먼저 와 계셨군요."

"흠! 어서 오게, 이 부장. 그렇지 않아도 기다리고 있었네."

"늦어서 죄송합니다, 왕야."

사내는 자신을 반기는 중년인을 향해 고개를 숙여 예를 표했다.

"흐음……."

틈왕 이자성.

빈농의 아들로 태어났으나 가세가 급격히 기울어 목동과 역졸 및 하급 군관을 거치며 전전하다 굶주린 농민들을 대동하고 고영상이 이끄는 봉기군에 가담하면서 두각을 나타냈다. 고영상이 죽기 오 년 전 대장(隊長)이 되어 같은 봉기군으로부터 두터운 신망을 얻었으며, 사 년 전 고영상이 죽은 후 스스로 틈왕이라 칭하며 봉기군의 지도자로 성장할 정도로 뛰어난 지도력과 후덕한 성품 및 인자한 인상을 풍기는 인물이었다.

한눈에 보아도 단단해 보이는 풍채와 단아하게 정리된 머리, 그리고 목에는 어린아이 주먹만큼 큰 염주를 둘러 속세의 사람과는 무언가 다른 잔잔한 위엄이 흘렀다.

이자성은 자신을 향해 왕야라 부른 사내를 향해 멋쩍은 표정을 지어 보였으나, 이내 자신의 위치를 자각하고는 환한 미소로 반겼다.

"하하, 그나저나 고생했네. 자네가 고생한 만큼 이렇게 함께 싸울 백성들을 모을 수 있었지 않은가. 어서 앉도록 하게."

"예, 알겠습니다."

사내는 이미 상황이 이렇게 될 줄 알고 있었다는 듯 이자성의 말이 떨어지자마자 자신의 자리로 생각되는 곳에 털썩 앉았다. 그러면서 주변을 둘러보았는데, 다른 사람들 역시 사내를 보면서 입가에 흐뭇한 미소를 지으며 반겨주었다.

"하하, 오랜만에 보는군, 이 부장. 그래, 이번엔 얼마나 모아왔는가?"

"아이고, 형님께서도 잘 아시면서 매번 그런 말씀입니까?"

이래형은 자신을 향해 웃어주는 최추산(催秋山)을 보면서 과장되게 어깨를 잔뜩 움츠리는 행동을 보였다.

"이 사람, 엄살은 여전하구면."

"호호, 이래형(李來亨) 부장의 엄살이 한두 해인가요. 그러니 소녀나 최 대협께서 그냥 그러려니 생각해야 편하죠."

"아이구, 형수님. 그렇게 말씀하시면 저 섭섭합니다."

"하하, 이 사람 엄살은! 홍 부인 말이 맞는데 무슨."

"형님! 휴~ 정말 엄살이 아닙니다. 관원들 눈을 피해 병사들을 모은다는 것이 어디 쉬운 일입니까? 누누이 말했지만 정말 힘들었다고요. 오죽 사람이 없었으면 이번엔 어린애까지 데리고 왔겠습니까."

이래형은 마치 자신의 처지를 하소연하듯 인상을 쓰며 주변을 둘러보았다.

이에 그동안 농담을 하던 최추산과 홍 부인 등은 이래형의 말에 고개를 끄덕였으며, 홍 부인의 부군이자 이자성의 참모인 이암(李岩)의 얼굴은 심각하게 굳어졌다.

자신의 한마디에 상황이 묘하게 변하자 이래형은 멋쩍은 표정을 지으며 주변을 둘러보았다.

"흠흠! 괜히 제가 쓸데없는 소리를 한 것 같습니다."

"아니네. 아우의 말이 사실이라면 이곳에 머물면서 병사들을 충원한다는 계획은 변경되어야 할 것이네."

"뭐, 그렇게까지는……."

"맞아요. 아무리 어렵다고 해도 당장 이곳을 벗어날 순 없잖아요. 무슨 방법이 있겠어요?"

"아니오, 부인. 지금 우리가 지리적으로 이득을 보고 있지만, 그렇다고 해서 이곳에 계속 머물 경우 위험부담이 전혀 없는 것은 아니라오."

"하지만 당장 이곳을 나간다고 해도 미땅히 갈 곳이……."

"부인, 잠시만."

"예? 예."

"미안하오, 부인. 흠! 왕야, 이왕 말이 나왔으니 한 말씀 드리겠습니다."

이암은 홍 부인의 말이 모두 끝나기도 전에 자리에서 일어나 이자성을 향해 신형을 돌렸다. 이 부장의 말을 들어보니 상황이 자신이 생각했던 것보다 심각하다는 것을 알게 되었기 때문이기도 하지만, 더 이상 이곳에 웅크리고 때가 오기만을 기다리고 있어서는 안 되겠다는 판단이 들었던 것이다.

사실 이암은 며칠 전부터 서서히 움직일 때가 되었다는 생각을 하고 있었다. 그렇기에 말이 나온 김에 속으로 어느 정도 결론을 냈고, 논의에 붙여 행동으로 옮기는 것이 좋겠다는 생각을 하고 있었던 것이다.

"말해보십시오, 이 군사."

"예. 그렇지 않아도 이 문제에 대하여 나름대로 생각을 하고 있었습니다. 아무리 상낙산이 험준하여 관군의 눈을 피하는 데 좋은 곳이기는 하지만, 그리 큰 산은 아니기에 계속해서 세력을 확충하기에는 부적당한 곳입니다. 그렇기에… 흐흠, 처음 이곳에 들어올 때 계획했던 것을 수정해야 할 것 같습니다."

"계획을 수정한다? 이거 참, 꼭 그렇게 해야 할 필요성이 있겠습니까? 이 군사의 말대로 이곳에서 세력을 넓힌다는 것이 어렵다는 것은 본인도 잘 알고 있습니다. 그러나 지금 당장 이곳을 떠난다는 것도 어려운 일이기는 마찬가지가 아닙니까? 아무래도 이 군사께서 이 부장의 말을 너무 심각하게 받아들인 것 같습니다."

이자성의 말에 이 군사를 제외한 사람들의 고개가 저절로 끄덕여졌다.

처음 상낙산에 자리를 잡을 때만 해도 정신이 없고 몸을 숨기는 데 급급했었지만, 시간이 흐르고 정신을 추스르면서 오래 있을 곳이 못 된다는 것이 논의되기도 했다. 하지만 결론은 최대한 몸을 낮추면서 세력을 불리자는 방향으로 결정되었다. 사실 떠나고 싶어도 그럴 수 있는 형편이 못 되기도 했지만.

"아닙니다. 꼭 이 부장의 일 때문이 아닙니다. 모두들 이미 잘 알고 있지 않습니까? 당시의 결론은 합당했습니다. 그렇기에 지금과 같은 세력을 구축할 수 있었고요. 하지만 지금은 아닙니다."

"으음……."

"……."

"왕야, 그렇지 않아도 이 문제에 대해 말씀을 드리려고 했습니다."

"그렇다면 이 군사께선 생각하고 계신 것이 있다는……."

"그렇습니다, 왕야. 며칠 전까지만 해도 이곳을 떠나는 것이 조금은 성급한 생각이 아닌가 하며 고심을 했지만, 지금 오히려 빠른 결정이 기회가 될 수도 있다는 생각입니다."

"기회?"

"예! 사실 우리의 형편상 다시 봉기를 하는 데 충분한 인원을 확보한 것은 아닙니다. 그러나 이 부장의 말대로 이곳에서 인원을 충원할 수 없다면 더 이상 이곳에 머물러 있을 이유가 사라진 것입니다. 머물 이유가 사라진 곳에 미련을 둔다는 것은 오히려 시기를 놓치는 결과를 초래할 수도 있습니다. 아니, 어쩌면 관군이 공격이라도 한다면 자칫 큰 화를 불러올 수도 있습니다."

"이 군사의 말은 지금 출정을 하자는 것인데……."

"그렇습니다, 왕야."

"흐으음."

이자성은 이암 군사의 말에 침음을 흘렸다. 사실 이자성도 다시 세상으로 나가고 싶은 마음이 다분했지만, 아직 때가 되지 않았다는 생각에 스스로를 자제해 왔다. 그렇기에 이 군사의 말에 귀가 솔깃할 수밖에 없었던 것이다. 그러나 자신이 원했던 일이라 해서 무턱대고 동의할 수가 없었다. 사천성 재동(梓潼) 전투에서 패전을 겪은 이후, 무엇인가를 결정할 때 한 번 더 숙고를 하는 신중함이 생겼던 것이다. 그때처럼 모든 것을 한순간에 잃고 싶지 않았기 때문이다. 모든 것을 잃고 난 후의 삶이 얼마나 고단하고 힘든지 몸소 체험했기에 더했다.

"……."

"출정이라……."

모든 사람의 시선이 자연스럽게 이자성에게 쏠렸다. 하지만 일각이 흐르도록 이자성의 입은 자석처럼 꽉 다물려 있을 뿐 아무런 대답을 들을 수가 없었다.

그러나 아무도 입을 열지 않았다. 그만큼 이자성을 믿고 있다는 표현이었지만, 한동안 오두막은 침묵 속에 빠져야만 했다. 그 후로 사람들은 일각이 흘러서야 이자성의 목소리를 들을 수 있었다.

"흠! 역시 이곳을 떠날 때가 된 것인가? 휴~ 이 군사의 설명을 듣고 나름대로 생각해 보니, 본인 역시 이곳에 계속 머문다면 이득보다는 실이 많다는 것을 알겠습니다. 그러나 이것은 본인과 이 군사의 생각일 뿐입니다. 다른 분들의 의견은 어떻습니까? 우리의 안전에 대한 사항이니 여러분은 기탄없이 자신들의 의견을 말하도록 하시지요."

"하하, 이미 이 군사께서 숙고하셨고 왕야께서 결단을 내렸는데 무엇을 더 생각하겠습니까."

"그래요. 이미 모든 상황을 고려해서 내린 결정이 아닌가요? 차라리 지금부터는 이곳을 떠나 어디로 갈 것인지, 그리고 어떻게 활동할 것인지에 대해 얘기하는 것이 좋지 않을까요?"

"저도 홍 부인의 말이 옳은 것 같습니다. 어차피 떠나는 것으로 결론이 났으면 지금부터는 앞으로의 행보에 대해 의견을 나누는 것이 합당할 듯합니다."

이자성과 이암 다음으로 영향력있는 최추산마저 홍 부인의 의견을 거들자 다른 사람들 모두 아무런 불평 없이 동의를 표하며 고개를 끄덕였다. 이에 이자성의 시선이 자연스럽게 이 군사에게 향하자 그는 고개를 살짝 끄덕여 보였다.

이자성의 동의를 얻은 이암은 자연스럽게 자리에서 일어서며 좌중을 한차례 훑어본 후 마지막으로 이자성을 향해 시선을 돌렸다. 마지막으로 동의를 구하는 행동이었다.

만약 다른 사람이 이 군사의 행동을 보았다면 쓸데없이 격

식에 치중한다고 핀잔을 줄 법한 모습이었지만, 이자성은 오히려 자신에게 허락을 구하는 이암의 행동에 마음이 흡족했다.

"흠! 그럼 상낙산을 벗어나 출정을 하는 것으로 의견이 모인 것 같으니 지금부터는 여러분의 의견에 따라 앞으로의 행보에 대해 논의하도록 하겠습니다."

"그렇게 하시지요."

"예, 왕야. 우선 어디로 이동할 것인지 목적지를 정해야 하는데, 현재로서는 마땅한 곳이 없습니다. 다행히 장헌충이 사천성에 자리를 잡고 황군과 대치 중에 있다고 합니다. 따라서 우리가 그곳으로 가서 서로 세력을 합하는 것도 한 가지 대안일 수 있습니다."

"장헌충이라면… 혹시 팔대왕(八大王)……?"

"팔대왕 장헌충?"

"소녀도 들어보았어요. 사천에서 활약이 대단하다고 하더군요.

"대단한 인물이긴 합니다."

장헌충은 사람들로부터 팔대왕으로 불리고 있었다. 또한 라여재는 조조(曹操)로 불렸으며 마광옥과 왕자용은 각각 노회회(老回回)와 자금양(紫金梁)으로 불렸다. 각각의 개성과 특성을 따서 지어진 것으로 일종의 명호였다.

장헌충은 고영상이 죽음을 당하던 시기에 안휘성의 저주(滁州)와 주선진(朱仙鎭), 그리고 하남성의 유주(裕州) 등지에서 여

상승(尙象升)과 좌량옥(左良玉) 부대의 추격과 저격을 받아 과반의 병력을 잃었다. 그에 살아남은 나머지 부대를 이끌고 섬서성의 한중(漢中) 지역으로 도피해야만 했다. 그러나 얼마 지나지 않아 황군이 북으로 이동하여 숭덕제(崇德帝) 황태극(皇太極)이 이끄는 후금(後金)의 군대에 저항하는 틈을 노려 다시 봉기하였다.

황태극은 이십사 년 전 후금을 세우고 황제의 제위에 올랐던 누루하치의 여덟 번째 아들로서, 이십 년 전 태조 누루하치가 죽은 후 제위를 물려받았다. 하지만 황태극은 제위에 만족하지 않고 뛰어난 전략과 기마병의 기동성을 바탕으로 여러 번 명나라 영토에 깊숙이 쳐들어왔으며, 한때 산해관(山海關)까지 들어오는 등 명 황실의 간담을 서늘하게 만들기도 했다. 더구나 오 년 전에는 내몽골을 평정하면서 대원전국(大元傳國)의 옥새를 획득하였고, 그해 후금이었던 국호를 대청(大淸)이라 고치고 숭덕(崇德)이라 개원하였다. 또한 귀순한 한인(漢人)의 장정들을 선발하여 각각 몽고팔기(蒙古八旗)와 한군팔기(漢軍八旗)로 조직하였으며, 항복한 명의 장군들인 홍승주(洪承疇) 및 공유덕(孔有德)과 경중명(耿仲明), 그리고 상가희(尙可喜) 등을 각별히 예우하면서 지금까지 명나라의 국경을 수시로 공략하고 있었다.

따라서 명나라 황실과 관군이 외부의 적인 청나라 때문에 어려움을 겪고 있을 때, 장헌충은 기회를 놓치지 않고 하남성 지역의 마광옥 부대와 합쳐 호북성 지역으로 진군하였다. 또한 라여재 부대 등의 이십여 만 봉기군과 연합하여 장강을 따라 동으로 진군했으며, 각각의 봉기군을 분산시켜 호북성의 기주(蘄州) 및 태호(太湖)와 잠산(潛山), 그리고 곽산(霍山) 일대까지 활약을 펼쳤었다.

하지만 이자성이 이끄는 봉기군이 재동 전투에서 관군에게 크게 패한 이후, 장헌충과 라여재(羅汝才) 등도 거듭되는 황군의 공격으로 어려움에 처하게 되었다. 이때 장헌충과 라여재는 황군에 투항하는 척하며 각각 호북성의 곡성(谷城)과 하북성 북평의 서남에 있는 방산(房山)으로 도피를 한 후, 각자 나름대로 휴식을 취하며 살아남은 봉기군을 정돈하는 시간을 보냈다. 그렇지만 장헌충은 일 년도 지나지 않은 작년 여름에 도피처로 삼고 있던 곡성에서 다시 봉기하여 사천성과 섬서성을 오가며 명군과 전투를 벌이고 있었으며, 라여재 역시 장헌충의 의기에 부합하여 자신의 부대를 이끌고 합류한 상태였다.

"장헌충이라……."

'장헌충과 대등한 동맹도 아니고 고개를 숙이고 합류를 하자는 것인가?

이 군사의 말에 이자성의 두 눈에서 확 하고 불이 번쩍였지만, 지켜보는 사람들이 있기에 나름대로 의견에 일리가 있다는 듯 호의적인 미소를 지었다. 더불어 좌중을 향해 고개를 끄덕여 보이는 것도 잊지 않았다. 자신은 달갑지 않게 생각할지 모르겠지만, 다른 사람들이 생각하기에는 일견 합당해 보일 수도 있었기 때문이다.

이자성의 대범한 모습에 다른 사람들은 '역시 왕야시군' 하는 생각을 하며 흐뭇한 미소를 지었다. 자신들이 주군을 아주 잘 모셨다는 생각이 들었던 것이다.

"흠! 지금까지 이래형 부장이 병사를 모으고 이금(李錦) 부장이 훈련을 시키면서 정예병으로 만들었지만, 그 인원이 겨우 삼천 명 정도밖에 되지 않습니다. 지금 훈련 중인 병사 일천여 명과 오늘 이 부장이 데리고 온 신병 삼백 명을 모두 합해도 사천삼백 명 정도입니다. 오천 명도 안 되는 실정입니다."

"그렇지요."

"더구나 이제 막 들어온 신병은 제쳐 두더라도, 지금 훈련을 받고 있는 병사들은 엄밀히 말해 정예병이 아닙니다. 이제 겨우 오합지졸을 면한 상태입니다. 훈련도 아직 끝나지 않은 상태라 지금 당장 황군과 격돌하게 되면 크게 패할 것입니다. 또한 아무리 지금까지 모인 병사 모두를 정예화시켰다고 해도 일만 명도 되지 않은 소수의 병력으로는 아무것도 할 수 없습니다."

"흐음……."

"……."

이암의 설명에 이자성을 비롯한 사람들 모두 저마다 침음성을 흘리며 고개를 끄덕였다. 자신들이 생각하기에도 일리가 있는 말이었다.

"그렇다면 팔대왕 장헌충의 부대에 합류하는 것이 지금으로서는 가장 좋은 대안이란 말입니까? 이 군사, 정말 그렇습니까?"

"그렇군요. 이 군사의 설명대로라면 황군의 위협에서 벗어날 수 있는 길은 그 방법밖에 없군요. 이거 참."

"형, 아니, 흠! 이 군사님. 지금까지 고생하며 병사들을 모집하고 훈련시켜서 남 좋은 일만 시키자는 말입니까? 속 시원하게 말씀해 보십시오. 정말 최 대협의 말과 같습니까?"

'끄응…….'

"정말 그 방법밖에 없겠습니까, 이 군사?"

"아닙니다. 그렇지 않습니다. 어찌 그럴 수 있겠습니까."

'응?'

"그것은 또 무슨 말입니까? 제가 아둔해서 그런지 지금 이 군사께서 무슨 말을 하는 것인지 모르겠습니다."

최추산은 이암이 고개를 좌우로 흔들자 의문이 가득 섞인 표정으로 쳐다보았다. 하지만 이와 같은 것은 최추산만이 아니었다. 홍 부인과 이 부장도 마찬가지였고, 그 범주엔 이자성의 자리도 있었다. 다만 이자성은 이 군사의 설명을 기다리면서 다른 사람들이 눈치 채지 못하도록 기쁜 표정을 속으로 감추고자 부단히 노력하고 있었다.

"흠! 이미 앞에서 언급했듯이 지금으로서 우리가 생각할 수 있는 대안 중의 하나는 장헌충의 부대에 합류하는 것입니다.

그것은 여러분도 같은 생각일 것입니다."

"그렇지요. 그런데 왜……?"

"맞습니다. 좋은 대안이기는 하나 우리에게는 오히려 득보다 실이 많은 대안이기도 합니다."

"득보다 실이 많다? 흠! 무슨 말인지 모르겠군요. 이 군사, 지금 한 말이 무슨 뜻인지 자세히 설명해 주시겠습니까?"

'당연히 득이 어디 있겠소. 오히려 홀로 싸우는 것보다 못하지. 아암!'

속으로는 웃고 있었지만 이자성은 짐짓 이 군사의 말에 호기심이 동한다는 표정으로 쳐다보았다. 마치 어려운 문제에 대한 해답을 요구하는 모습이었다.

"알겠습니다, 왕야. 사실 저 역시 한때 우리가 장헌충의 부대에 합류하는 것이 어떨까 하고 생각해 보기도 했습니다. 그러나 아무리 생각해 보아도 지금은 그럴 수 없다는 결론을 내렸습니다. 우선 그와 같은 결론을 내리게 된 이유는 몇 가지 있지만, 가장 걸리는 것은 장헌충의 부대와 우리가 너무 먼 거리에 위치해 있다는 것입니다. 지금 장헌충은 사천성을 벗어나 호남성 동정호 일대에서 황군과 대치 중에 있는데, 우리가 그곳까지 이동한다는 것은 너무도 위험부담이 큽니다."

"그렇군요. 왜 그런 생각을 못했을까요? 왕야, 정랑의 말이 맞아요. 지금 우리가 장헌충의 부대에 합류하기 위해 동정호로 출발한다면 오히려 피해를 가중시키는 결과가 될 것 같아요."

"저도 형수님의 의견과 같습니다, 왕야. 제 생각에도 우리가 황군의 눈을 피하며 사천성까지 간다는 것은 어려운 것 같습니다. 하다못해 호북성까지 간다는 것도 운이 좋아야 가능할 것입니다."

"이 부장의 생각도 그렇군. 그럼 최 대협의 생각은 어떻습니까?"

"예, 저 역시 이 군사의 의견에 동의합니다. 아무리 지금 황군이 청나라와 대치 중이라 정신이 없다고 해도 오천의 인원이 움직이다 보면 동창의 눈과 귀에 걸리지 않을 수 없을 것입니다. 만약 그런 일이 일어난다면 그건 나라가 망하기 직전이라고 할 수 있겠지요. 비록 오천 명이 적은 인원이기는 하지만 달리 생각해 보면 그리 적은 것도 아니기 때문입니다."

"그렇지요. 최 대협의 생각도 이 군사의 생각과 같군요. 그렇다면 이 군사는 우리가 어떻게 했으면 좋겠습니까? 당장 장헌충의 부대와 합류할 수 없다면 이곳을 벗어난다고 해도 황군의 창칼을 피하는 일이 쉽지 않을 것인데……."

이자성은 사람들의 의견을 들은 후 심각한 표정으로 이암을 향해 시선을 고정시켰다. 이에 이암은 자신이 그동안 생각했던 것을 꺼내려고 했는데, 그 잠깐의 틈에 최추산이 이암보다 먼저 말문을 열었다.

"참, 그렇지 않아도 목 장문인에게서 왕야께 전해달라는 말이 있습니다."

"목 장문인이라면……?"

"최 대협, 목 장문이라면 혹시 화산파의 신검선원(神劍仙源) 목인청(木仁淸) 장문인을 말씀하시는 건가요?"

"그렇습니다, 홍 부인."

"그렇군요. 그런데 그분께서 왜……?"

"왕야, 요즘 화산파 주변에 동창의 인물로 짐작되는 사람의 수가 부쩍 늘었다고 합니다. 그것이 지금까지와는 다르게 동창이 본격적으로 움직이고 있다는 것입니다."

"흠! 그럼 동창에서 화산파와 우리의 관계를 의심하고 있다는 것입니까? 우리나 화산파에서 실수를 하지 않는 이상, 동창이 이곳까지 신경 쓸 일은 없을 줄 알았는데……."

"정랑, 그럼 큰일이 아닌가요?"

"물론 큰일이오. 자칫 화산파와 우리의 관계가 불편해질 수도 있기 때문이오."

"흐음."

"왕야, 목 장문인과 그 문제에 관하여 얘기를 했는데, 상황이 꽤 심각한 듯했습니다."

"최 대협, 목 장문인께서 직접 대협께 그런 말씀을 하셨습니까?"

이자성은 최추산의 설명을 들으면서 미간에 주름이 깊게 잡혔다.

목인청은 화산파의 장문인으로서, 이자성이 근래에 최추산의 소개로 만나게 된 무림인이었다. 어차피 무림인과는 추구

하는 목표가 달랐지만, 최추산의 소개가 있어서 그런지 몰라도 목인청은 이자성에게 많은 도움을 주고 있었다. 사실 목인청이 이자성을 도와주지 않았다면 벌써 동창의 정보력에 걸리고도 남을 상황이었다. 어찌 보면 이자성이 지금까지 상낙산에서 안전하게 세력을 키울 수 있었던 것은 모두 목인청이 화산파를 움직이며 은밀하게 도와주었기에 가능했다고 해도 과언이 아니었다.

"그렇습니다. 아무래도 무슨 낌새를 차렸는지 요즘 동창에서 화산파를 예의 주시하고 있다 했습니다. 제가 화산파를 나올 때도 미행이 붙었었습니다."

"허, 미행까지라……."

"왕야, 그렇다면 상황이 정말 심각한 것 같습니다."

"……."

"더불어 지금까지 화산파에서 대주던 물자 지원도 힘들게 되었습니다. 목 장문인께선 정말 난처한 상황에 직면해 계신 것 같았는데, 왕야께 '미안하다'는 말만 하셨습니다. 정말 고개가 절로 숙여질 정도였습니다."

"그렇군요. 휴~ 상황이 그와 같은데 우리가 아쉽다고 화산파에 위험을 주면서까지 손을 벌릴 수는 없겠지요."

"아무래도……."

최추산은 이자성의 침음에 자신이 잘못해서 그런 것처럼 고개를 깊게 숙였다.

"참, 듣기로는 황실과 무림이 서로의 영역을 침범하지 않는다는 불문율이 있다고 하던데 그것이 사실입니까? 제가 정확히 알고 있는지 모르겠지만, 이미 그러한 불문율은 영락제 때 깨진 전례가 있다고 들었는데…….”

“흐흠! 왕야께서도 그것에 대해서 들으신 것이 있는가 봅니다.”

“깊이는 모르고, 그런 일이 있었다는 정도는 예전에 들었던 기억이 있습니다.”

“그러시군요. 흐으음.”

“……?”

최추산은 이자성의 말에 살짝 고개를 끄덕여 보이며 입을 다물었다.

약간의 침묵과 정적.

이자성은 최추산이 아무런 말이 없자 자신이 화제를 잘못 돌렸는가 하는 의구심이 들었지만, 최추산으로서는 이자성이 갑자기 화제를 무림으로 돌리자 그 의중이 어떤 것인지 파악하고자 머리를 굴리고 있었다. 화산파의 이야기가 거론된 후에 나온 것이라 신경이 쓰였던 것이다.

화산파와 동창.

황실과 무림.

이자성이 꺼낸 화제는 묘하게 최추산의 마음을 무겁게 만들었다.

또한 이자성의 말대로 어느 정도 알고 있다는 것이 과연 얼마나 알고 있는지 생각해 보아야 할 사항이기도 했다. 거론이 되지 않았으면 모르겠지만, 화산파의 일을 계기로 물은 것이라 모르는 척 지나치기를 바랄 수는 없는 일이었기 때문이다.

"흠! 예전에 한 인물이 있었습니다. 대단한 인물이었지요. 유운검선(流雲劍仙) 정운영(鄭雲嶺)이라는 고인인데, 당시 장백검파(長白劍派)를 영도하며 무림과 황궁을 혼란스럽게 만들던 현원세가(玄遠世家)를 몰아낸 사람입니다. 당시 현원세가는 무림에서 천하제일검가(天下第一劍家)라 불릴 정도로 세력이 대단했던 곳인데, 유운검선은 무림삼성의 일인이었던 천승검(天乘劍) 현원덕호(玄遠德虎)와 직접 자웅을 겨루어 승리를 이끌었습니다. 당시에 대한 기록은 아직까지 남아 있으니 왕야께서 한번 살펴보시는 것도 좋을 듯합니다."

"호~ 그럼 유운검선이란 사람과 관련이 있다는 것이군요?"

"아닙니다. 꼭 그렇다고 말씀드릴 수는 없습니다."

"……?"

"천승검을 이긴 유운검선은 얼마 후 영락제가 애지중지하던 선혜공주(璇蕙公主) 주혜영(朱蕙永)과 혼인을 했는데, 그 후 죽을 때까지 장백검파가 자리 잡고 있던 북방에서 움직이지 않았다고 전해집니다. 사실 장백검파는 무림에 명망있는 문파이기는 하지만, 변방에 위치하고 있어 세외 세력으로 분류되기도 합니다. 사실 장백검파를 이끌고 있는 사람들이 우리 한족(漢族)보다는 조선 쪽의 한족(韓族)이고요."

"그럼……?"

"하지만 무림에서 장백검파를 무시할 수는 없습니다. 유운검선이라는 당시 천하제일인이 영도했던 문파니까요. 그리고 무림에서 유운검선에 대해 논할 때 항상 함께 거론되는 문파가 있습니다. 바로 철혈검문(鐵血劍門)인데, 이 문파가 당시 황궁과 깊게 관련된 곳이었습니다."

"철혈검문?"

"예, 왕야. 그러나 지금까지 황궁에선 그것에 대해 수긍을 하지 않을 뿐만 아니라 거론하는 것 자체를 꺼리고 있습니다. 그에 당시 사가들도 '사실이다'와 '아니다'로 나눠져 각자 문헌에 기록하였고, 지금에서는 문헌들조차 많이 사라지면서 그냥 유야무야되고 있는 실정입니다."

"허, 그렇군요. 그동안 무림과는 인연이 없어서 그런지 유운검선도 그렇고 철혈검문 역시 들어보지 못한 곳이군요."

"왕야께서 철혈검문에 대해 모르시는 것이 당연합니다. 기록에 의하면 이미 이백삼십 년 전에 사라진 문파이기도 하지만, 이상하게도 문주에 관한 사항은 무림뿐만 아니라 황궁에서도 깨끗하게 지워졌습니다. 지금에 와서는 소림사나 무당파 등 구파일방이 소장하고 있는 몇몇 문헌에서만 철혈검문의 문주가 황궁과 깊게 연관되었던 사람이라고 간략하게 언급될 정도이기 때문입니다."

"한마디로 숨겨진 비사가 있다는 말이군요."

"으음……."

"……."

최추산의 설명에 이자성뿐만 아니라 다른 사람들 역시 고개를 끄덕였다. 깊게 생각하지 않아도 충분히 유추할 수 있는 내용이었기 때문이다. 하지만 완전한 해답이 아니기에 더한 궁금증이 생겼다. '왜 문주에 관해 숨겨야만 했을까?' 란 의문이 들었던 것이다. 그러나 최추산은 좌중의 궁금증을 속 시원하게 해결해 줄 능력이 없었다. 자신 역시 그 이상은 알고 있지 못하기 때문이었다. 그러나 이야기를 꺼냈기에 마무리는 지어야 한다는 것은 잘 알고 있었다.

"기록에는 없지만 문주에 관해 무림에 전해져 오는 이야기는 있습니다."

"오, 그렇습니까?"

"……?"

"그러나 그 이야기란 것이 너무나 허황된 것이라 삼류무사들조차 웃음을 자아낼 정도입니다."

"하하, 그렇다면 더 이상 들으나마나 한 것이겠군요."

"그러네요. 삼류무사들조차 믿지 못할 정도라면 무슨 무공이 입신의 경지를 넘어 신선이 되었다는 허황된 얘기밖에 더 있겠어요? 그렇지 않나요, 최 대협?"

"하하, 역시 형수님의 성격은 이 이래형이 봐도 시원스럽습니다."

"흥! 사실 동생이 몰라서 그러는데, 호호! 본녀가 일반 사내들보다 성격이 화통하긴 하지."

"허, 부인……."

"정랑, 죄송해요. 왕야, 최 대협, 소녀가 또 무례를 저질렀습니다. 넓은 아량으로 봐주세요."

"하하, 아닙니다. 홍 부인의 성격은 제가 보기에도 정말 본받고 싶을 정도입니다."

"호호, 그렇게 생각해 주시니 몸 둘 바를 모르겠습니다. 하지만 소녀가 주제넘게 중간에 끼어든 것은 그 얘기를 예전에 들어보았기 때문이에요. 정말 아까 한 말대로 황당한 얘기가 전부입니다. 전설이라면 어느 정도 웃으며 넘길 만한데 그 정도가 너무 지나칠 정도였기에 아직 기억하고 있습니다."

"그렇군요. 그럼 정말 더 이상 들을 필요가 없겠습니다."

"흠. 왕야께서 그렇게 생각하신다면 더 이상 철혈검문에 관해선 언급하지 않겠습니다. 그러나 왕야께서 아시고자 하는 내용과 관계가 있기는 합니다. 정확하다고 할 수는 없겠지만, 문헌에 기록되어진 대로 말한다면, 무림과 황궁과의 약조에 금이 간 것은 철혈검문과 관련이 있기 때문입니다."

"오……."

"사실 그 이후 무림과 황궁이 암묵적인 합의하에 주원장의 명을 받들기는 했습니다. 그러나 무림 역시 대명제국의 영역 안에서 활동하는 처지라 황궁과 어떻게든 엮이지 않을 수 없었습니다. 한마디로, 영락제 이후 겉으로는 주원장의 명이 지켜지는 것으로 보이는 상황이 지금까지 이어졌다 할 수 있을 것입니다."

"하하, 그렇군요. 그렇기에 지금까지 화산파가 우리를 도와줬을 수도 있겠군요. 여하튼 목 장문인께서 아무쪼록 조심하서야 할 텐데 걱정입니다."

이자성은 최추산의 설명을 완전히 이해하지 못했지만, 더 이상 깊게 생각하지 않고 살짝 고개를 끄덕여 보이면서 이야기를 마무리 지었다. 실상 궁금한 마음도 있었지만, 자신과는 상관없는 무림의 일이었기에 더 이상 최추산에게 물어보지 않겠다는 표현을 한 것이다. 더구나 최추산 역시 자세하게 아는 것이 없어 보였기에 은근슬쩍 화제를 바꾼 것이다.

"하하, 알겠습니다. 그리고 왕야께서 이렇게 걱정하시니 목장문인께선 건재하실 것입니다. 그러니 크게 염려하지 않으셔도 될 것입니다."

"그렇다면 다행입니다. 본인 때문에 이야기가 다른 곳으로 샌 것 같은데 그 이야기는 대충 마무리가 된 것 같으니 앞으로의 행보에 관해 논의를 계속하지요. 이 군사, 앞으로 어떻게 했으면 좋겠습니까? 아무래도 다른 복안이 있는 것 같은데……."

이자성은 최추산의 말을 듣고서야 약간 안심이 된다는 듯 표정이 밝아졌다. 어찌 되었든 무림과 연계가 가능한 끈이 없어진 것 같지는 않았기 때문이다. 그러나 완전하게 근심이 사라진 것도 아니었다. 당분간은 화산파의 도움을 받는다는 것은 어렵게 되었기 때문이다. 그에 자신을 향해 시선을 고정시키고 있는 이암을 향해 고개를 돌렸다.

"흠! 딱히 복안이라고 할 것은 없지만, 우리가 앞으로 어떻게 움직여야 할 것인지에 대해서는 생각해 둔 것이 있습니다."

"그렇습니까? 역시 이 군사입니다. 답답하니 어서 말해보시지요."

"모두 아시겠지만 우선 우리가 먼저 해야 할 일은 부족한 병력을 채우는 일입니다. 당분간은 지금의 인원으로 움직이는데 큰 지장은 없지만 황군과 전면전을 할 정도는 아닙니다. 그러니 이참에 대대적으로 모병을 해야 하는데, 그 방법으로는 인의(仁義)를 행하는 것입니다."

"인의라……?"

"그렇습니다. 인의란 민심, 바로 민심을 얻는 것이 우선되어야 할 것입니다. 민심을 얻어야 백성들의 동참을 유도할 수 있고, 그렇게 해야 다소나마 부족한 병력을 보충할 수 있을 것이기 때문입니다."

"그렇기는 합니다만, 휴~ 이 군사의 말대로 민심을 얻어야 한다는 것은 알겠는데, 과연 어떻게 해야 하겠습니까? 그것은 결코 말처럼 쉬운 일이 아니지 않습니까?"

이자성은 이암의 말에 고개를 끄덕이면서도 근심과 의문이 섞인 표정으로 이암을 쳐다보았다. 너무 원론적인 이야기를 하고 있기에 답답한 마음이 두 눈에 담겨 있었다.

이에 이암은 만면에 미소를 띠고 이자성을 향해 포권을 취하며 허리를 숙였다.

"그것은 왕야께서 하셔야 할 일입니다. 어찌 제가 이렇게 해야만 한다며 말할 수 있겠습니까."

'제길! 말이 쉽지. 내가 그런 걸 진작에 알았으면 이곳에서

웅크리고 있지 않고 벌써 황제가 되었겠다.'

"하하, 이 군사는 저를 놀리는 것이 취미인가 봅니다. 그렇게 뜸 들이지 말고 어서 말해보십시오. 그동안 이 군사가 하는 말에 귀를 기울이지 않은 적이 있습니까?"

이자성은 크게 웃어 보인 후 한껏 어깨를 펴며 이암을 직시했다. 속으로야 어려운 문제를 자꾸 끄집어내는 이암이 못마땅했지만, 겉으로는 마치 거리낄 것이 없는 호탕한 대장부가 고견을 듣고자 하는 모습이었다.

"왕야께서 그렇게 말씀하시니 한 말씀 드리겠습니다. 우선 백성들이 지금 가장 원하는 것이 무엇인지 아셔야 할 것입니다. 왕야, 과연 백성들이 간절히 원하는 것이 무엇이겠습니까?"

"흐으음, 백성들이 간절히 원하는 것이라……. 혹시 세금이 아닙니까?"

"그렇습니다. 세금이지요. 그러나 왕야께선 반만 맞히셨습니다."

"반이라면……."

"예, 왕야의 말씀대로 백성들이 원하는 것 중 하나는 분명 세금의 감면입니다. 그러나 세금보다 더욱더 간절히 원하는 것은 자신들이 마음 놓고 농사를 지을 수 있는 땅일 것입니다."

"땅? 아! 맞습니다. 이제야 이 군사께서 무슨 말씀을 하시고자 하는지 알겠습니다. 땅이 있어야 농사를 지을 수 있고, 농사를 지어야 먹고사는 문제가 해결될 것이니……. 그렇군요. 백성들에게 땅을 고르게 나누어 주고 세금을 감면한다고 하면 되겠군요."

이자성은 자신의 무릎을 탁 치며 이암의 말에 고개를 크게 끄덕여 보였다.

"맞습니다. 지금처럼 과도한 세금에 허덕이고 있는 백성들의 지친 마음을 잡는 것은 그 방법밖에 없습니다. 그리고 그것이 바로 왕야와 저희들이 해야 할 일이기도 하니 이참에 왕야의 의기를 드높여 민심을 얻는 것도 좋을 듯합니다."

"하하, 무슨 말인지 알겠습니다. 이 군사의 말대로 지금부터는 더욱더 백성들의 민심을 얻는 데 주력하겠습니다."

이자성은 이암의 설명에 나름대로 크게 깨우친 것이 있어 연신 고개를 끄덕였다. 마음속 깊이 자리 잡고 있는 웅심(雄心)을 새롭게 다지는 것이었고, 앞으로의 일에 대한 근심을 훌훌 털어버린다는 행동이었다.

"백성들의 동조를 얻는 것은 이 군사의 말대로 하도록 하고, 그럼 우리가 어디를 거점으로 정하고 활동을 하는 것이 좋겠습니까?"

"그것은 좀 더 심사숙고해야 할 것 같습니다만, 현재 우리의 위치와 주변의 상황을 살펴본다면… 흠, 아무래도 낙하(洛河) 일대를 거점으로 삼고 활동 영역을 넓혀 나가는 것이 어떨까 합니다."

"낙하 일대라면……? 이 군사, 서안을 생각하고 있었던 것이 아닙니까?"

"서안은 아닙니다. 아직 우리로서는 서안을 거점으로 잡기에는 시기상조입니다. 설사 왕야께서 서안을 생각하고 있다 하더라도 지금으로서는 엄두도 내지 못하는 실정임을 잘 아실 것입니다."

"그렇기는 하지요. 이 군사의 말이 맞습니다."

이암의 설명이 없더라도 이자성 역시 현재 서안을 공격한다는 것 자체가 무리임을 잘 알고 있었다. 하지만 아쉬운 것은 어쩔 수 없었다.

"서안은 우리의 세력이 커지면 추후 도모해도 상관없습니다. 지금은 백성들을 끌어들이는 것이 중요합니다. 그러기 위해선 백성들의 환심을 끄는 것도 중요하지만, 무엇보다 백성들이 우리를 믿고 따를 수 있도록 하기 위해선 봉기를 하는 순간부터 당분간 황군을 밀어붙이는 모습을 보여주어야 합니다."

"형님의 말은 당연하지만 그것은 결코 쉬운 일이 아니지 않습니까? 아무리 뛰어난 명장이라고 해도 겨우 오천밖에 되지 않는 병사로 수만 명에 이르는 황군을 이긴다는 것도 어려운데, 어떻게 매번 이길 수 있겠습니까? 그것은 아무리 무림인들이라 해도 요원한 일일 것입니다. 그렇지 않습니까, 최 대협?"

"하하, 맞는 말이네. 아무리 무림인이라 해도 수만의 황군과 싸울 수는 없지."

"그것을 어찌 모르겠는가. 하지만 다행스러운 일인지 하늘은 우리를 돕고 있다네."

"하늘이 우리를 돕고 있다? 그것이 무슨 말입니까, 이 군사?"

이자성은 이암이 자신을 향해 얼굴 가득 의미심장한 미소를 띠며 말문을 열자 자연스럽게 이암을 향해 시선을 고정시켰다.

"두 달 전, 제가 서른 명의 병사들에게 중원 정세에 대해 소상히 파악해 오라고 한 일을 아실 것입니다."

"그 일은 알고 있습니다. 그런데 지금 그 이야기는 왜……? 혹시 그들이 무사히 돌아온 것입니까?"

"안타깝게도 그들 중 여덟 명만이 살아서 돌아왔습니다. 하지만 그들이 가지고 온 정보는 우리의 행보를 결정하는 데 상당히 유용한 내용들이 포함되어 있습니다."

"첩보 활동이 성과가 있다는 것은 기쁜 일이지만 여덟 명밖에 돌아오지 못했다는 것이 마음 아프군요."

이자성은 짐짓 죽은 병사들의 희생에 대해 안타깝다는 모습을 보였다가 바로 지워 버렸다. 어차피 자신을 위해 죽었다고 생각되지 않았기 때문이다.

이자성은 자신을 따르는 사람들을 순수하게 보고 있지 않았다. 물론 처음부터 그런 것은 아니었지만, 큰 패전과 함께 목숨이 경각에 달하는 상황을 거친 후부터 성격이 조금씩 틀어지기 시작했던 것이다. 비록 그전의 성격이 좋았던 것은 아니었지만 자신을 따르는 수하들에겐 의리를 지키며 나름대로 신망을 얻었는데, 지금은 모든 것이 자신을 중심으로 생각이 이루어지고 있었다. 한마디로 수하들에게까지 자신의 속내를 철저히 감추며 모든 것을 자신의 대망을 위한 수단으로 여기고 있었던 것이다.

"실로 애석한 일이지만, 그것은 어쩔 수 없는 희생이니 왕야께선 상심하지 마십시오. 그들의 희생이 있었기에 우리는 최선의 선택을 할 수 있게 되었습니다."

"최선의 선택이라고 하면……?"

"……?"

"현재 황군은 크게 둘로 나누어진 상태입니다. 한곳은 청나라의 병력을 막기 위해 산해관과 국경 일대 및 북경의 황궁을 방어하고 있고, 다른 곳은 독사(督師) 양사창(楊嗣昌)이 십만 대군을 인솔하여 장헌충과 라여재 연합군을 상대하기 위해 뒤를 바짝 따르고 있습니다."

"휴~ 십만 명이라……. 정말 많군. 그나저나 장헌충도 십만 명의 황군을 상대하는 것은 어려울 것이니 지금쯤 정신없이 후퇴를 하고 있겠구먼."

"그렇습니다. 장헌충도 양사창의 부대를 상대하는 어려움을 알고는 사천성을 벗어나지 않고 무산(巫山)에서 성도(成都)로 남진하고 있다 합니다."

"성도? 뒤에 십만 명이나 되는 병사들이 추격을 하는데 오히려 성도로 남진을 하고 있단 말입니까?"

이자성은 이암의 설명에 기가 막힌 표정으로 쳐다보았다.

그러나 이암은 이자성의 생각과는 달리 오히려 장헌충의 이동 방향에 대해 높이 평가하고 있었다.

"저로서도 그와 같은 행동을 했을 것입니다. 정면으로 양사창의 군대와 상대하는 것보다는 안전한 병법이지요."

"흐으음……."

"……."

"아마 장헌충은 성도에 도착하기 전에 동진을 할 것입니다. 호북성으로 진군하겠지요. 아마도 반전을 하는 곳은 여주(濾州)가 가장 적임지일 것입니다. 더불어 중간에 역사(驛舍)를 불 지르고 수비하고 있는 병사들을 제거한다면 사천성과 호북성의 군사들은 연락이 단절되면서 혼란에 휩싸일 것입니다."

"오~ 이 군사의 설명을 듣고 보니 정말 기가 막힌 작전이군요. 역시 조조라는 별명을 지닌 라여재가 있으니 그와 같은 병법이 나왔겠지요."

"……."

이자성의 말에 모두들 수긍하는 듯 고개를 끄덕였다. 그만큼 라여재는 옛날 조조에 버금갈 정도로 병법에 능했으며 매사에 철두철미한 면모를 보여주어 봉기군의 지지를 받고 있었다.

"따라서 우리는 먼저 장헌충에게 연통을 넣어 동맹을 맺어야 합니다. 분명 내년 초엔 호북성에 모습을 나타낼 것이 분명하니 우리에겐 큰 도움이 될 것입니다. 그리고 이미 언급했듯이, 황군의 병력은 사천성과 황성 일대의 하북성에 집중되어 있습니다. 당연히 중원에 있는 병력은 얼마 되지 않습니다. 그러니 이때 우리가 하남으로 진군한다면 손쉽게 낙양과 개봉을 점령할 수 있을 것입니다."

"과연! 역시, 역시 이 군사입니다. 하하하!"

"과찬입니다. 당연히 군사인 제가 해야 할 일입니다."

"흠! 이 군사의 설명은 잘 들었습니다. 그렇다면 우리는 산서성 태원(太原)을 거쳐서 가는 난주관로(蘭州官路)를 이용하게 되는 것입니까?"

"아닙니다, 최 대협. 지금 난주관로를 이용할 경우, 어쩌면 양사창을 지원하기 위해 움직이는 군대와 마주칠 수 있습니다. 제 생각으로는 이곳에서 남쪽으로 조금만 내려가면 낙남(洛南)이 나옵니다. 낙남에서 우선 백성들에게 왕야의 대의를 알린 후 낙하를 따라 하남성으로 들어가는 것을 생각했습니다. 낙녕(洛寧)만 지나면 바로 낙양이니 조금 우회를 하더라도 낙양까지 안전하게 가는 것이 좋을 듯합니다."

"그렇군요. 왕야, 저도 이 군사의 계획이 좋을 것 같습니다. 정주(鄭州)에서 황하를 건너 원양(原陽)이나 신향(新鄕)까지만 진군하면 잘 닦여진 관로를 따라 북경까지 수월하게 진군할 수 있을 것입니다. 우리의 진군 소식을 듣는다면 어찌 황제의 간담이 서늘하지 않겠습니까. 하하하!"

"최 대협의 생각도 그러합니까? 다른 분들도 같은 생각입니까?"

"저희들 역시 좋은 계획이라 생각합니다."

"역시 형님이십니다. 꽉 막혔던 속이 시원하게 뚫리는 것 같습니다. 하하하!"

"이 부장이 본인의 말을 대신 해주는구먼. 자~ 그럼 먼저 장헌충 연합군과 연락을 취하도록 하고, 이 부장은 이 군사의 협조를 받아 병사들의 이동 준비가 마무리되는 대로 즉시 움직일 수 있도록 하게."

"예, 그럼 준비를 하도록 하겠습니다."

이자성의 말에 모두들 의자에서 일어서며 이자성을 향해 포권을 취했다.

이로써 이자성과 장헌충 및 라여재의 봉기군은 서로 연합을 하게 되었으며, 칠십이 개 진영 등 백여 개의 부대를 아우르는 대부대로 성장을 하게 된다. 또한 이암의 예상대로 장헌충의 부대는 겨울 마지막 달에 여주까지 이르고 난 후 갑자기 군사를 동쪽으로 이동하여 뒤쫓아오던 양사창의 군대를 따돌렸다. 그리고 다음해 이월엔 다시 무산을 넘어 호북성에 이르렀고, 홍산(興山)과 방현(房縣) 경내로 진군함으로써 양사창의 포위에서 완전히 벗어날 수 있었다.

또한 당양(當陽)에 이르렀을 때, 양사창의 진영인 양양성(襄陽城)의 방어가 허술하다는 것을 탐지할 수 있었으며, 이에 장헌충은 일개 부대를 파견하여 뒤쫓아오는 군대를 저격하도록 한다. 그러면서 장헌충 자신은 친히 이천 명의 정예 기병을 인솔하고 하루에 삼백 리를 행군하여 양양성 경내에 이른다. 그런 후 이백여 명의 기병을 양사창의 군대로 변장시키고, 싸움에서 획득한 양사창의 군부(軍符)와 화살을 들고 성으로 들어가서는 공격을 시작한다.

이에 양양성은 안과 밖에서 협공을 받아야 했고, 다음날 새벽에 양양성이 함락되고 양왕(襄王) 주납명(朱糤銘)은 장헌충의 검에 목이 잘리는 비운의 죽음을 맞이한다.

이 전투로 장헌충은 대량의 군수품과 기계 및 동과 은을 군자금으로 획득할 수 있었으며, 이 소식을 접한 양사창은 자신의 자만으로 인해 벌어진 일이라 하여 통탄의 눈물을 흘리며 자살을 한다. 바로 세상의 중심이라고 생각하며 향락에 빠져있는 명 황실에 암운이 짙게 드리워지기 시작하는 시점인 것이다.

第二章
무림잡서? 무림전성시대?

처음 봉기군에 들어온 후, 소년은 자신처럼 봉기군에 들어
온 사람들이 머물고 있는 숙소에서 사 일을 지냈다. 숙소라고
해도 관군의 눈을 피해 임시로 빌린 곳이기에 큰 편은 아니었
다. 하지만 소년에게 있어서 임시 숙소에서 머물렀던 사 일은
오랜만에 꿈같은 시간이었다. 배고픔에 시달리지 않아도 되었
고, 무엇보다 식사 시간에 그 누구의 눈치도 보지 않고 먹을 수
있다는 것이 좋았다.

그러나 임시 숙소를 떠나 산으로 올라간 후, 소년은 하루하
루를 보내는 것이 힘들었다. 산에 도착한 첫날부터 자신을 이
상한 눈으로 쳐다보는 사람들의 시선 때문에 주눅이 들어야만
했고, 어쩌다가 말을 붙여주는 사람이 있어도 소년이 눈치를

보느라 반갑게 다가서지 못했다. 그러한 가운데 간혹 길거리에서 한 번쯤 마주쳤던 사람들을 만나면 반가운 기색을 보였지만, 금방 무표정한 얼굴이 되어버렸다. 자신이 아는 척을 해도 상대가 자신을 몰랐기에 반갑게 대해주지 않았던 것이다.

하지만 이러한 것은 비단 소년뿐만이 아니었다. 다른 사람들 역시 소년과 마찬가지로 어색한 모습을 보였다. 그나마 서로 안면이 있거나 친한 사람들끼리 모여 있는 경우는 괜찮은 편이었지만, 그런 경우는 그리 많지 않았다. 그만큼 다른 사람들 역시 서로 어색하게 지냈고, 이러한 상황으로 인해 소년은 사람들과 어느 정도 말을 터놓고 어울리는 데 상당한 시간이 걸렸다.

이러한 소년의 어려움은 왜소한 겉모습이 크게 작용했다. 외관으로 보기에 소년은 겨우 열두 살에서 열세 살 정도로 보였기 때문이다. 모두 성장기에 먹지 못한 배고픔 때문이지만.

그렇기에 소년이 아무리 친해보고자 웃는 얼굴로 대해도 사람들이 좋은 시선으로 소년을 반기지 않았다. 그저 간혹 가다가 몇몇 사람이 안타까운 시선을 소년에게 줄 뿐이었다. 자신들은 그나마 형편상 혼탁한 시기에 몸이라도 의지할 곳을 찾아왔지만, 소년은 죽을 곳을 찾아왔다는 측은지심이 들었기 때문이다. 따라서 애써 웃는 얼굴로 소년을 대하면서도 반갑게 맞아줄 마음의 여유가 없었던 것이다.

어려 보이기는 하지만 소년은 눈치 없는 바보 멍청이가 아니었다. 그에 소년은 점점 혼자 있는 시간이 많아졌고, 사람들로부터 스스로 떨어져 나오게 되었다. 그나마 다행인 것이 있다면, 식사 시간엔 모든 시름을 잊을 수 있다는 것이었다.

소년이 산채에 들어온 지 한 달 정도 지났을 때, 자신과 비슷한 또래의 소년 소녀들을 볼 수 있었다. 모두 다섯 명이었는데, 그들 역시 주변 사람들과 어울리지 못하고 있었다. 아니, 소년의 시선엔 그렇게 보였다.

소년은 기뻤다. 더 이상 산채에서 외톨이가 아니라는 생각이 들었기 때문이다. 하지만 이것은 소년의 착각에 불과했다. 일각도 지나지 않아 소년 소녀들과 자신이 어울릴 수 없다는 것을 깨달은 것이다.

'훗, 나와는 완전히 다른 세상에서 살고 있는 녀석들이군. 하지만 소녀들이 누구인지 모르겠지만 정말 예쁘다.'

처음 소년은 자신과 같은 또래라는 생각에 반갑게 다가서려고 했다. 그러나 막 다가서려는 순간, 소년은 자신과의 차이점을 쉽게 발견할 수 있었다. 다섯 명 모두 꽃무늬로 화려하게 치장된 의복을 입고 있었는데, 당연히 소년이 입고 있는 누더기와 비교가 되었던 것이다. 더구나 소년 소녀들의 얼굴엔 다른 사람들과 달리 모두들 자신감이 넘치는 표정을 짓고 있었다. 바보가 아닌 이상 한눈에 보아도 일반 소년 소녀들이 아니라는 것을 알 수 있을 정도였다. 이에 소년은 아무런 미련 없이 발걸음을 돌렸으며, 어렵더라도 자신과 같이 왔던 사람들 틈에 섞여 함께 움직이는 것이 좋겠다는 결론을 내렸다.

 그 후 일주일이 지나는 동안 소년은 다시 한 번 주변 사람들과 어울려 보고자 노력을 기울였다. 그것이 조금씩 결실을 보게 되면서 소년은 더 이상 혼자 있지 않아도 되었다. 드디어 외톨이 신세를 면한 것이다. 비록 사람들과 어울리는 것이 쉽지는 않았지만 대화를 나눌 수 있는 사람들이 주변에 있다는 것만으로도 좋았다. 다만 한 가지 불만이 있다면……

 "꼬마야, 거기서 뭐 하고 있냐? 어서 이리 와봐."

 "저요? 알았어요."

 소년은 손가락으로 자신을 가리키더니 이내 머리를 크게 좌우로 흔들어 보이면서 사내를 향해 뛰어갔다.

 "불렀으면 빨리 올 것이지 왜 그렇게 행동이 비루먹은 거지 새끼들보다 더 느리냐?"

 "그러게. 예전엔 빠릿빠릿하게 움직이더니."

 "쳇! 뭐가 느려요? 이 정도면 빨리 온 거잖아요. 그리고… 저꼬마 아니라고 했지요! 도대체 몇 번을 얘기해야 알겠어요? 제이름은 태영인(太瑛紉)이라 말했잖아요. 태!영!인!"

 "누가 뭐라고 했냐? 하지만 네 이름이 무엇이건 간에 나는 꼬마가 부르기 편하니 어떻게 하겠냐. 안 그런가, 손 형?"

 "아무렴. 그건 전적으로 전 형 말이 맞네. 어렵게 이름을 부르느니 그냥 꼬마가 부르기에 좋지. 편하기도 하고. 후훗."

 "쳇! 알았습니다, 알았어요. 그런데 저는 왜 부른 건데요?"

 영인은 매번 똑같은 말로 어물쩍 넘어가는 사내들을 보면서

눈살을 찌푸렸다. 그러나 이내 어쩔 수 없다는 것을 알고 있기에 체념이 듬뿍 담긴 표정과 한숨으로 자신을 위로할 수밖에 없었다.

자신의 결점.

영인 스스로도 자신의 겉모습은 다른 사람들에게 능히 꼬마라 불릴 정도로 몸이 왜소하다는 것을 인정했기 때문이다. 한창 먹어야 할 시기에 간신히 생명을 연명할 정도로 배고픔에 시달려서 그런지 스스로도 깡마른 나무줄기가 움직이는 착각마저 들 정도였다. 그러나 이러한 것은 겉모습일 뿐 실상 사내들과 영인의 나이 차이는 여섯 살이 고작이었다.

열아홉 살.

결코 많지 않은 나이였지만 앞에 있는 사내들이 꼬마라 부를 정도로 어린 나이는 아니었다. 그렇기에 영인은 자신을 부른 두 청년을 향해 곱지 않은 시선으로 바라보고 있었다.

"전 형, 꼬마가 또 삐쳤나 보네."

"누가 삐쳐요! 저 바쁘니까 용건이 있으면 빨리 말해요."

"훗, 알았다. 이 부장님 명이다. 지금부터 사람들에게 연무장으로 모두 모이라고 전해라."

"연무장으로요? 전부?"

"그래. 왕야께서 중대한 말씀을 하신다고 하더라. 그러니까 빨리 움직여야 할 거다. 알겠냐?"

"산주가요?"

"응? 산주? 이런! 산주가 뭐냐! 여기가 산적 소굴이냐? 다른 사람들 있는 데서는 그런 말 꺼내지 마라. 그러다 이 부장님이 나 다른 어른들 귀에 들어가면 경칠 수도 있다."

"아니지. 크게 혼나는 것은 둘째 치고, 몸 성하게 쫓겨나면 다행이게? 잘못하면 바로 킥! 안 그런가, 손 형?"

"헉! 정말요? 정말 끼익~?"

영인은 눈앞의 사내와 같이 한 손으로 목을 긋는 시늉을 하며 쳐다보았다.

"흠! 아마도 그럴 것 같다. 아니, 당연히 그렇게 할 것이다. 왕야보고 산주라고 했으니 곱게 죽지도 못하겠지. 이제 알겠냐, 꼬마야? 그러니 앞으로 입조심 단단히 해라."

"휴~ 알았어요. 알려줘서 고마워요. 그런데… 혹시 저보고 한 명씩 찾아가서 말하라는 것은 아니죠?"

"너, 바보냐? 어떻게 일일이 찾아다니면서 전하냐? 그냥 소리치며 움직이면 되잖아!"

"목소리 크게 하는 것 잊지 말고! 그나저나 누가 널 보면 우리 왕야께서 병사들에게 밥도 못 먹이는 줄 알겠다."

"하하, 그만 하고 우린 어서 가세나. 우리도 얼른 준비를 해야 하지 않나."

"그렇군. 그럼 꼬마, 한 명이라도 빠지면 안 돼. 그러니 차질 없이 전해라. 어서 서둘러."

"쳇!"

영인은 괜한 말을 꺼냈다가 바보라는 핀잔을 듣자 들떴던 기분이 한순간 땅바닥 깊숙이 가라앉았다. 그러나 산채의 주인이 한마디 한다는데 어물거릴 수는 없었다.

영인의 노고가 헛되지 않아 일각 정도 지나기 시작하면서 사람들이 하나둘씩 연무장으로 모여들기 시작했다. 모두들 무언가에 대한 기대감을 얼굴 가득 드러내고 있었는데, 영인이 지었던 표정과 흡사했다.

사람들이 모이면서 연무장은 조금씩 소란스러워졌다. 모두들 조심조심하면서 소곤소곤 옆 사람과 대화를 나누는 것이지만, 한두 명이 아니었기에 소리는 점점 더 커져 갔다. 그렇게 소리가 절정으로 치닫기 시작할 때, 연무장 중간에 마련된 단상으로 일단의 사람들이 모습을 드러냈다.

"모두 주목! 틈왕께서 오셨다! 모두 정렬하도록!"

"정말 왕야께서 나왔군. 드디어 때가 된 건가?"

"그러게."

"이제 피 보는 일만 남았군."

"그러게."

"그만 해라. 그러다 너 먼저 피 보겠다."

"그… 그러지."

"이 새끼가! 너 오늘 죽고……."

"조용! 모두 주목하란 말 못 들었나!! 그리고 너희 둘, 지겹지 않냐? 매일 싸우면서 꼭 붙어 다니니, 참."

이 부장의 한소리를 들은 두 사람은 어슬렁거리며 자신의 자리로 돌아갔다.

걸영도(杰獰賭)와 굴비(屈憊).

두 사람의 옆에 서 있는 영인은 두 사람을 애써 외면하며 못 본 척 정면만 주시하고 있었지만, 신경은 자연스럽게 두 사람에게 향했다. 지금 산채에서 자신과 유일하게 말상대를 해주는 사람 중 한 명이 섞여 있었기 때문이다.

영인은 잘 알고 있었다. 아니, 영인뿐만 아니라 두 사람의 행동을 반 시진 정도만 지켜본 사람이라면 누구나 알 수 있었다. 한마디로 두 사람은 이 부장의 말대로 서로 으르렁거리며 싸우는 사이는 전혀 아니었다. 한 사람은 일방적으로 때리고 다른 한 사람은 매일 얻어맞는, 그러면서도 항상 말대꾸하는, 영인으로서는 도저히 이해가 안 되는 사이였다.

주변이 어느 정도 정리가 되자, 이 부장은 좌측으로 물러섰고 이자성이 한 발 앞으로 나왔다. 그러면서 자연스럽게 이암과 홍 부인이 우측으로 섰고, 최추산이 이 부장 옆에 자리했다.

"흠! 본인이 왜 이 자리에 섰는지 모르는 사람은 없을 것이오. 그동안 본인과 수장들의 지시에 잘 따라주었기에 지금 이 단상 위에 본인이 설 수 있었소. 그렇소! 그대들이 있기에 본인이 있고, 본인이 있기에 그대들이 지금 이곳에 모였다 할 것이오."

"……."

"본인은 그대들에게 다른 말은 하지 않겠소. 그러나 단 하나, 지금 도탄에 빠진 백성들, 그대들이 이곳으로 올 수밖에 없었던 상황을 깨뜨리는 데 힘을 더해주시오. 지금의 황제와 관료들에 의해 땅바닥에 떨어진 인의를 함께 세웁시다. 인의! 본인이 그대들에게 약속할 수 있는 것은 단 하나! 백성들이 인간답게 살 수 있는 인의를 세우고자 함이오. 본인에게 힘을 주시겠소? 만약 그대들이 본인을 믿고 따라준다면 본인은 죽음이 바로 앞에 있더라도 굴복하지 않고 인의를 세우리다. 자! 본인을 믿고 따라주시겠소?"

"좋습니다, 그러한 대의에 목숨이 아깝겠습니까!"

"와~!"

짧지만 강한 이자성의 일장 연설이 끝나자마자 사람들의 함성 소리가 연무장을 가득 채웠다. 거의 일각이 지나도 사람들의 들끓는 함성 소리는 가라앉을 기미가 보이지 않았다. 그만큼 사람들의 억눌렸던 울분을 이자성은 무리없이 이끌어낸 것이다. 이러한 사람들의 함성엔 영인 또한 목구멍이 찢어질 정도로 동참하고 있었다.

'역시 준비한 성과가 있군. 이 군사하고 상의하길 잘했구면.'

"고맙구려. 그대들의 의기가 하늘을 찌르는 것 같아 본인을 비롯한 수장들의 어깨가 절로 가벼워지는 것 같소. 하지만 이제 시작! 본인은 그대들의 의기가 주지육림에 빠져 허우적거리는 황제의 심장을 찌르는 그 순간까지 그대들과 함께하면서 결코 오늘 이 순간의 감정과 의기의 끈을 놓지 않을 것이오. 우리 한번 멋진 세상을 만들어봅시다. 백성들이 본분을 다할 수 있는 세상, 인의가 지켜지는 세상을 말이오!"

"와~!"

"왕야 만세! 만세~!"

"왕야라니! 전하일세! 전하 만세~!"

"틈왕 전하 만세~"

"만세! 만세!"

"새로운 세상을~!"

"만세, 만세, 틈왕 전하 만세~!"

사람들의 함성 소리가 만세 소리로 흐르면서 이자성은 만면에 미소를 지어 보였다. 이에 사람들은 인자한 군자를 보는 것 같아 더욱더 목청에 힘을 주었다.

만세 소리가 어느 정도 잦아들기 시작하면서 이자성은 이 부장과 이 군사에게 군사 편제를 지시한 후 단상을 내려왔다. 물론 내려오기 전 사람들을 향해 한 손을 흔들며 환호에 답한 후 깊숙이 포권을 취하는 것으로 마무리 지었다.

*   *   *

이자성의 궐기 연설 이후 산채는 한동안 부산하게 움직였다. 이 군사의 지시하에 이 부장은 한 치의 빈틈도 허용하지 않겠다는 듯 사람들을 연무장으로 몰아붙였고, 더불어 창술과 체력 훈련을 실시하였다. 하지만 사람들은 이자성이 내놓은 대의명분에 한껏 매료되어 힘든 내색도 하지 않았다.

이러한 것은 영인도 예외가 아니었다. 처음으로 손에 창이

쥐어졌을 때는 흥분으로 떨리기까지 했다. 비록 낡아서 창이라고 할 수도 없는 것이었지만, 세상의 중심에 자신이 서 있다는 생각까지 들기도 했다. 하지만 훈련이 일주일을 넘어가기 시작하면서 흥분은 점점 시들어갔다. 인의로운 세상을 자신의 손으로 이루겠다는 이상도 좋았지만, 몸이 힘들어지면서 감정이 가라앉기 시작한 것이다.

"제길, 오늘도 힘든 하루가 시작되겠구나."

"뭘 그렇게 생각하고 있냐?"

"그냥 힘이 들어서요."

"언젠 힘들어도 상관없다며?"

"그땐 그때고."

"후후, 배고플 때하고 배부를 때가 다르긴 하겠지."

"그게 아니잖아요. 누가 그렇대요?"

"그럼 왜?"

"매일 똑같은 것만 하니까 그렇지요."

"그런 것이 훈련이지. 훈련을 받아야 전장에서 죽지 않는다. 그건 너도 잘 알고 있잖아."

"그렇기는 하지요."

"그럼 됐다. 어서 가자. 또 조장한테 한소리 듣겠다."

"휴~ 알았어요."

영인은 굴비의 말에 한숨을 쉬면서도 애써 두 발을 움직일 수밖에 없었다. 가고 싶은 마음은 없었지만 갈 수밖에 없는 것이 현실이었다. 어찌 되었든 하루에 세 번은 꼭 잊지 않고 먹여주니까.

영인은 자신보다 몇 걸음 앞서 걸어가고 있는 굴비를 쳐다보았다. 처음 굴비를 보았을 때는 한심한 생각이 들었었다. 하지만 주변과 어울리지 못하는 자신과 스스럼없이 이야기를 나눠주는 몇 안 되는 사람이라 그다지 거부감도 없었다. 더욱이 이번에 같은 조에 편입이 되고 예전보다 함께 있는 시간이 많아지면서 차츰 진지한 대화도 나눌 수 있었는데, 그런 시간이 많아지면서 조금씩 처음의 안 좋았던 선입관이 완전히 사라지고 없었다.

"야, 이 새끼들아! 빨리 안 튀어와!"

'쳇! 또 욕먹겠군.'

굴비의 등 너머로 조장의 얼굴이 보였다.

걸영도.

굴비의 단짝 친구가 바로 영인이 속한 조의 조장이었다.

후다다다닥!

영인은 영도의 불호령에 화들짝 놀라는 연기를 하면서 뛰어갔다. 하지만 굴비는 영도가 소리를 지르든 말든 상관없다는 얼굴로 어기적거리며 걸어갔다. 이런 상황이 매번 반복되었기에 특별할 것도 없었지만, 영인으로서는 굴비의 행동이 이해가 되지 않았다. 그러나 자신이 뭐라고 할 수 없는 일이기에 영인은 그저 자신의 상황에만 신경을 썼다.

헐레벌떡 뛰어오는 영인을 향해 한 번 째려본 영도의 시선이 자연스럽게 굴비에게 향했다.

"야, 넌 도대체…….."

"그만, 거기까지!"

"이…….."

"너도 잘 알잖냐. 나, 뛰면 땀이 나고 또 땀이 나면 숨도 막히고, 그러면 당연히 죽…….."

"젠장할 새끼! 말이라도 못하면 밉지나 않지. 알았으니까 빨리 네 자리로 가서 앉아."

"그런데 나도 꼭 훈련을 받아야 하냐? 난 의원이잖아?"

"훈련엔 예외가 없다! 그것도 모르냐?"

"알았다~"

굴비가 자신의 자리로 가서 앉자, 한쪽에 어정쩡하게 서 있던 영인도 털썩 주저앉았다. 내심 조장이 웬일로 그냥 넘어가나 했지만 아무 탈 없이 하루를 시작하게 되어서 기분은 좋았다.

"흠! 모두 왔으니 잘 듣도록! 다른 조에 비해 시간이 많이 지체되었지만, 이 부장님의 명을 전달하는 것이 먼저이니 빨리 말하겠다."

"……?"

"드디어 내일 출정이다. 출정하기 전에 간단한 출정식을 할 것이고, 한 명도 빠짐없이 참여하도록."

"내일?"

"그래. 바로 내일이다. 뭐, 이 부장님 말로는 명색만 출정식이고 그냥 장군들만 모여 간단하게 결의를 다지는 정도라고

하지만 그래도 내일이 바로 더러운 세상을 확 바꿀 기념비적
인 날이 아니겠냐? 그러니 오늘은 푹 쉬고 내일 아침에 바로
출발할 수 있도록 준비하라는 명이 떨어졌다."

"그럼 오늘은 훈련이 없다는 말이네요?"

영인은 조장의 설명에 얼른 손을 들어 물어보았다.

"끙~ 그렇게 훈련이 하기 싫으냐! 이 새끼, 다 너 죽지 말라
고 하는 것인데도……."

"아니, 저는 그저……."

"허허. 그만 해라, 영도야."

"그럼 조장은 훈련이 좋은가? 이 늙은이도 싫은데 영인이는
오죽하겠는가."

"저 비리비리한 몸을 좀 보라고. 창을 드는 것조차 얼마나
힘들어 보이나."

"그렇고말고. 그러니 조장이 이해하게."

영인은 조장의 큰 소리에 심장이 쿵 하고 내려앉는 것 같아
자라목이 되어 얼른 고개를 땅으로 숙였다. 그러나 주변에서
자신을 옹호하는 말들이 쏟아지자 벌렁거렸던 가슴을 간신히
진정할 수 있었다. 하지만 조장의 눈치를 보지 않을 수 없었
다.

영도는 조원들이 한소리씩 하자 순식간에 얼굴이 붉어져서
는 영인을 향해 무서운 눈초리를 보냈다. 하지만 이내 어쩔 수
없다는 듯 크게 한숨을 쉬고는 자리에 털썩 주저앉았다. 한숨
이 절로 나왔다. 왜 자신이 이런 조의 조장을 맡게 되었는지

도저히 이해할 수가 없었던 것이다. 자신이 이 부장에게 잘못 보인 것이 있나 하고 이유를 생각해 보았지만, 아무리 머리를 굴려 생각해도 이유가 없었다. 자신을 포함해서 모두 마흔여 섯 명. 하지만 삼십대 전후로 힘을 쓸 만한 장년층은 자신과 굴비를 제외하고는 한 명도 없었다. 아니, 막내인 영인까지 제 외하면 마흔세 명이 모두 오십대를 훌쩍 뛰어넘는 노인들인 것이다. 그것도 몇몇은 죽을 날만 기다리는 노인들. 그나마 남 자만 모집하였기에 망정이지 자칫 여자들도 모집을 하였다 면…….

영도로서는 생각조차 하기 싫은 일이었다. 자칫 모인 여인 들 중에 할머니라도 있었다면…….

다행히 노인정이 안 된 것이 위안이라면 위안이었다. 하지 만 그 위안도 세 명을 생각하면 고개가 저절로 숙여졌다. 세 명 은 바로 굴비와 영인, 그리고 이제는 나이가 너무 들어 칼조차 쥘 수 있을까 하는 의구심이 드는 자칭 일류무사 궤도길(軌燾 吉)이었다.

궤도길은 걸영도가 청운의 꿈을 꾸던 어린 시절 무렵에 대 한 동경을 만들어준 사람이었다. 그때도 자칭 일류고수였다. 하지만 지금은 그것이 모두 거짓이란 것을 잘 알고 있었다.

"제길! 조장이라고 자리를 만들어주려면 제대로 된 조원들 을 딸려주든가. 이러니 싸움이라면 한 번도 진 적이 없는 내가 지원조를 맡게 된 거지."

"지원조라고? 그럼 정말 우리 조가 후방에 선다는 거냐?"

"그래, 이 새끼야! 휴~ 너한테 화를 내서 뭐 하겠냐. 그러나 넌 좋겠다. 의원이 되겠다고 깝죽대는 걸 이 군사님이 어떻게 알았는지 일부러 널 지원조에 배치한 거란다."

"의원이라니까! 그나저나, 정말이야?"

굴비는 영도의 마지막 말이 예상 밖이었는지 눈을 동그랗게 뜨면서 영도를 향해 고정시켰다. 어떻게 알았느냐 하는 의문이 가득 담긴 눈빛이었다.

"의원은 무슨. 왜? 못 믿겠냐?"

"아니, 나는……."

"너도 내가 이 부장님하고 사석에서는 형 아우 하는 사이라는 것을 잘 알지? 그때 들었다."

"아~"

'형 아우는 무슨, 그냥 자기 혼자 생각하고 떠드는 것을.'

영도의 설명에 영인을 비롯한 모든 사람들의 뇌리에 똑같은 말이 떠올랐다가 사라졌다. 하지만 영도의 시선은 굴비를 향해 있었기에 안타깝게도 사람들의 시선을 보지 못했다.

"그럼 이 군사님이 날 중하게 생각하고 있다는 얘기냐?"

"설마~ 넌 지금 우리 조 상황을 보면서 그런 생각을 하냐? 주변을 둘러봐라. 나 빼고 어디 힘쓸 사람이 한 명이라도 있나. 아까운 식량만 축내는 군상들밖에 더 있어? 그리고 세상에 의원이 너 한 명뿐이냐? 거기다 사실 넌 정식 의원도 아니잖아."

"뭐야, 그럼?"

"뭐긴 뭐야. 지금까지 아까운 식량 축냈으니까 머릿수라도 채우라는 거지. 이제 네가 처한 상황을 알겠냐? 그러니까 이 형님한테 잘 보여. 계속 눈앞에서 깝죽대지 말고."

"이 녀석아, 하나밖에 없는 죽마고우한테 못하는 소리가 없구나. 친구 귀한 줄 알아야 한다고 몇 번을 얘기했냐? 그만큼 알아듣게 말했으면 동네 개새끼도 벌써 알았겠다. 너 정말 석두냐?"

"아저씨는 좀 빠져요! 왜 남 얘기하는데 자꾸 끼어들어요! 그리고 전 조장이라고요!"

"조장 같은 소리 하고 있네. 조장이 조장다워야 조장이지."

영도는 한창 신이 나서 말하고 있는 중에 갑자기 궤도길이 끼어들자 두 눈에 쌍심지를 켜고 도길을 향해 소리를 질렀다. 하지만 도길은 영도의 모습에 못난 녀석이란 소리를 하며 혀를 찼다.

"뭐요? 아저씨, 도대체 아저씨가 내 인생에 해준 것이 뭐가 있다고 사사건건 끼어드는지 모르겠소. 어릴 때는 되지도 않는 거짓말로 고향을 떠나게 만들어서 죽도록 고생하게 만들고, 지금에 와서는 입신양명하여 출세 좀 해보려고 하는데 훼방을 놓으니. 정말 전생에 나하고 원수라도 졌소?"

"내가 뭐가 아쉽다고 너하고 원수졌겠냐. 그리고 내가 너한테 무슨 거짓말을 했다고 그러냐? 난 지금까지 살면서 남한테 거짓말을 한 적이 한 번도 없다."

"헛! 정말 없소?"

"그래! 비록 지금까지 무엇 하나 떳떳하게 남긴 것은 없지만 남한테 크게 해를 입히지 않고 살아왔다고 자부한다. 그런데 이 녀석이 정말 나를 뭐로 보고!!"

"흥! 아저씨, 아직도 나한테 뭘 잘못했는지 모르나 본데… 그럼 십오 년 전에 나한테 한 얘기는 다 뭐였소? 아직도 그 얘기를 사실이라고 우길 생각이오?"

"십오 년 전?"

도길은 영도의 갑작스러운 말에 잠시 멈칫하며 당시의 일을 회상해 보았다. 그러나 뚜렷하게 기억에 남는 일은 없었다. 그저 오랜만에 고향에 들렀다가 동네 애들과 놀아주었던 기억이 전부이다.

"그렇소. 십오 년 전. 정말 기억 안 나는 거요, 아니면 모르는 척하는 거요?"

"도대체 내가 무슨 말을 했다고 그러냐? 그리고 전부터 말하려고 했다만, 어른한테 하는 말버릇이 그게 뭐냐? 이랬소, 저랬소. 그게 어른한테 할 말버릇이냐?"

"흥! 난 엄연히 한 조를 이끄는 조장이오. 그러니 이런 말투가 당연한 것 아니오? 그리고 말을 돌리지 마시오."

"돌리긴 누가 돌려? 참나, 그래! 도대체 내가 네게 무슨 말을 했다고 그러냐? 어디 네가 속 시원하게 말해봐라."

"정 기억이 안 난다고 하니 그럼 말하겠는데… 잘 들으시오. 흥! 당시 아저씨가 뭐라고 거짓말을 했는지 아시오? 뭐, 무림인들은 모두 하늘을 날아다녀? 손바닥에선 장풍, 주먹을 쥐면

권강이 나와 큰 바위도 부숴? 또 손에 검이나 칼을 쥐면 푸른 강기가 솟구쳐 산이라도 잘라 버릴 수 있다고요? 더구나 무림엔 꿈과 낭만, 그리고 여자가 널려 있다고요? 정말 기가 차서! 난 그때 아저씨 말만 믿고 무림인이 되고자 얼마나 고생했는지 알기나 하시오? 자그마치 십 년을 고생했소, 십 년! 그 십 년 동안 하늘을 날아다닌다는 무림인을 만나겠다고 중원에 가보지 않은 곳이 없소. 하다못해 말보다 빨리 달리는 무림인조차 만난 적도 없었소. 그런데 지금까지 살면서 거짓말을 한 번도 한 적이 없다는 것이오?"

영도는 예전의 가슴 아픈 기억이 떠오르는지 말을 하면서 얼굴은 점점 붉어지고 이마에선 시퍼런 핏대가 금방이라도 터질 듯이 부풀어 올랐다.

"참나, 너 정말 돌머리냐, 아니면 천성적으로 멍청한 거냐? 굴비 너도 그때 영도하고 같이 들었지? 정말 이 아저씨가 무림인들이 모두 하늘을 날아다닌다고 했냐?"

"모두라는 말은 없었는데요."

"뭐? 굴비 너!"

"그렇지? 거봐라! 아무리 내가 늙어 기억이 가물가물하지만 그런 말을 했다는 기억은 없다. 그리고 이보게들, 자네들 몇몇이 예전에 표국에서 일했다고 하니 잘 알겠지만, 무림인이라고 해서 모두 하늘을 날아다니고 장풍과 검강을 쓴다는 것이 말이 되는가? 더구나 그때 영도가 아마… 열다섯 살인가 열네 살 정도 되었을 것인데, 아무리 아이들 재미있으라고 부풀려서 말한다 해도 그 정도로 허황된 거짓말을 했겠는가? 아니, 자네들이라면 그렇게 하겠는가?"

"허허, 그건 궤 형의 말이 맞지. 금방 들통날 그런 거짓말을 누가 하겠나. 믿는 애들은 또 누가 있겠고."

"자네도 그렇게 생각하지? 더구나 내 기억이 맞는다면 당시 영도와 굴비에게 한 것은 자네도 잘 아는 무림의 전설이네. 왜 있잖아? 무림전성시대라고, 이백삼십 년 전에 있었다고 하는 사건들과 인물들에 대해 기록된 것을 가지고 만든 이야기책. 그 무림전성시대 말이야."

"아~ 그 무림잡서? 그걸 얘기해 줬는데, 지금 그것을 가지고 거짓말을 한다고 하는 것이구먼?"

'무, 무림잡서? 무림전성시대?'

"하하, 그렇구먼."

"하하하!"

"이거 참, 어이가 없어서……."

주변엔 어느새 다른 조원들이 상당수 모여 있었는데, 그들 중 몇 명은 오랜만에 웃음을 준 영도와 도길을 향해 엄지손가락을 치켜들며 웃는 사람들도 있었다. 처음엔 주변에서 쉬고 있던 다른 조원 몇 명이 영도의 고성이 들리자 호기심에 왔는데, 그러다 보니 이러한 분위기가 자연스럽게 다른 사람들에게 영향을 미쳐 큰 원을 형성할 정도로 모여들었다.

그동안 영도는 딱히 신경 쓰지 않아 주변에 사람들이 모여드는 것을 모르고 있었다. 그런데 자신을 향해 모두 웃음을 터뜨리자 깜짝 놀랍기도 했지만, 무엇보다 스스로에 대한 비참한 생각이 들었다. 더구나 막상 굴비의 말을 듣고 보니 당시 도길이 자신에게 그런 말을 한 적이 없었던 것 같았기에 더욱 상심하는 마음이 커졌다.

하지만 억울했다. 아무리 자신이 어리석어 벌어진 일이라고 해도 모든 사람의 웃음거리가 되었다는 생각이 들자 비참했다. 인생을 오래 살지는 않았지만 치유될 수 없는 인생의 오점이었다. 그렇기에 도길에게 화가 났다. 속으로 분을 삭이려고 했지만, 다른 사람들과 함께 자신을 비웃고 있는 도길의 모습에 더욱더 화가 치밀어 오르고 억울했다. 오히려 가만있으면 자신만 바보가 될 것 같아 욱하는 마음에 무슨 말이라도 해야 할 것 같았다.

"젠장! 뭐가 그렇게 웃겨?"

"그럼 안 웃기냐? 무림잡서에 나오는 고수를 만나겠다고 십 년 동안 강호를 주유했다니, 하하하!"

"남이야 십 년 동안 강호 유람을 하든 말든 그것은 아저씨가 상관할 바가 아니잖아! 그럼 아저씨는 그동안 뭐 하고 다녔소? 나는 강호라도 주유했다지만, 아저씨는 혹 무림잡서라는 허무맹랑한 이야기만 떠들고 다니지는 않았소? 아이들 혹하는 것이 재미있어서?"

"뭐, 뭐라?!"

"그게 아니면 거의 사십 년이 넘은 그 세월 동안 뭐 했소? 혹시 무림고수라도 한 명쯤 만났소? 정말 허송세월하지 않았다

면 최소한 말보다 빨리 뛸 수 있는 고수라도 알고 있지 않겠
소?"

"허, 이놈 보게? 무림고수를 아냐고? 그래, 잘됐다. 그렇지
않아도 산채에서 널 만난 후 말할 기회가 없었는데 오늘 한번
따져 보자. 네 녀석이 그래도 십 년 동안 무림을 활보하고 다
녔다니까 잘 알 것이다. 무림고수를 만난다는 것이 그렇게 쉽
더냐?"

"누가 쉽다고 했수? 그러니까 물어보는 것이 아니오."

영도는 주변을 훑어본 후 정말 궁금하다는 표정을 지으며
도길을 바라보았다. 하지만 도길이 강호 생활을 거저 한 것은
아닌지라 영도의 표정을 보자마자 생각을 짐작할 수 있었다.

'훗, 녀석. 잔머리를 굴린다만 네 생각대로는 안 될 거다. 그
래야 이 어르신 노년이 좀 편해질 테니까.'

"영도야, 너도 생각해 봐라. 사람이 말보다 빨리 달린다는
것이 말이 되냐? 하지만 그에 근접한 고수는 알고 있지."

"저, 정말이요? 그게 누구요?"

"너도 한 번쯤 들어봤을걸. 천리무영(千里無影) 호접직(狐蝶
稙) 대협이라고……."

"아~"

"그렇지. 호 대협이라면 그에 근접하다 할 수 있지. 암!"

도길의 말에 주변에서 웅성거리며 동조하는 말들이 튀어나
왔다. 주변 몇 사람이 그런 소리를 하면 아니라고 우기겠지만
강호에서 십 년 이상 활동했을 것 같은 사람들이 모두 고개를

끄덕이자 영도의 인상이 구겨졌다.

"석년에 한 번 본 적이 있는데 정말 대단했지. 비록 호 대협이 말보다 빨리 달린다는 소리는 못 들었지만, 그의 경공이 강호 일절이란 것은 웬만한 고수들은 모두 수긍하지. 이제 됐냐?"

"이……."

"하하하!"

"조장, 뭐라고 한마디 하지?"

"그래, 한번 멋지게 반박해 봐."

"크……."

'젠장!'

마치 옛일을 회상하듯 지그시 두 눈을 감으며 말하는 도길의 모습에 영도는 자신이 더 이상 할 말이 없다는 것을 알았다. 분하지만 자신이 도길에게 진 것이다. 이젠 자신을 향해 바보라고 놀려도 할 말이 없는 것이다.

영도가 한동안 아무런 말 없이 고개를 숙이고 있자 이내 재미있는 일이 더 이상 없다는 것을 알고는 사람들이 자리를 뜨기 시작했다.

도길은 풀 죽은 영도의 모습에 자신이 너무한 것이 아닌가 하는 생각이 들었지만, 그러한 생각은 가슴 한곳에 쑤셔 박고는 인자한 미소를 지으며 굴비를 향해 시선을 돌렸다. 영도가 조장이란 생각에 꺼림칙한 생각이 들기도 했지만 굳이 수습하고 싶은 마음은 없었다.

"굴비야, 넌 어떻게 하다 의원이 될 생각을 했냐? 정식으로 의원의 되려면 돈이 한두 푼 들어가는 것이 아닌데."

"옛? 아~ 아저씨 말이 맞아요. 의원이 되고 싶었는데 돈이 많이 들더라고요. 사람 살리는 일인데 아무도 그냥 가르쳐 주지 않더라고요."

"그렇지. 세상엔 공짜가 없으니."

"맞아요. 정말 공짜가 없더라고요. 그래서 정식으로 교육받지도 못했고, 어떻게 하다 보니 오 년 전부터 영도하고 같이 생활하게 됐어요."

"녀석, 고생이 많았겠구나."

도길은 슬쩍 영도를 쳐다보며 안쓰럽다는 듯 고개를 끄덕였다.

"아니에요. 영도가 겉으로는 화를 잘 내고 무식하게 보여도 속은 꽤 여린 놈이에요. 더구나 한 동네에서 같이 자라서 그런지 편하기도 하고, 또 영도 저 녀석, 정말 산적같이 생겼어도 의리는 있어요."

"의리? 저 녀석이……?"

"예, 보기와는 달리 괜찮은 녀석이에요."

"하하, 알았다. 친구라고 편까지 드네."

"하하하!"

탁!

"윽!"

"뭘 멋쩍은 표정을 하고 웃냐? 내가 의리의 사나이라는 건 세상이 다 아는 사실이다."

"그랬냐?"

"물론!"

"흠! 아무튼 서로 오해도 풀린 것 같으니 앞으로 잘해보자. 그렇지, 영도야?"

"끙~ 알았… 습니다. 잘 지내보지요."

"하하, 그래야지. 사내 녀석이 그깟 일로 꽁해 있어서야 진정한 사내대장부라 할 수 없지. 영도, 다시 봐야겠는걸. 여하튼 조장, 우리 늙은이들 좀 잘 이끌어주게."

"부탁하이~"

"그래도 조장이 사내는 사내구먼. 허허."

"어이, 다시 봐야겠어."

"알겠습니다. 그럼 오늘은 이만 해산하고 내일 출정할 수 있도록 준비들 철저히 하시기 바랍니다. 저는 이만! 굴비야, 가자."

영도는 어쩔 수 없이 조원들에게 고개를 숙여 협조를 부탁할 수밖에 없었다. 이미 자신의 체면은 땅속에 들어가서 나올 기미조차 보이지 않는 상황이라 예전처럼 뻣뻣하게 고개를 들고 다닐 수 없었기 때문이다.

숙일 때는 확실히!

강호 유람 십 년의 세월 속에서 자연스럽게 몸에 배인 습관이고 행동 철학이었다. 만약 이런 생각이 영도의 머릿속에 자리 잡고 있지 않았다면 영도의 사지 중 최소한 몇 곳이 보이지 않는 불구의 몸이 되었을 것이다. 따라서 영도는 빠르게 상황 판단을 내렸고, 그에 따라 나름대로 절도있게 말한 후 연무장을 빠르게 벗어났다.

영인은 영도의 뒷모습을 보면서 자신보다 한심한 사람도 있다는 것을 알 수 있었다. 또한 세상을 얼마나 편하게 살았으면 그 나이에 그런 생각을 했을까 하는 생각이 들어 부럽기도 했다. 하지만 앞으로 조장을 대하기가 편해질 것 같았기에 기분은 좋았다. 괜히 목에 힘주는 것도 보기 싫었었는데, 그런 모습을 보지 않아도 될 것 같아 어깨가 으쓱해졌다. 그러면서 한편으로는 도길을 비롯한 다른 조원들에게 잘해줘야겠다는 생각이 들었다. 잘해줘야겠다기보다는 잘 보여 편하게 있고 싶다는 생각이었지만.

第三章
강호는 있어도 무림은 없다?

이암의 '낙하(洛河)를 거점으로 하고 천하를 얻는다'는 전략 방침에 따라 이자성의 봉기군은 낙남을 향해 서둘러 출발했다. 그래도 처음엔 관군의 눈을 의식하지 않을 수 없어 수장들의 지휘 아래 몇 조의 단위로 움직였는데, 다행히 관군의 초점이 사천의 장헌충 봉기군과 청나라에 쏠려 있어 낙남으로 쉽게 들어설 수 있었다.

　낙남에 들어선 이자성은 관군이 대비를 하기 전에 관청을 습격하고 관리들을 모두 잡아들여 관군의 움직임을 꺾은 후, 그 여세를 몰아 백성들 앞에 당당히 서서 관리들의 죄를 논해 경중에 따라 처형이나 구금 등의 조치를 취하였다. 그러면서 백성들에게 대의를 천명하였는데, 백성들은 자신들 눈앞에서 악덕 관리들이 처형당하자 쌓였던 설움과 울분이 풀리는지 함성을 질렀다. 더구나 관리들에 대한 이자성의 조치가 그동안 봉기군들이 행했던 무작위 처형이 아닌지라 봉기군이 낙남을 떠날 때는 백성들 중 몇몇이 따르기도 하였다.

하지만 한 번의 승리는 백성들의 동참에 큰 영향을 주지 못했다. 오천 명이 많은 것이 아니기 때문이다. 더구나 이자성은 예전에 대패를 한 후 숨은 적이 있었기에 더욱 그러했다. 그러나 이자성은 낙담하지 않았다. 계획대로만 된다면 머지않아 백성들의 호응을 받을 수 있다는 자신감이 있었기 때문이다.

영인은 낙남에서 처음으로 공개 처형하는 장면을 보았다. 잔인했다. 관리들이 잡혀 사람들 앞에 무릎을 꿇고 처분만 기다릴 때 나름대로 처형 장면을 상상해 보았지만, 막상 눈앞에서 그러한 일이 벌어지자 입을 다물 수 없었다. 처형이 확정된 관리들은 봉기군의 칼이 아닌 백성들의 손에 의해 처참하게 찢기고 육포처럼 다져졌던 것이다. 마치 푸줏간에 걸린 고기처럼.

아니, 오히려 푸줏간의 고기보다 더했다. 백성들이 손을 털고 물러났을 땐, 관리들의 모습에서 인간의 형상을 찾아볼 수 없을 정도였던 것이다.

영인은 낙남을 떠나 며칠을 행군하는 동안, 행군으로 인한 피로보다 낙남에서의 처형 장면으로 인해 해쓱해졌다. 식사시간에 억지로 먹은 걸 곧 모두 게워내야만 했고, 밤에 잠을 자다가도 깜짝 놀라 일어서기 일쑤였던 것이다.

이런 영인의 모습에 조원들은 아무런 말 없이 지켜보기만 했다. 그러나 안쓰럽다는 눈빛이 아니라 그저 그러려니 하는 눈빛이 전부였다. 하지만 영인이 혼자 걷지도 못한 정도로 체력이 떨어지자, 더 이상 두고 볼 수가 없었던지 굴비와 도길이 영인의 곁으로 다가왔다.

"으~"

"흠! 어떠냐? 몸에 별다른 이상은 없냐?"

"뭐, 특별한 이상은 없습니다. 다만 그동안 토악질 때문에 몸이 많이 약해진 것 같습니다."

"그거야 어쩔 수 없는 것이고. 그나저나 이렇게 마음이 약해서야 원. 쯧쯧쯧."

"워낙 어리니 그렇겠지요."

"어리긴 무슨! 너는 이 녀석 나이가 몇인지 아냐? 열아홉 살이다. 더구나 며칠만 지나면 스무 살이지. 무슨 호의호식하며 산 것도 아니고, 험한 세상 홀로 떠돌며 목숨 연명할 정도면 못 볼 것 다 보고 다녔을 텐데… 무슨 녀석의 심성이 이리도 약한지. 쯧쯧쯧."

"하긴 그렇지요. 아무래도 이곳과 맞지 않는 것 같습니다. 전쟁과는 어울리지 않는다고 봐야겠지요."

굴비는 도길의 말에 고개를 끄덕이며 동조를 하였다. 하지만 눈과 손은 영인의 이마 위에 올려놓은 수건을 향하고 있었다. 몸이 허약해져서 그런지 몸에서 열이 나고 있었기에 굴비가 근처 냇가에서 물을 길어와 열을 식혀주고 있었던 것이다.

"내일 아침에도 똑같다면 영도에게 일러서 강제로라도 떠나도록 하자. 조장이라면 그 정도 권한은 있겠지?"

"그럴 겁니다."

"알았다."

"잘 생각했네. 더 이상 이 녀석 끌고 다녔다가는 생목숨을 그냥 죽이겠어."

"뭐, 전투라도 벌어지면 언제 죽을지 모를 상황이 아닌가?"

"그렇기는 하지. 하지만 생으로 죽는 것하고는 다르잖아."

"하긴."

"자자, 그만 하세. 여하튼, 영도에게 네가 잘 말해보거라."

"알겠습니다, 아저씨."

도길은 다시 한 번 영인의 상태를 확인한 후 어기적거리며 동료들에게 걸어갔다. 이미 늦은 밤이라 동료들 모두 한곳에 모여 잠을 청하고 있었다. 대부분 나이가 많아 행군이 멈추면 바로 쓰러졌기에 굴비가 다가가도 움직이는 사람은 한 명도 없었다.

굴비의 극진한 간호가 효력을 발휘하였는지 다행히 사람들이 식사를 하기 전에 영인의 눈이 떠졌다. 아직 몸에 열이 완전히 내리진 않았지만 다른 날과 달리 두 눈에 생기가 담겨 있었다.

"으… 으음……."

"녀석, 정신 좀 차렸냐?"

"…혀, 형님……?"

"그래, 나다."

"흑! 형님."

영인은 정신이 들자마자 눈앞에 있는 굴비를 쳐다보았다. 처음엔 왜 자신의 앞에 굴비가 수건을 들고 있는지 몰랐지만, 금방 자신의 처지를 깨닫고는 어떻게 된 상황인지 짐작할 수 있었다. 순간 눈시울이 붉어지며 눈물이 뚝 하고 떨어졌다. 더불어 고마운 마음이 가슴 밑바닥에서 목구멍으로 치솟아 목이 메었다.

"사내자식이 그깟 일로 눈물을 떨구면 쓰나. 어서 몸이나 추슬러라."

"흑흑, 감사합니다."

"휴~ 그렇게 감사할 것 없다."

"……?"

"흠, 그렇지 않아도 간밤에 네 문제로 영도하고 얘기를 나눴는데……."

"조장하고요? 호, 혹시……?"

"그래. 아마 네가 생각하고 있는 것이 맞을 것 같다."

"안 됩니다! 형님, 전……."

"안다. 하지만 어쩔 수 없을 것 같구나."

"형님, 전 떠날 수 없습니다!"

해쓱하게 변해 있는 영인은 어디에서 힘이 났는지 굴비를 향해 소리를 질렀다. 아직 몸이 완전히 낫지는 않았지만 정신까지 혼미한 상태는 아니었던 것이다.

"하지만 그 몸으로는 더 이상 무리다. 더구나 봉기군에 남게
되면 관리들의 처형과 같은 상황은 계속해서 보게 될 것이다.
그리고 자칫 관군들하고 전투라도 하게 되면 어쩌겠냐? 그때
는 넌 죽는다. 그건 네가 아무리 부정을 하려고 해도 어쩔 수
없어. 그러니… 휴～ 그만 떠나라. 그게 너를 위해서도 좋은
결정일 것 같다."

"죽지 않아요, 형님. 전 절대로 죽지 않을 겁니다. 제가 어떻
게 이곳까지 왔는데 쉽게 죽겠어요. 그러니 형님께서 조장에
게 말해주세요. 전 절대 이곳을 떠날 수 없어요."

"이거 참."

"형님……."

"휴～ 영인아."

"……."

"왜 모두들 너를 부를 때 이름 대신 꼬마라고 부르는지 알고
있냐?"

"…아니요."

영인은 굴비의 입에서 '꼬마'나 '너', '녀석'과 같은 호칭
이 아닌, 처음으로 자신의 이름이 불리자 의아했다. 산채 생활
을 하게 된 후 처음으로 자신의 이름이 다른 사람의 입에서 불
린 것이다. 하지만 기쁘지 않았다. 굴비의 표정을 보고 있자니
왠지 모르게 가슴속에 묵직한 무언가가 얹혀진 느낌이 들었
다.

"흐음… 네가 모른다니 알려주마. 그건 이곳이 바로 전쟁터고, 따라서 네가 언제 죽을지 모르기 때문이다."

"그게 무슨……?"

"말 그대로다. 넌 자신이 왜 죽느냐고 묻겠지만, 우리들이 보았을 때 넌 첫 전투에서 죽을 확률이 크다. 창조차 제대로 들지 못하는 네가 관군들과 부딪쳐 과연 살아남을 수 있겠느냐? 그렇기에 모두들 네 이름을 기억하지 않으려고 하는 것이다. 이제 알겠냐?"

"무슨 말인지 알겠어요. 그러나 전 죽지 않아요. 그리고 죽을 거였으면 예전에 죽었어요. 전 죽기 위해 이곳에 온 것이 아니에요."

"휴~ 넌 네 자신에 대해 너무나 모르는 것 같구나. 너도 알겠지만 나와 영도는 체격에서부터 확연히 차이가 난다. 영도가 진정 봉기군에 어울린다면 나는 너와 마찬가지로 전투에 어울리지 않는다고 할 수 있지. 물론 나뿐만 아니라 우리 조원들 대부분이 봉기군에 적합하지 않다. 그러나 한 가지 말해둘 것은, 너는 그들과는 처음부터 다른 생각으로 봉기군에 들어왔다는 것이다. 네가 아니라고 할 수도 있겠지만 그것은 내가 볼 때 거짓말이다. 네가 굶주림과 추위를 피하고자 살기 위해 봉기군에 들어왔다면, 아저씨들은 자신들이 죽기 전에 무언가 하겠다는 신념으로 죽을 자리를 찾아 봉기군에 가담한 것이다."

"……."

"물론 나도 그런 신념을 가지고 들어온 것은 아니다. 하지만 나와 영도는 패악을 일삼는 관리가 싫어 봉기군에 가담한 것이다. 뭐, 덤으로 일신 영달을 꾀하고 있는 것은 부정하지 않겠다. 하지만 나조차도 봉기군의 행보에 따라다니다 보면 언제 죽을지 모른다는 것을 잘 안다. 하물며 너는 어떻겠냐? 그러니 처음 네 생각대로 살고자 들어왔다면 이젠 정말 살아남기 위해 떠나거라. 그것만이 네 아까운 목숨을 연명하는 길이다."

"형님, 무슨 의도로 그런 말을 하는지 알겠어요. 하지만 제 결심은 변하지 않습니다. 어차피 이곳을 떠나면 굶어 죽거나 얼어 죽을 겁니다. 뭐, 봄이 다가오니 남쪽으로 내려가면 얼어 죽지는 않을 수도 있겠죠. 하지만 죽을 확률이 많습니다. 그러니 제가 생각할 때 상황은 별로 다르지 않아요. 그렇다면 차라리 전 이곳에 있겠어요. 최소한 굶어 죽지는 않을 거잖아요."

"하지만……."

"전 굶어서 죽는 것보다 차라리 칼을 맞아 죽고 싶어요. 굶어 죽는다면… 너무 비참하잖아요."

"굶어 죽는 것이 비참하다……. 휴~ 네가 그렇게 생각하고 있다니 더 이상 긴말하지는 않으마. 그러나 네가 첫 전투에서 살아남기 전에는 그 누구도 네 이름을 불러주지 않을 것이다."

"……?"

"휴~ 지금도 이렇게 힘든데 앞으로는 얼마나 힘들겠냐. 정(情)이란 것이 얼마나 무서운 것인지 잘 알기에 사람들은 너와 가까워지는 것을 꺼리는 것이다. 그만큼 우리들의 앞날이 평탄하지 않다는 것이고, 그렇기에 네가 다른 사람들과 원활한 생활을 할 수 있다는 것을 스스로 살아남아 보여주어야 할 것이다. 알겠냐?"

"전 반드시 살아남을 것입니다. 반드시요!"

영인은 마치 스스로에게 다짐하듯 중얼거리면서 배식조가 있는 곳으로 천천히 걸음을 옮겼다. 살아남기 위해선 허기진 배를 채워야만 했기 때문이다.

쓰러질 듯 위태로운 걸음으로 움직이는 영인의 뒷모습을 보면서 굴비는 저절로 고개가 좌우로 흔들렸다. 도저히 영인의 의지를 꺾을 수 없다는 것을 알았기 때문이다. 자신의 마음 같아서는 매몰차더라도 이번 기회에 떠나보냈으면 했지만, 아직 때가 안 된 것 같다는 생각에 접어야만 했다. 이러한 것은 영도와 도길 등 다른 조원들의 생각도 마찬가지였다.

이자성의 봉기군은 호북성 운현에 도착한 후 전열을 가다듬고 처음처럼 조 단위로 움직이기 시작했다. 분명 낙남의 일로 인해 동창의 이목에 잡혔을 것이기에 계획대로 운현까지 대낮에도 행군을 했다. 낙남에서 하남으로 향했다면 좋았겠지만, 동창과 관군의 이목 때문에 뜻대로 할 수가 없었다. 그렇기에 동창의 이목을 속이고자 호북성으로 남하한다는 것을 보인 것이다. 아직 계획이 성공했다고는 할 수 없었다. 관심에서 벗어나고자 했지만 당장 성과가 눈에 보이는 것이 아니기 때문이다. 그러나 이자성은 계획대로 밀어붙일 수밖에 없었다.

영인이 속한 조는 지원조답지 않게 가장 먼저 하남성으로 출발했다. 대부분 나이가 많았기에 관군들의 이목을 피하면서 경계가 허술한 곳을 염탐할 수 있다는 판단을 지도부에서 내린 것이다. 비록 행군 속도는 늦더라도 주변 파악을 하는 데 주안점을 두었기에 큰 어려움은 없었다. 그렇다고 사십육 명이 한꺼번에 다닐 수는 없었다. 아무리 노인들이라 해도 한꺼번에 움직인다는 것은 관군의 이목을 끌기에 충분했기에 대략 일곱 명에서 여덟 명 정도씩 분할해서 움직였다. 하지만 저녁쯤엔 모두 한곳에 모였다.

운현을 출발한 후부터 영인의 몸도 많이 나아졌다. 하루 세끼 꼭 찾아서 먹었고, 틈틈이 자기 키보다 한 자 반 정도 큰 곤봉을 휘두르며 산장에서 배운 팔괘참봉술(八卦斬棒術)을 연마했다. 흔히 팔괘참봉이라 불리는 하류 봉법이었다. 그러나 팔괘참봉이 비록 무림절기로 불리는 악가창법(岳家槍法)에 비할 바는 아니지만, 창을 주로 사용하는 관군들이 배우는 군무(軍武)의 한 가지로써 배우지 않는 것보다 전쟁터에서는 유용했다.

악가창법.

오백 년 전 남송 시절 최고의 무장으로 일컬어졌던 악비(岳飛)가 세운 악씨세가(岳氏世家)의 창법으로, 지금은 흔히 산동 악가로 불리고 있는 무가의 대표적인 무공이다. 그러나 군부에서는 악가창법보다 다른 무가의 창법이 널리 퍼졌는데, 무림에서 오대세가에는 이름을 올리지 못했지만 산동악가와 어깨를 나란히 하고 있는 세가의 창법이었다. 바로 하북성 안평(安平)

에 있는 진주언가(晉州彦家)와 강소성 양주(楊州) 양가장(楊家莊)의 양씨세가(楊氏世家), 그리고 산서성 응현(應縣) 상악산(狀岳山)에 자리 잡고 있는 상악철가(狀岳鐵家)가 대표적인 곳이다. 더불어 마가창법(麻家槍法)으로 이름 높은 광동성의 광동마가(廣東麻家)와 회마창법(廻摩槍法)의 절강성 절강유가(折江兪家)도 있었는데, 이들 다섯 무가를 오대창가로 부르고 있다.

　"하앗! 핫! 하아앗~!"
　"기합 소리 좋고!"
　"큭큭, 그러게. 정말 기합 소리는 좋구먼."
　하남성으로 들어선 후 집결지인 낙녕까지 십 일 정도 남겨두고 있었다. 그동안 배후에서 따라오는 다른 조들에게 주변 상황을 살펴 작성한 쪽지를 남기면서 가는 상황이라 시일이 예상보다 늦어진 것인데, 염탐도 아니고 주도면밀하게 살피는 것이 아니라 해도 워낙 움직이기 힘든 사람들이 뭉쳐 있어서 그런지 행군 속도가 더뎌졌다. 그러나 모두들 입은 살아 있어서 영인의 봉술 수련을 보면서 인상을 찡그리는 사람에서부터 평가를 하는 사람들까지, 시간이 지날수록 참견하는 사람들이 늘어났다.
　비록 모두들 나이가 많고 근력이 달렸지만, 무림에서 오랜 세월을 살아와서 그런지 일반 사람들과는 확연한 차이가 났다. 아무리 살기 어렵다고 해도 쉰 살을 훌쩍 넘긴 노인이 봉기군에 가담하지는 않는다. 그것은 봉기군도 마찬가지였는데,

괜히 사람이 없다고 받아들였다가 시체 치울 일을 만들고 싶지 않았기 때문이다. 병사들의 사기도 문제였고 노인들의 입으로 들어가는 식량도 많을 것이기에 차라리 받지 않는 것만 못했다.

당연히 영인의 옆에서 떠들고 있는 노인들 대부분이 삼류무사라고 해도 강호에서 잔뼈가 굵은 무인인 것이다. 이러한 것은 조장인 영도조차 인정하지 않을 수 없었다. 처음과 달리 노인들의 연륜과 경험을 무시할 수 없었던 것이다. 하다못해 관군의 주변 정황을 살피는 것부터 시작해서 쪽지에 기록하고 비밀 장소에 숨기는 것까지 많은 도움이 되고 있었다.

"이 녀석아, 그렇게 서툴러서야 어디 낙녕에서 살아남겠느냐?"

"그러니까 말일세."

휘이익~

"어라? 야! 거기선 대각선으로 찔러 넣으라고 했잖아! 넌 도대체 몇 번을 가르쳐 줘도 그 모양이냐? 에잉~"

"저 녀석은 조장보다 더 돌머리라니까."

"거기서 왜 제가 나와요! 제발 전 그냥 놔두세요!"

휘이익, 탁!

"아유, 정말! 아저씨들, 좀 조용히 해요! 도대체 시끄러워서 수련을 할 수가 없잖아요!!"

"야, 이 녀석아! 네가 가르쳐 주는 대로 안 하니까 그렇지!"

"그럼. 제대로 하면 우리가 왜 입 아프게 떠들겠어."

"제가 뭘요?"

"아직도 뭘 잘못했는지 모르겠냐? 투로(套路)를 가르쳐 주었으면 그대로 해야지, 왜 자꾸 이상한 방향으로 가는 거냐?"

"투로를 따르지 않는 봉술이 그게 봉술이냐, 그냥 휘두르는 거지?"

"바닥에 돌이 있어서 삐긋한 거예요. 그러니까 제발 조용히 해주세요."

영인은 바닥에 삐쭉 튀어나와 있는 돌멩이를 신경질적으로 찼다. 그러나 발가락만 아프고 돌은 요지부동이었다.

"제길, 돌멩이조차 신경질나게 만드네. 에잇!"

"응? 더 안 하고 어디 가냐?"

"좀 쉬려고 그래요. 저녁 시간도 다 됐고, 도길 아저씨 올 시간도 됐잖아요."

"어라? 그러고 보니 시간이 벌써 그렇게 됐네."

영인은 막 저녁 준비를 하고 있는 굴비에게 가려다가 정말 쉬고 싶다는 생각이 들어 나무가 있는 곳으로 걸어갔다. 그곳엔 며칠 전에야 간신히 말을 섞었던 노인이 먼저 자리를 차지하고 앉아 있었는데, 좀 서먹하지만 편하게 쉴 수 있는 곳이기에 머뭇거리지 않고 옆자리에 털썩 주저앉았다.

"……."

"……."

"아저씨, 아저씨도 제 봉술이 형편없다고 생각하나요?"

"…글쎄다. 형편없다면 형편없다고 할 수 있겠지."

"…무슨 말이 그래요?"

"정확한 투로를 따르는 것이라면… 삼 주 정도 연습한 것치고는 많이 틀렸다고 할 수 있지. 힘 조절도 안 되고."

"그… 렇군요."

송악호(宋岳豪).

영인에게 잘해주고 있는 궤도길과 동갑으로, 다른 사람들과 달리 과묵해서 그런지 주변 사람들과 어울릴 때가 별로 없었다. 하지만 강호 경험이 꽤 많은지 조를 이끌고 있는 조장 걸영도와 궤도길이 어려워할 때는 지나가는 말로 한마디씩 던지며 충고를 하곤 했다. 송악호의 충고에 궤도길은 매번 고개를 크게 끄덕이며 고맙다는 말을 빼먹지 않았다.

영인은 도길과 얘기를 나누다가 송악호에 대한 언급이 있었는데, 도길은 송악호가 일반 낭인들처럼 강호를 떠돈 사람이 아닐 것이라고 했다. 물론 영인은 당시 그렇구나 하며 고개를 끄덕였다. 일반 낭인이 아니었다는 말뜻을 모르기도 했지만, 별로 대수롭지 않게 생각했기 때문이다. 하지만 요즘은 그 뜻을 조금은 알 수 있을 것 같았다. 자신이 생각하기에도 다른 사람들과 조금은 다르다는 것을 느낄 수 있었고, 그런 생각이 들자 왠지 특별해 보이기까지 했다.

"그럼 제가 정말 무공엔 소질이 없나 보네요."

"허허, 무공이라……. 팔괘참봉술을 무공이라 부르는 것은 좀 그렇구나."

"예? 그게 무슨 말이에요?"

"글쎄, 딱히 뭐라 다르게 지칭할 말이 떠오르지 않으니 우선 무공이라고 하자. 그러나… 정말 무공이라 부를 수 있는 것은 얼마 되지 않는다는 것이 내 생각이다. 그러니 팔패참봉술처럼 체력 단련이나 하는 것은 엄밀히 따지면 무공이라 할 수 없지."

"그게 그거 아닌가요? 조장 말로는 무공을 배우면 몸도 튼튼해지고 다른 사람들보다 세진다고 하던데, 그렇게 따지면 무공도 일종의 체력 단련이나 마찬가지 아닌가요?"

"무공도 체력 단련이라……."

"……."

"허허, 달리 생각해 보면 네 말도 맞겠구나."

악호는 영인과 대화를 나누는 동안 오랜만에 기분이 좋아졌다. 왠지 철모르던 자신의 어린 시절이 생각났던 것이다. 하지만 영인을 바라보고 있는 표정엔 한 치의 변화도 없었다. 그저 영인이 옆에 앉았을 때 짓고 있던 표정 그대로였다. 마치 세상을 달관한 것 같은, 그러나 무언가 아쉬움이 가득 담긴…….

"하지만 말이다, 정말 무공이 무엇인가를 알게 된다면 절대 그런 말은 못하게 될 것이다."

"……."

"휴~ 사실 무공 자체도 크게 내공과 외공으로 분류하고 네가 배우고 있는 것도 일종의 외공이라 할 수 있는 것이니 무공이라 할 수 있지. 비록 삼류라 부르기에도 뭐하지만."

"…예, 그렇군요."

'삼류라 부르기도 창피할 정도란 말인가?'

"왜? 내 말이 듣기 싫으냐?"

"아니요. 그저 맥이 좀 빠지네요."

"허허, 그렇다고 게을리 하지는 말아라. 지금의 네겐 반드시 필요한 것일지도 모르니."

"알았어요. 그런데 아저씨, 외공이 뭔가요? 혹시 제가 지금 배우고 있는 팔괘참봉처럼 몸을 직접 움직이며 배우는 것이 외공이란 말인가요?"

"글쎄, 정확히 외공이라고 할 수는 없겠지. 그냥 초식이라든가, 아니면… 흠, 여하튼 지금으로서는 외공이라고 부르든 그렇지 않든 간에 크게 상관할 것은 없을 것 같구나."

"그렇군요. 그렇다면 내공은 뭔가요?"

"내공이라……. 자꾸 물어보는 것이 무공이 무엇인지 궁금한 모양이구나."

"예, 알고 싶어요."

영인은 정말 알고 싶다는 생각이 들었다. 그냥 빈말로 물어보는 것이 아니라, 말이 나온 김에 무공이라는 것이 무엇인지 알고 싶었던 것이다. 그리고 언제 또 이런 기회가 있을까 하는 생각도 들어 궁금증을 가중시키고 있었다.

"흐음."

'이 아이에게 설명해 준다고 이해할 수 있을까? 괜히 휴식 시간만 허비하는 것이 아닐까? 그렇다고 해도 저런 눈빛으로 물어보니 설명해 줄 수밖에 없겠구나. 휴~'

악호는 영인의 두 눈을 한동안 주시했다. 괜히 말을 꺼낸 것이 아닌가 하는 생각도 들었다. 영인이 배우고 있는 것이 형편없다는 것을 자신이 알고 있다고 해도, 어느 정도인가를 정확히 알게 되면 상심이 클 수도 있다는 생각이 든 것이다. 그러나 영인의 표정을 보면서 말해주는 것이 좋겠다는 쪽으로 결론을 냈다. 자칫 자신의 무위도 모르면서 애먼 일에 화를 당할 수도 있었기 때문이다.

"잠시만 기다리거라. 우선 먹을 것은 먹고 하자꾸나."

"옛! 저도 배가 고프던 참이었어요."

"당연하겠지. 그럼 잠시만 이곳에 있거라. 내가 네 것까지 가지고 오마."

"옛? 그냥 제가 가는 것이……."

"아니다. 그리 시간도 넉넉하지 않는데 네가 가면 조장이 또 시비를 붙일 것이 아니냐. 그냥 내가 갔다 오마."

"아~ 감사합니다, 아저씨."

악호는 주변이 어두워지기 시작하면서 사람들이 분주하게 움직이자 아무런 말 없이 자신에게 배정된 주먹밥을 들고 자신의 자리로 앉았다. 물론 자리에 앉자마자 영인을 향해 하나의 주먹밥을 건네주었고, 영인은 주먹밥을 맛있게 먹었다. 그러나 평소처럼 빨리 먹는 것이 아니라 악호와 보조를 맞추며 조금씩 먹었다.

"흠! 무공에 대해 얘기를 하자면 꽤 시간이 걸릴 수도 있다. 하지만 간략하게만 설명해 줄 테니 나중에 기회가 되면 스스로 알아보는 것이 좋을 것이다."

"예, 그럴게요."

"자, 그럼 먹으면서 얘기를 듣거라. 흠! 아까도 얘기했지만, 무공은 크게 내공과 외공으로 구분할 수 있다. 물론 진정한 고수가 되기 위해서는 두 가지를 서로 겸비해야 하지. 하지만 각 문파 또는 세가마다 중시하는 것이 다를 수 있다. 그건 정말로 오랜 세월 명성을 유지하고 있는 명문세가나 구파일방이 아니라면 제대로 된 내공심법이 없기 때문이다. 그만큼 내공심법이란 것은 갑자기 생겨날 수 없는 것이다."

"음, 그렇군요."

"하지만 외공은 다르지. 사실 외공의 비중이 낮은 것은 아니지만, 목적은 내공을 극대화할 수 있는 방법으로 생겨난 것이 외공이라 할 수 있지. 그렇기에 절정고수가 되기 위해선 내공과 외공이 함께 상승의 경지에 들어야 한다."

"……."

영인은 악호의 설명을 들으면서 고개를 끄덕였다. 악호가 최대한 알기 쉽게 설명해 줘서 받아들이기 쉬웠던 것이다.

"내공에 대해선 나도 더 이상 해줄 말이 없다. 나조차 알고 있는 것이 없기 때문이다. 그만큼 내공은 무공에 있어서 핵심이라 할 수 있기 때문이다. 그렇기에 아무리 명문정파에서조차 직계제자가 아니면 가르쳐 주지 않는다. 물론 지금은 예전의 성세만 못하지만."

"그럼 내공심법은 명문정파의 직계만 배울 수 있다는 말이네요?"

"그렇지. 하지만 무림 전성기라 불리던 영락제 이후, 명문정파의 내공심법을 대성했다는 고수는 없었다. 이백 년 전 마교와의 대회전과 그 이후 무림춘추전국시대로 불렸던 시기에 상당한 손실이 있었지. 그때 소림사나 무당파 등 명문정파 대부분의 상승 내공심법이 화재로 인해 불에 타거나 사라졌다."

"마교요? 그리고 무림춘추전국시대는 또 뭐예요?"

"그건 네가 지금 알 필요 없는 내용이다. 여하튼 그런 일뿐만 아니라 더욱 큰 이유는 상승의 내공심법을 대성하기 위해 최소 이 갑자에서 삼 갑자 이상의 내공을 필요로 한다는 데 있다. 삼 갑자의 내공… 정말 꿈같은 일이지. 그와 같은 내공을 쌓기란 우선 만년삼과 같은 천고의 영물을 복용하든가, 하다못해 천년삼(千年蔘)이나 천년하수오(千年何首烏) 같은 기연과 끊임없는 자기 노력이 없고서는 불가능하다."

"그렇군… 요……."

"하지만 외공은 다르지. 내공과는 달리 외공은 나름대로 자신에 맞게 변형할 수도 있고 부족한 면을 찾아 보완할 수도 있다. 물론 결코 쉬운 일은 아니지. 그러나 내공보다 위험성 등 여러 가지 요인들이 낮기 때문에 지금은 대부분의 문파에서 내공보다 외공에 치중하고 있다."

"험! 그럼 사파도 마찬가지인가?"

"아, 궤 아저씨."

도길이 갑자기 다가와서는 영인의 옆에 털썩 앉자 영인은 깜짝 놀란 눈으로 도길을 바라보았다. 그러나 도길은 영인을 쳐다보지 않고 악호를 향해 시선을 주고 있었다.

"뭐가 말인가?"

"송 형이 한 말. 나도 강호에서 평생을 살았네. 당연히 정파와 사파에 대해선 조금 알고 있지. 사파에 몸담고 있는 친구가 몇 명 있는데, 그들 중에 송 형과 비슷한 말을 하는 친구가 몇 있거든. 그래서 물어보는 것이네."

"그런가? 아마도 사파 역시 마찬가지일 것이네. 오히려 정파보다 뿌리가 약하다고 할 수 있으니 살아남기 위해선 더욱더 외공 쪽에 치중할 수밖에 없겠지. 그러고 보면 꿰 형도 발이 꽤 넓은가 보네."

"넓다기보다는 어쩌다 보니 그들과 얽히게 되면서 인연을 맺게 된 것이지. 나야 처음엔 달갑지 않았는데 사귀고 보니 그들도 별반 다른 것이 없더라고. 오히려 정파인들처럼 거들먹거리지도 않고… 뭐 내 생각이긴 하지만 지금은 옛날처럼 정파와 사파를 구분하는 기준도 불분명한 것 같기도 하고."

"흐음… 그런 면도 있지."

도길의 마지막 말에 악호의 눈매가 날카롭게 변했다. 하지만 도길은 마침 고개를 돌려 영인을 바라보고 있어서 악호의 시선을 피할 수 있었다.

악호는 도길이 무슨 의도로 그런 말을 했는지 생각해 보다가 이내 깊게 생각할 것 없다는 결론을 내렸다. 그리고 자신이 깊게 생각할 문제도 아니었기에 괜히 어색해질 빌미를 만들고 싶지 않았다.

"사실 나도 꿰 형과 비슷한 생각을 가지고 있지만, 아직 그런 말을 자네처럼 대놓고 해본 적은 없다네."

"오, 그런가? 하긴… 만약 송 형이 구파일방이나 명문세가에 속해 있었다면 오늘 내가 큰 실수를 한 것이지."

도길은 악호에게 말을 한 후 속으로 뜨끔했다. 모든 사고는 무심코 내뱉은 말에서 시작한다는 것을 잊어버린 자신의 경솔함에 후회가 되었다. 더불어 악호의 반응도 심상치 않아 마음이 조마조마했다. 하지만 악호의 입에서 약간은 동조한다는 말이 나오자 적지 않게 안심이 되어 살짝 가슴을 쓸어내릴 수 있었다. 정말 생각만 해도 아찔한 순간이 무사히 지나간 것이다.

"말이 나온 김에 한마디 더 하네만, 지금 정파가 어디 예전과 같은가? 예전엔 정의와 대의를 표방하면서 백성들을 위해 많은 일을 했다고 하던데, 지금은 자기들 이익만 챙기려고 하니 원. 이래서야 어디 사파와 다를 것이 무엇인가?"

"허허, 가슴에 쌓인 것이 많은가 보네."

"많기는 하지. 차마 부끄러워 말로 할 수 없는 일도 많다네. 하지만 어쩌겠나. 모두 내가 힘이 없어 당한 것을. 그나저나 내가 말을 끊은 것 같아 미안하네. 영인에게 무림에 관해 설명해 주는 것 같은데, 워낙 둘이 재미있게 얘기하는 것 같아 잠시 끼어들었네."

"아니, 괜찮네. 그리고 재미있기도 했고."

"그렇게 말해주니 고맙구먼. 그럼 계속하게. 난 그냥 듣고만 있겠네."

"알았네. 영인아, 내가 어디까지 말했냐?"

"저… 외공이요. 지금은 내공보다 외공에 치중한다고 말하셨어요."

영인은 도길과 악호의 대화를 들으면서 나름대로 얻는 것이 있었다. 무림을 정파와 사파로 구분하고 있다는 것에서부터 옛날과 지금의 상황이 많이 다르다는 것도 알게 되었다. 그리고 정파를 비방하는 말은 함부로 하면 안 된다는 것도 느낄 수 있었다. 그렇게 이것저것 생각하고 있는데 갑자기 화제가 자신에게 돌아오자 주춤했지만, 이내 악호의 물음에 대답하고는 경청할 자세를 취했다.

"그래, 외공에 대해 말하려고 했지. 흠! 외공은 몇 가지로 나눌 수 있는데, 철포삼(鐵佈衫)이나 철두공(鐵頭功)처럼 인체의 외피(外皮)나 신체의 특정 부위를 단련하는 것을 말하기도 하고, 검이나 칼 등의 무기나 권과 장, 발을 사용하여 적을 쉽고 강하게 격퇴시킬 수 있는 방법인 초식을 말하기도 한다. 네가 지금 배우고 있는 팔괘참봉은 초식에 해당되는 것이지."

"그렇지. 삼류이긴 하지만."

"그렇군요."

"하지만 말이다, 엄밀히 말하면 초식은 외공이 아니라 내공의 연장선에 있다고 보면 된다. 하지만 내가 지금 말한 것도 정확히 말하면 틀린 것이다."

"옛? 그게 무슨……?"

"허허, 이해하기가 좀 그렇지?"

"예. 그렇다고 했다가 아니라고 하니까요."

"사실 배우는 방식과 질적인 면에서 차이가 날 뿐 내공과 외공은 기를 어떤 방식으로 모으는가에 따라 다른 것이고, 초식은 그것을 사용하는 방법이라고 할 수 있다."

"그럼?"

"그래, 이 녀석아! 송 형의 말은 내공과 외공은 서로 비슷하다 할 수 있고, 초식은 그 힘을 사용할 수 있는 수단이란 말이다. 이제 알아듣겠냐?"

"흠!"

"아, 미안하네. 저 녀석이 자꾸 못 알아듣는 것 같아서 좀 답답하기도 하고……."

"흠~ 여하튼 간략하게 말해서 궤 형의 말이 맞다."

"그렇군요."

영인은 악호의 마지막 말에 고개를 크게 끄덕였다.

"아마도 낙녕에서의 전투는 네가 이겨내기엔 위험하다. 관군이 아무리 오합지졸이라고 해도 제대로 훈련을 받은 정규군이다. 당연히 네가 배우고 있는 것을 그들도 알고 있을 뿐만 아니라 더 뛰어난 것들도 익혔기 때문이다. 무슨 말인지 알겠냐?"

"예, 알고 있어요. 위험하다고 해도 최선을 다할 겁니다."

"당연히 그래야 할 것이다. 이미 궤 형이 말했듯이 네 스스로 우리들에게 인정을 받을 수 있는 길은 살아남는 것뿐이다. 너도 느끼고 있겠지만, 이번 전투에서 네가 죽거나 다치기라도 하면 우리 중 상당수가 슬퍼할 것이다. 알게 모르게 네게 정이 생긴 것이지. 하지만 어쩔 수 없는 일에 매달릴 정도로 녹록한 삶을 살진 않았다. 네가 죽으면 하루 정도는 슬퍼할지 몰라도 그 이후엔 훌훌 털어버릴 수 있다는 말이다."

"예……."

"만약에 네가 살아남는다면 아마도 네게 많은 변화가 있을 것 같다. 우선 네 옆에 앉아 있는 궤 형이 가만있지 않을 것 같고, 다른 사람들도 마찬가지겠지. 비록 무림에선 일류고수로 불리지 못하지만 네 한 몸 건사할 수 있을 정도로 기초는 닦아줄 수 있을 것이다."

"아… 그럼……?"

영인은 악호의 말에 숙이고 있던 고개를 번쩍 치켜들었다. 더 이상 듣지 않아도 무슨 의도가 내포되어 있는지 충분히 짐작할 수 있었기 때문이다. 이로써 살아남아야 할 이유가 하나 더 생긴 것이다. 최소한 이번 전투에서 살아남는다면 힘없어 몰매를 맞고 구걸조차 하지 못했던 구질구질한 자신의 인생에 변화가 생길 수 있었기에.

"송 형의 생각은 어떤가?"

"아직 모르겠네. 그리고 딱히 가르칠 만한 것도 없고."

"아닙니다. 오늘 말해주신 것만도 제겐 큰 도움이 되었습니다. 더구나 송 아저씨는 일류……."

"어림없는 소리! 내가 어찌 일류란 말을 들을 수 있단 말이냐. 그리고 어디 가서 그런 소리는 절대 꺼내지 말거라. 옆에 있는 궤 형이 비웃겠다."

"아니네. 내가 볼 때도 송 형은 우리들과 다르다는 것을 알 수 있네. 송 형은 모르겠지만, 강호에서 지금까지 사지(四肢) 멀쩡하게 살아남으려면 눈치가 빨라야지. 아마도 송 형은 무림에서 일류라는 소리를 들어도 충분할 것이네."

영인은 도길의 말에 저절로 고개를 끄덕였다. 아직 삼류와 일류의 차이점도 정확히 모르지만, 삼류보다는 굉장히 강한 무인이 일류라는 것은 알고 있었다. 특히 영인이 보는 악호는 신비하면서도 쉽게 접근할 수 없는 묘한 분위기가 있었다. 가만히 생각해 보니 악호가 일류고수라서 그런 것이 아닌가 하는 생각까지 들었다.

그러나 영인이 무슨 생각을 하고 있든 악호와 도길의 대화는 계속 이어졌다. 조금 전의 실수로 인해 조금 가깝게 생각되었는지 조금씩 악호와 도길의 분위기가 친숙해지고 있었다.

"무림이라……. 여하튼 이 송 모를 높게 생각해 준다니 고맙네."

"느낀 대로 말한 것이니까 고마울 것은 없지. 뭐, 사실일 수도 있고. 그나저나 무림도 많이 변했어. 무림문파가 봉기군을 도와주고 있으니… 황권과 무림의 영역이 사라지고 있는 것인가?"

"사라지고 있는 것이 아니라 이미 사라진 지 오래됐지."

"사라진 지 오래되었다니?"

"......?"

악호는 도길의 물음에 미간을 찡그렸다. 하지만 그 의도가 무엇인지 능히 짐작되었기에 영인을 슬쩍 쳐다본 후 천천히 입을 열었다.

"이미 궤 형도 알고 있는 것인데 새삼스럽게 묻는구먼. 궤 형도 무림잡서를 알고 있으니 긴 얘기는 하지 않겠네. 내가 알기로는 무림잡서에 등장하는 고수들과 무공은 거의 사실이네. 물론 과장이 없다고는 볼 수 없지. 인간이 그런 엄청난 무공을 지닌다는 것은 거의 있을 수 없는 일이니까. 하지만 그때 이후 무림은 조금씩 쇠퇴를 했다고 할 수 있네. 아니, 엄밀히 말하면 몰락이란 표현을 써도 될 정도라 할 수 있지. 그러면서 황제는 무림의 일에 암중으로 개입해 왔네. 그것은 동창과 금의위의 활동을 보면 알 수 있지."

"그렇군. 개방과 하오문의 눈을 속일 수는 있어도 동창의 이목은 피할 수 없다는 속설이 무림 정설로 자리 잡은 것이 오래되었으니."

"그렇네. 더불어 금의위의 무력도 구파일방이나 무림세가 못지않게 상승됐지. 물론 개개인의 실력도 뛰어나고. 그렇기에 무림은 웬만한 일이 아니면 황제의 명에 따를 수밖에 없었지. 하지만 요즘은 어디 그런가? 그동안 황제의 횡포에 어쩔 수 없이 고개를 숙였지만 황제의 권위가 떨어질 대로 떨어진 지금은 무림이 가만히 있을 수 없겠지. 팔대왕이라 불리는 장헌충의 봉기군이 사천과 호북성에서 황군과 대등하게 싸울 수 있는 것도 모두 뒤에서 무림 세력이 돕고 있기에 가능한 것이네. 하다못해 우리가 속한 곳도 화산이 암중에서 돕고 있지 않은가. 동창도 알고 있기는 하지만 지금은 무림을 핍박할 수 있는 시기가 아니기에 묻어둘 뿐이지."

도길은 악호의 말에 고개를 끄덕였다. 자신도 이미 알고 있는 것이기에 크게 놀라지 않았다. 또한 알고 있는 사람도 적지 않았기에 비밀이라고 할 것도 없는 일이었다. 물론 이러한 것을 처음 듣는 영인으로서는 큰 비밀을 알게 되었다는 표정을 짓고 있었지만.

"썩어도 준치라는 말이 있는데, 이러다가 황제가 북방에서 청나라를 물리치고 우리 쪽으로 시선을 돌리면 큰 사단이 벌어지겠군. 그렇지 않은가?"

"흠… 아마도 그런 일은 없을 것 같네. 이곳에 오기 전에 잠깐 북방에 있었는데 청나라의 군세가 만만치 않더군. 황제도 쉽지 않을 것이네. 또 모르지. 황제의 이목을 가리고 있는 환관이나 고관대작들이 사라진다면 그런 일이 일어날 수도 있겠지."

"큭큭, 그건 그렇겠군. 잘 알았네."

"하지만… 요즘 들어 생각해 본 것인데, 궤 형은 무림이 과연 무림이라고 생각하는가?"

"응? 그건 또 무슨 말인가? 무림이 무림이지 그럼 뭐란 말인가?"

"무림은 무림이지. 하지만 강호는 있어도 무림은 없다는 것이 내 개인적인 생각이네. 아무리 암중에서 발버둥을 쳐도 지금의 무림으로써는 황권을 넘볼 수 없네. 아마 지금의 황제가 물러나고 봉기군 중 누군가 황제가 되어도 마찬가지일 것이네. 만약 봉기군에서 황제라도 나오는 일이 벌어진다면… 어쩌면 옛날 주원장에 의해 마교로 몰렸던 명교보다 더 탄압을 받을 수도 있겠지."

"설마 그런 일이……."

"충분히 가능하네. 하지만 그런 것을 다 제외하더라도 지금의 무림은 예전의 무림이 아니네. 타락하고, 썩었고, 악취까지 나지."

"허, 강호는 있어도 무림은 없다? 듣고 보니… 그렇게 생각할 수도 있겠구면."

도길은 악호의 설명을 들은 후 한동안 생각에 잠겼다가 천천히 고개를 끄덕였다. 수긍되는 면이 없지 않았던 것이다.

"오늘 내가 말을 많이 한 것 같구면. 그 얘기는 한 귀로 듣고 한 귀로 흘려버리게. 그리 좋은 것도 아니고, 또 내 개인적인 생각일 뿐이니까."

"아니네. 일견 일리있는 말이었네. 나 같은 삼류가 입에 담기엔 어울리지 않지만. 여하튼 오늘 내가 정말 마음에 꼭 드는 친우를 만난 것 같구면. 대화, 즐거웠네. 다음엔 이런 대화 말고 재미있는 주제로 시간을 가지고 싶구면."

"그것도 좋지. 자~ 너도 우리 둘의 얘기를 듣고 있었으니 그중에 궁금한 것이라도 있냐? 없으면 궤 형에게 고맙다는 말이라도 하거라. 궤 형이 너를 위해서 아까운 시간을 내면서까지 얘기에 끼어들었으니 당연히 고맙다고 인사를 해야 할 것이다."

"뭘 그런… 흠~"

"아~ 궤 아저씨, 전 그런 줄 몰랐어요. 정말 고맙습니다."

"뭐, 나도 식사가 끝난 후라 심심하던 참이었으니 고마워할 것 없다. 덕분에 송 형과도 꽤 친해질 수 있었고. 그런데 도움이 됐는지 모르겠다. 그나저나 송 형 말대로 궁금한 것은 없냐? 대충 들어서 알겠지만, 간략하게 무공과 무림이 어떤 것이란 것은 알 수 있었을 것이다. 하지만 송 형의 의중을 보건대 오늘은 여기까지가 끝일 것 같구나. 그러니 무림 정세나 정파와 사파가 어떠하냐 같은 쓸데없는 질문 말고 정말 네가 알고 싶은 것이 있으면 물어봐라. 그 정도는 대답해 줄 것이다."

"그래, 궁금한 것이 있으면 물어봐라. 어차피 이런 시간이 다음에 또 있다는 보장도 없으니."

"저… 그럼 한 가지만 물어볼게요, 송 아저씨. 아까 아저씨 말 중에 절정고수라 함은 내공과 외공이 상승의 경지까지 수련한 고수를 말한다고 했잖아요? 그리고 지금은 그런 경지까지 수련한 고수가 없다고 했고요. 그럼 정말 절정고수라 불리는 고수는 현재 무림에 없나요?"

"흠, 아까 내가 한 말을 듣고 약간 오해가 있었나 보구나. 그러고 보니 네가 그런 의문을 가질 수도 있겠다. 어떻게 설명하

는 것을 좋을까? 그래, 우선 네가 말한 대로 진정한 절정고수
는 그렇게 봐도 무방하다. 하지만 어떠한 무공이든 우선 수련
했을 때 팔성까지 익힐 경우 소성을 이루었다고 말하고, 십성
까지 익힌 상태를 대성했다고 한다. 대성이란 자신의 의지대
로 절기를 무리없이 펼칠 수 있을 때를 말하는 것이다. 물론
십이성이란 말도 있는데, 이것은 절기의 본질을 완전히 이해
하고 최고의 위력을 발휘할 수 있는 경우를 말하지만, 현재는
그 의미가 많이 퇴색되었지. 당연히 전제는 익힌 절기가 상승
의 내공심법과 그것을 최상의 위력으로 시전할 수 있는 외공
이고. 하지만 세월이 흐르면서 무공이 쇠퇴해서 그런지 상황
에 맞게 절정이란 말도 격하가 되었다."

"그 말은……?"

"상황에 맞게 변질되었다는 뜻이지. 아무리 수련을 해도 절
정의 내공심법을 대성하지 못하는데 누가 그것을 익히려고 하
겠느냐? 당연히 익힐 수 있는 것을 익히고 그것을 토대로 발전
시킬 수 있는 것을 찾는 것이 인간의 본성이다. 아마 네가 강
호 생활을 할 기회가 있다면 소림사에 대해서 들을 수 있을 것
인데, 소림사의 칠십이절예가 바로 그 대표적인 예라 할 수 있
다. 상승의 절기를 익히지 못하기에 익힐 수 있게끔 변형을 시
켜 만든 것이 그것이지. 다른 문파나 세가들도 모두 비슷하게
변했지만 현 무림에서 그 절기들을 무시하지 못한다. 이제 이
해가 좀 되느냐?"

"예. 이제 어느 정도 알 수 있을 것 같아요. 정말 고맙습니

다, 아저씨."

"됐다. 네게 그런 말을 듣고자 한 것이 아니니까 신경 쓰지 말거라. 그나저나 넌 네가 할 일에 최선을 다하는 것이 필요할 거다. 삶이란 스스로가 어떻게 하느냐에 따라 충분히 달라질 수 있으니까. 그리고 한 가지 더 말한다면, 난 지금도 네가 이 곳을 떠났으면 한다. 네 의중이 어떤지 알지만 전쟁이란 사람이 할 짓이 못 된다. 물론 무림이란 곳이 살인을 하면서 성장하는 곳이라고 할 수도 있지만, 전쟁처럼 무차별적으로 살인을 하지는 않지."

"그렇지. 살인은 그렇게 좋은 것이 아니지. 더구나 첫 살인이라면 웬만한 강심장이 아니면 그 중압감을 쉽게 극복할 수 없다. 더구나 넌 직접 살인하지 않고 지켜본 것만으로도 많은 고생을 겪었다. 그러니……."

"아저씨, 전 지금 멀쩡하잖아요."

"휴~ 알았다. 하지만 한 살이라도 더 먹은 노인의 노파심에서 한마디만 더 하마. 무림에 실력이 삼 푼이고 경험이 칠 푼이란 말이 있다. 비유가 적당한지 모르겠지만, 살인을 해본 사람과 그렇지 않은 사람이 대결을 펼칠 때도 경험이 큰 차이를 만들곤 하지. 그만큼 살인에 대해선 심적 부담감이 크다는 것이다."

"궤 형 말대로다. 만약 네가 첫 전투에서 살아남는다면 그후엔 살인에 대한 반감과 공포가 자리를 잡게 될 것이다. 그것을 이겨낼 수 있는가에 따라 달라지겠지만, 개인적으로는 그런 경험을 하지 않았으면 한다. 물론 모든 것이 마음에 달려 있지만 이겨냈다고 해서 모든 것이 해결되는 것은 아니다. 이 것은 경험자의 입장에서 하는 말이다. 그러나 결정은 네가 내리는 것이겠지. 더 이상은 하지 않으마. 이미 네 의사가 확고한 이상 모두 부질없는 잔소리로 들리겠지.”

“아니에요. 하지만 두 분이 무슨 말씀을 하고자 하시는지 알겠어요. 그리고 제 걱정을 해주서서 감사합니다. 하지만 제 결심은 변하지 않아요. 대신 두 분의 말은 꼭 기억해 둘게요. 정말 오늘 두 분, 고맙습니다.”

영인은 자리에서 일어서서 악호와 도길을 향해 깊숙이 허리를 숙였다. 자신의 인생에 있어서 진심으로 걱정해 주는 사람들에 대해 최대한 예의를 표현한 것이다.

더불어 무림에 대한 동경심도 생겼다. 한 번은 꼭 경험해 보고 싶었던 것이다. 물론 그런 기회가 온다면 그렇겠지만, 그때를 위해서라도 무공이란 것을 꼭 익혀보고 싶다는 생각이 들었다. 비록 상승의 절기가 아니라고 해도 지금의 생활보다는 좋지 않을까 하는 기대감이 가슴 한곳에 자리 잡은 것이다.

第四章
살인을 한 후에 이유를 찾지 마라

드디어 낙녕에 도착했다. 그리고 신사년(辛巳年)의 새아침,
원단(元旦)의 아침이 지난 것이 이틀 전이다. 당초 예정했던 일
정보다 모두 집결하는 데 일주일가량 늦어졌지만 수뇌부에선
크게 걱정하지 않는 것 같았다.

　숭정(崇禎) 14년.

　아무리 뜻 깊은 명절인 원단이라고 해도 백성들의 모습은
별로 달라진 것이 없었다. 물론 영인도 특별히 달라진 것이 없
었다. 그저 나이를 한 살 더 먹어 스무 살이 되었다는 것뿐이
다. 오히려 새해라는 설렘보다 마음에 무거움만 더해졌다. 그
건 낙녕에 도착한 다음부터 더욱 커졌는데, 마치 똥 마려운 강
아지처럼 안절부절못하고 있었다.

영인은 조장인 영도의 지시에 따라 자신의 위치에 잠복하고 있었다. 잠복이라고 할 것도 없이 그냥 벽에 기대고 서 있는 것이지만, 날씨가 제법 싸늘해 가만히 서 있기가 여간 힘든 것이 아니었다. 그러나 정확한 시간에 성문을 열어야 하기 때문에 다른 곳에 가서 몸을 녹일 수도 없었다. 명령을 받고 있은 것이 영인 말고도 쉰 명이 더 있었기 때문이다.

영인은 자신이 왜 이곳에 서 있는지 이해할 수가 없었다. 하지만 모든 것이 자신의 왜소한 신체 덕분이었기에 뭐라고 항명할 수도 없었다. 비록 스무 살이라고는 하지만, 키는 오 척도 안 되고 근육이라고는 한 점도 없었다. 그렇기에 병사들에게 접근한다고 해도 거적때기를 두르고 있는 자신에게 주의를 기울이지 않을 것을 알고 있었다.

그러나 문제가 바로 그것이었다. 자신이 먼저 움직여 병사들의 이목을 끌어야 된다는 것인데, 자칫 자신의 실수로 인해 큰 낭패를 볼 수도 있었다. 더구나 함께 온 사람들은 산채에서 힘 좀 쓴다는 사람들이기에 부담이 더욱 컸다. 그에 영인은 발이 꽁꽁 얼어가고 있는 상황에서도 묵묵히 서서 움직이라는 지시를 기다렸다.

성문은 사시 초에 열려 유시 초에 닫힌다. 그사이에는 항상 열려 있지만 주변을 병사들이 철통같이 지키고 있었다. 병사들이 있다고 해도 상황을 봐서 순식간에 점거할 수 있지만, 잘못하면 타초경사의 우를 범할 수 있기에 때를 기다리고 있었다. 더욱이 성문이 닫혔다고 해도 병사들이 없는 것은 아니었다. 그저 성문이 열렸을 때와 닫혔을 때의 경계 상태가 다를 뿐이었다.

"후~"

'긴장하지 말자. 잘할 수 있어.'

현재 영인의 수중엔 항상 수련하면서 지니고 다니던 곤봉이 없었다. 다른 사람들의 이목을 피할 수 있는 단도 두 개가 전부였는데, 막상 단도를 잡고 있으려니 난감하지 않을 수 없었다. 딱히 사용하라고 준 것은 아니었지만, 혹시나 하는 마음에 긴장감은 약속된 시간이 다가올수록 더해만 갔다. 그 바람에 쌀쌀한 날씨에도 불구하고 손엔 땀이 홍건했다.

성문이 닫힌 지 두 시진이 흘렀다. 조금 더 있으면 약속된 해시에 접어들고, 서서히 움직여야 할 시간이 되는 것이다. 그리고 막 해시에 접어들자마자 영인에게 지시가 떨어졌다. 더 이상 머뭇거리고 있을 수 없는 것이다.

"젠장, 더럽게 떨리네."

'난 할 수 있어! 겨우 이목만 흐트러 놓으면 되는 일이야. 별거 아니야. 암!'

"휴~ 이제 움직여 볼까."

영인은 굳어져 잘 움직이지 않는 발을 살짝 두드리면서 경비병에게 다가갔다. 한밤중인데도 드문드문 화로에 불을 밝히고 있어 주변은 꽤 밝았다. 충분히 사물을 분간할 수 있을 정도였다. 그에 영인은 경비병들에게 접근할수록 나름대로 조심하면서 갔지만 숨어 있는 봉기군이나 경비병의 눈엔 어슬렁거리는 것으로 보였다. 더구나 다리 한쪽이 굳었는지 쩔뚝거리고 있어 어색한 느낌마저 들었다.

"저, 아저씨……."

"저리 가라. 이곳은 너 같은 녀석이 얼쩡거릴 곳이 아니다."

"죄송한데, 몸 좀 녹이고 가면……."

"이 녀석이!"

"야! 이 비루먹을 새끼야! 어서 썩 꺼지지 못해!!"

"그냥 몸만……."

"이 새끼가 미쳤나? 야, 거지새끼야! 우리도 지금 추운데도 서 있는 거 안 보이냐?"

"너, 너무 추워서 그래요. 얼어 죽을 것 같단 말이에요. 그럼 잠깐 발만 좀 녹이고 가면 안 될까요? 부탁드릴게요."

"이 거지새끼가 오늘 죽고 싶나? 저리 안 가?"

"…저, 거지 아닌데요."

계속되는 영인의 엄살에 화가 난 병사가 눈에 쌍심지를 켜며 주먹을 들어 올렸다. 더 이상은 용납하지 못하겠다는 엄포였는데, 영인은 이런 병사의 의도를 모른 척하며 다시 한 걸음 다가섰다. 비록 최대한 고개와 허리를 숙인 상태의 조심스러운 움직임이었지만, 병사를 화나게 만들기엔 충분했다. 물론 마지막 말대답이 큰 작용을 했지만.

"이……."

"저 거지새끼, 웃기네. 큭큭."

"그러게. 피죽도 못 얻어먹은 것 같은 비루먹을 새끼가 꼬박 꼬박 말대답이나 하고."

"아저씨, 부탁드릴… 윽!"

"이 새끼! 가뜩이나 추워 사타구니도 얼은 것 같아 기분이 더러운데 어디서 얼쩡거려! 오늘 그렇게도 이승을 떠나고 싶냐?"

"어이, 오늘 저 새끼 소원 들어주라고."

"그래. 고통스럽게 얼어 죽는 것보단 단칼에 죽는 것이 좋겠지."

"하하하!"

"으~"

갑자기 병사 한 명이 휘두른 창에 옆구리를 맞게 되자 영인은 정신이 하나도 없었다. 자신을 때린 병사를 비롯해서 주변의 병사들도 뭐라고 하는 것 같았는데, 귀에는 아무런 소리도 들리지 않고 윙윙거리기만 했다. 엄살이 아니라 추위에 정말로 온몸이 굳어 있어 제대로 된 기능을 못하고 있었던 것이다.

"이 새끼가 정말 죽고 싶지? 응? 어서 일어나지 못해!"

"입만 아프게 뭘 그렇게 떠드나? 이참에 아예 죽여주라니까!"

"그래, 심심한데 재미있겠다. 큭큭큭."

"정말 그럴까? 어디."

"아, 알았어요. 일어날 테니까 때리지 말아요. 끄응~"

"그래도 죽고 싶지는 않은가 보네?"

"하하하!"

성문 주위에 경계를 서고 있는 병사의 수는 모두 서른 명, 그리고 성문 위에는 오십 명 정도 되었다. 그러나 성문 위 병사들은 네 명이 한 조씩 오 장의 간격을 두고 서 있어 직접적인 위협이 되지 않았다. 그에 영인은 최대한 몸을 바둥거리며 일어났다. 처음 의도했던 방향으로 진행되지 않았지만, 어찌 되었든 경비병들이 자신의 주변으로 모여들었던 것이다. 그리고 최소한 몸이 움직이지 않고 있었지만, 지루하던 참에 재미있는 구경거리가 생겼다는 듯 시선을 주고 있었다.

'쳇, 얼었던 몸이나 녹이면서 주의 좀 끌어보려고 했더니… 아직 시간이 남았는데 어떻게 한다?

"썩 꺼져, 이 새끼야! 더 맞고 싶지 않으면!"

"장 형, 너무 몰아붙이지 말게. 그래도 얼어 죽기 싫어서 그런 것 아닌가."

"누군 춥지 않나? 나도 추워. 그런데 저 빌어먹을 새끼가 거저 몸을 녹이겠다고 그러니까 화가 나잖아."

"맞아. 자네는 너무 마음이 여린 것이 흠이라니까."

"으~ 춥다. 이거 보라고. 정말 사타구니가 꽁꽁 얼어버린 것 같잖아. 그러니까 더 열받네. 이 어르신도 추위에 떨고 있는데."

"큭큭, 맞는 말이야. 우리도 추위에 떨고 있는데 거지새끼가 몸을 녹이겠다고 하니 화가 나는 것은 당연하지. 그러니 장 형은 나서지 말게."

"그렇지? 그러니 내가 당연히 버릇을 고쳐, 큭!"

"끄윽!"

"누, 누구… 윽!"

영인은 갑자기 들린 거북한 소리에 깜짝 놀라 소리의 진원지를 바라보았는데, 그곳엔 어느새 봉기군의 칼에 의해 목에 구멍이 뚫린 병사들이 쓰러져 있었다. 너무도 순식간에 벌어진 일이라 착각이 아닌가 했지만, 솟구치는 핏물이 얼굴에 떨어지자 현실임을 알 수 있었다.

영인은 순간 다리에 힘이 빠지면서 털썩 주저앉았다. 이미 오늘 무슨 일이 벌어질지 알고 있었지만, 막상 눈앞에서 사람이 처참한 모습으로 죽자 예전의 기억이 떠오른 것이다. 멍해졌다. 또다시 아무런 소리도 들리지 않았다. 조금 전 들리지 않았던 것과는 완전히 달랐다. 그저 멍하니 경비병들의 입이 벙긋거리는 것과 동시에 봉기군의 칼에 베이고 찔리며 쓰러지는 모습을 바라볼 뿐이었다. 마침 경비병이 쓰러지면서 놓친 창에 뒤통수가 맞지 않았다면 쉽게 정신을 차릴 수 없었을 것이다.

"흑! 이런……."

'정말 죽고 싶어 환장했나 보군. 모두 극복한 줄 알았는데…….'

"그나저나… 젠장! 어쩔 수 없잖아!!"

어디서 용기가 났는지 영인은 얼른 자신의 옆에 떨어진 창을 주워 들고는 성문으로 향했다. 봉기군은 경비병들과 접전 중이라 성문까지 가지도 못하고 있었기 때문이다. 설상가상으로 성문 위에 있던 병사들이 허겁지겁 뛰어오고 있어 빨리 성문을 열지 않으면 몰살당할 수도 있는 위급한 상황이었다.

성문 위에선 급박한 북소리와 함께 병사들이 고함을 지르고 있었다. 영인이 성문으로 뛰어가면서 상황을 보니 이미 밖에서도 안의 사정을 알았는지 몰려오고 있는 것 같았다.

'조금만, 조금만 더……'

"제에엔~ 자앙~!"

영인은 접전이 벌어지고 있는 곳을 피하면서 성문을 향해 뛰었다. 자신도 모르게 평소 잘 쓰지 않던 막말이 튀어나왔지만 영인은 그것도 인식하지 못했다. 그저 병장기가 난무하는 틈을 피하며 달릴 뿐이었다. 하지만 막상 성문에 가까워졌을 땐 하늘이 노랗게 변하는 것을 느꼈다. 한 명도 버거운 형편인데 자그마치 세 명이 서 있었던 것이다. 거기다 다른 병사와 의복도 달랐는데 그동안의 경험을 비추어볼 때 병사 중에서도 조금 높은 지위임을 직감했다. 더욱이 싸움을 주시하는 날카로운 눈매와 한눈에 보기에도 무시무시한 대도(大刀).

'미치겠네.'

"어차피 성문을 못 열면 죽는 거, 그냥 이판사판이다! 으아~!"

영인은 세 명의 병사가 내뿜는 기세에 눌려 잠시 주춤거렸으나, 이내 입술을 꾹 깨물며 그들을 향해 달려들었다. 어차피 성문을 열지 못하면 죽는다고 생각하니 자신도 모르게 두 손에 힘이 들어간 것이다.

"비켜~"

"저 새끼가 돌았나?"

영인은 그동안 수련했던 팔괘참봉의 투로도 잊어버렸는지 정면을 향해 무조건 창을 찔러댔다. 하지만 투로를 따르지 않았다고 해도 창을 찔러가는 속도와 힘은 평소보다 뛰어났다. 죽음을 각오한 공격이라 기세도 역시 흉험했는데, 다행히 병사들이 쉽게 반격하지 못하고 조금씩 뒤로 물러서게 만들었다.

하지만 이러한 요행은 금방 사라졌다. 역시 정규 훈련을 받은 병사들답게 몇 번 찌르지도 못했는데 영인의 창을 쳐내면서 반격을 가해왔다. 그러나 영인은 뒤로 물러설 수가 없었다. 비록 명령받은 것은 얼떨결에 완수했기에 후방에서 몸을 사려도 되지만 성문에 가장 근접해 있는 것은 현재 자신이었기 때문이다.

"죽어! 죽어! 죽어~! 제발 죽어줘!"

"미친 새끼, 너나 죽어라!"

창! 차창! 차차창!

"죽기 싫으면 성문을 열어!"

"이 뚤아이 같은 새끼야! 성문을 미쳤다고 여냐? 이거 완전히 병신새끼 아냐? 에라, 이 자라 뒷구멍에 코 박고 죽을 놈아!"

"뭐 하고 있나! 어서 저 거지새끼를 죽여라!"

"옛!"

창! 차차창!

"큭!"

'젠장.'

세 명의 병사가 칼을 휘두를 때마다 영인의 목숨은 이승과 저승을 몇 번이나 오고 가야만 했다. 순간마다 몸을 틀거나 창으로 막지 않았다면 벌써 땅바닥에 몸을 뉘고 있었을 것이다. 그만큼 영인이 상대하기에는 버거운 형편이었다. 지금까지 살아 있다는 것만으로도 천운이 따랐다고 할 수 있었다.

"헉, 허헉!"

'제길, 한 명이라면 어떻게든 가능할 것 같은데… 그나저나 왜 이렇게 안 와? 시팔!!'

영인은 순간 자신을 도우러 오지 않는 다른 사람들에게 화가 났다. 욕이 저절로 튀어나왔다. 어서 성문을 열어야 하는데 병사들과 몇 합을 겨루는 와중에도 단 한 명도 성문으로 돌진하지 못하고 있었던 것이다.

"허헉! 제길!"

'괜히 나섰나? 그냥 도망이나 치면서 망이나 볼걸. 젠장!'

영인은 더 이상 버틸 수 없었다. 체력도 많이 달리는 상황이라 어떻게 할 수가 없었다. 그에 전전긍긍하며 옆으로 물러서려는데 마침 영인의 눈에 큰 화로가 보였다.

'저거다!'

"조금만 기다려라. 다 죽었어!"

휘이익!

"헛!"

타타탁!

창을 횡으로 크게 휘두른 후 영인은 뒤로 훌쩍 물러서며 화로가 있는 곳을 향해 뛰었다. 그런 후 창을 다시 크게 휘둘러 화로를 병사들이 서 있는 방향으로 넘어뜨렸는데, 다행히 화로의 불이 커서 병사들은 흠칫 놀라며 더 이상 다가오지 않고 물러섰다. 그에 영인은 바닥에 떨어진 장작을 발로 차며 병사들에게 위협을 가한 후 다른 화로를 향해 접근할 수 있는 시간을 벌었다.

"성문을 열어! 아니면 모두 죽일 거다!"

"미친 새끼, 열 수 있으면 직접 열어라. 그전에 네 녀석 목이 떨어질 것은 각오하는 것이 좋을 것이다!"

"그래? 그럼 이거나 받아라!"

휘리리릭~

"이, 이런 미친 새끼! 그만두지 못해!"

화르르르륵~

병사들 중 한 명이 영인을 향해 고함을 질렀다. 하지만 영인은 병사의 고함에도 아랑곳하지 않고 다른 장작을 집어 성문을 향해 던지고 있었다. 다행히 기름이 가득 발라졌거나 불에 잘 타는 재질인지 장작은 주변을 환하게 밝히며 성문으로 날아갔다. 더욱이 거리가 삼 장밖에 떨어지지 않아서 어렵지 않게 목표했던 곳으로 던질 수 있었다.

하지만 영인을 저지하는 병사가 아예 없는 것은 아니었다.

워낙 좁은 곳에서 많은 수의 사람들이 피 튀기는 접전을 벌이고 있었기에 조금만 시선을 돌리면 언제든지 생명을 위협받을 수 있는 적이 눈앞에 있었다. 당연히 성문을 향해 모든 이목을 집중하고 있는 영인은 병사들에게 손쉬운 먹잇감이었다.

영인은 갑자기 자신을 향해 창을 찌르는 병사를 보았다. 마침 성문을 향해 집어 던질 장작을 찾기 위해 허리를 구부리지 않았으면 배에 구멍이 뚫렸을 것이다. 정말 운이 좋았다. 영인은 얼른 중심을 잡은 후, 자신을 공격한 병사를 노려보았다.

"개새끼, 비겁하게 뒤에서 찔러?"

"어린 새끼가 입이 거칠구나! 이왕 내 눈에 띈 거, 빨리 죽여주마! 하얏!"

"어림없다, 비겁한 새끼야!"

"이런! 비루먹은 새끼가 입도 시궁창이구나!"

"내가 비루먹는 걸 봤냐, 이 개새끼야?!"

"이 썩을 놈이~"

탁! 타탁! 타타탁~!

"큭!"

"어떠냐, 이 멍청하고 비겁한 두꺼비 새끼야!"

영인과 병사는 서로를 노려보며 창을 찔러댔다. 창을 곤봉처럼 사용해 휘둘러 공격할 수 있었건만, 두 사람은 모두 상대의 몸에 창을 박아야겠다는 일념밖에 없었다. 하지만 서로의 실력이 비슷해서 별다른 성과를 내지 못했다. 그러나 몇 합을 주고받는 도중 수련했던 성과가 있는지 조금씩 영인의 창이 병사의 몸에 상처를 내고 있었다. 모두 살짝 긁힌 대수롭지 않은 상처였지만 병사는 자꾸 상처가 생기자 당황하기 시작했다. 만만하게 생각했던 영인에게 덜컥 겁이 난 것이다.

병사가 뒤로 물러서기 시작하자 영인은 '실수해라. 제발 실수해~!'라는 말이 입가에 맴돌았다. 모든 일이 바람대로 되는 것은 아니지만, 마침 뒷걸음치던 병사가 땅바닥에 떨어져 있던 화로에 걸려 중심이 흔들렸다. 순식간에 병사는 부처나 천지신명을 찾아야 하는 상황으로 변했고, 영인에게는 운이 좋은 순간이었다.

"좋았어! 죽어라!"

휘이익~!

"아, 안 돼!"

팍!

"크윽! 끄으~"

"흐음."

살을 찢고 이물질이 들어가는 기분 나쁜 소리와 함께 병사의 비명과도 같은 절규가 들렸다. 한순간 영인은 자신이 들고 있는 창끝을 쳐다봤다. 창날이 보이지 않았다. 가슴에 깊숙이 박혀 마치 병사의 일부인 것처럼 보였다. 그러나 생각했던 만큼의 떨림이나 두려움이 생기지 않았다. 다만 병사의 핏발 선 두 눈이 선명하게 보일 뿐이었다. 마치 지옥의 야차처럼 창을 잡고 있는 자신을 지옥으로 함께 데리고 가겠다는 눈빛 같았다. 그에 자신도 모르게 뒤로 물러나면서 있는 힘껏 창을 잡아

당겼다.

푸악!

"꺼으으윽~!"

털썩!

"하아, 하아~!"

'내가, 내가 사람을 죽였어…….'

병사가 쓰러지는 모습을 보자 이내 자신이 무슨 일을 했는지 자각할 수 있었다. 화로에 걸려 넘어지고, 자신은 그것을 놓치지 않고 창을 밀어 넣고, 또한 창을 뽑는 순간순간이 머릿속에 선명하게 떠올랐다.

'정말 내가 사람을 죽였나? 이것이 살인……?'

"하아! 하아!"

'사람을 죽인다는 거, 생각보다 두렵지 않네. 기분은 좀 더럽지만 이 정도라면…….'

"후우~ 웃차!"

영인은 마음을 다잡듯 창을 고쳐 쥔 후 자신이 해야 할 일을 찾았다. 역시 하던 일밖에 생각나지 않았다. 그에 주저없이 쓰러져 있는 병사를 지나쳐 아직 멀쩡히 타고 있는 화로를 향해 뛰었다. 그리고 아직까지 성문을 철통같이 지키고 있는 세 사람을 향해 거침없이 활활 불타고 있는 장작을 집어 던지기 시작했다.

"개새끼들, 모두 죽어!"

획! 휘이이익!

"헉! 뭐야?"

"저 새끼, 아직도 안 죽었나?"

"이런, 씨팔!"

멈췄던 장작이 다시 날아오기 시작하자 세 사람의 인상이 험악하게 구겨졌다. 생긴 건 비리비리해 금방 죽을 것 같았는데 아직까지 숨이 끊어지지 않고 지랄을 하고 있으니 속에서 염불이 난 것이다.

하지만 영인의 거듭되는 공격에도 불구하고 세 명의 병사는 성문을 벗어나지 않고 있었다. 마치 성문을 지키는 것이 인생의 목표인 것처럼 번뜩이는 눈빛으로 주변을 주시하면서 영인이 던지는 장작을 밖으로 쳐낼 뿐이었다. 하지만 영인이 멈추지 않고 계속해서 던지자, 조금씩 행동반경에 제약을 받을 수밖에 없었다.

"안 되겠다. 삼조장, 저 새끼를 처리해라! 빨리 죽여 버려!"

"옛, 알겠습니다!"

"그리고 이조장은 나와 함께 지원군이 도착할 동안 성문을 지킨다. 어떤 놈들인지 모르지만 성문이 열리면 모두 죽음이다!"

"옛~!"

"자넨 아직 안 가고 뭐 해!"

"알았습니다. 이놈, 각오해라!"

"조장이 돼가지고 저 모양이니, 쯧쯧. 그런데 왜 지원군은 안 오는 거야?"

영인은 자신을 향해 뛰어오는 병사를 향해 얼른 화로를 넘어뜨리고는 창을 고쳐 잡았다. 병사의 기세가 성문을 지키려고 방어 위주로 칼을 휘두를 때와는 천지 차이로 달랐다. 뛰어오는 것도 그렇지만 칼을 한 번 휘두를 때마다 듣기 싫은 바람소리가 났다. 자칫 실수라도 하게 되면 반으로 갈라질 것 같아 긴장감이 배가 됐다.

"이 새끼, 죽어!"

"젠장! 성문이나 지키고 있을 것이지 여길 왜 온 거야?"

"왜 오긴, 너 죽이려고 왔다, 이 빌어먹을 개새끼야!"

"홍! 시궁창에 입을 담갔다 나왔냐? 너나 죽어라, 새끼야!"

"남 말 하고 있네, 새끼."

창! 차창! 차차창!

"젠장!"

'제길! 이럴 땐 불리하군.'

영인이 들고 있는 창은 직창(直槍)이라 삼지창처럼 칼의 진로를 방해하거나 하는 위협을 줄 수 없었다. 대신 최대한 자세를 낮추며 순간마다 찌르기로 방어를 할 수 있었다. 공격은 생각도 못하고 그저 목숨이 붙어 있기만을 바라며 방어에 치중한 것이다. 그러나 점점 상황이 나빠지고 있었다. 어느 순간부터 찌르기도 할 수 없었고, 칼의 공격에 따라 뒤로 밀렸다.

"헉, 헉!"

"죽어, 이 새끼야!"

"빌어먹을!"

"삼조장, 뭐 하고 있는 거냐? 아직도 처리하지 못한 거냐?"

"이군장님, 금방 끝납니다!"

"뭐가 금방 끝나! 헉헉!"

"흥! 겨우 버티고 있는 녀석이 말은 많네. 이것도 받을 수 있나 보자! 하앗!"

"어림없다!"

창! 차차창!

"진짜 끈질기네, 개새끼!"

"날 죽이려면 아직 멀었어! 으아!"

"씨팔~"

"제길!! 삼조장, 그 새끼는 놔두고 빨리 이리 와서 도와!"

처음 삼조장한테 명을 내렸던 군장의 다급한 목소리가 들렸다. 어느새 봉기군 중 몇 명이 접근해서 치열한 접전이 벌어지고 있었던 것이다. 비록 봉기군의 수가 세 명밖에 되지 않았지만 두 명으로 막기에는 다소 위험한 상황이 전개되고 있었다.

삼조장은 상황이 급박해 보이자 찜찜하지만 상관의 명에 따라 영인을 놔두고 성문으로 가려고 했다. 그러나 영인은 절대 그냥 보내줄 수 없었다. 최소한 한 명이라도 자신이 잡고 있어야 성문을 여는 데 유리할 것이기에 자신이 위험할 줄 알면서도 돌아가려고 하는 삼조장을 향해 창을 힘껏 찔렀다.

"이 새끼, 어딜 가려고 하냐? 여기서 해결을 보자!"

"똘아이 같은 새끼야, 이 어르신이 너 같은 놈 하나 못 죽여서 물러가는 줄 아느냐? 실력도 형편없는 놈이 정녕 죽고 싶은

가 보구나!"

"그래! 나, 죽고 싶다! 어디, 실력이 되면 죽여봐, 이 개새끼
야!"

"이 새끼야, 안 비켜!"

"못 비켜! 절대로 넌 여기서 못 가!!"

"이……."

'뭐 이런 새끼가 다 있어? 완전 독종이잖아?'

차창! 차차차창!

점점 상황이 급박하게 변해갈수록 영인과 삼조장의 입도 거
칠어졌다. 사실 영인으로서는 소리칠 힘도 없었지만, 괜히 욕
을 먹고 있을 정도로 마음이 너그럽지 못했기에 덩달아 악을
쓰고 있었다. 그러면서도 긴장의 끈을 놓을 수는 없었다. 삼조
장의 실력이 영인보다 뛰어났던 것이다. 당연히 삼조장의 칼
이 공간을 가르는 횟수가 많아질수록 죽을지도 모른다는 두려
움이 엄습했다. 그러나 영인은 오히려 더욱더 악을 썼다. 소리
라도 질러야지 공포에서 벗어날 수 있을 것 같기에 시간이 흐
를수록 창을 찌르는 것보다 욕하는 것에 더 치중하고 있었다.

"새끼야! 내가 너처럼 칼을 휘둘렀으면 벌써 넌 죽었어!"

"병신 같은 놈아! 이 칼이 어떤 칼인 줄 아냐? 너같이 곯은
놈은 들지도 못하는 칼이다, 이 토끼새끼야!"

"지랄하고 있네. 그럼 내가 들고 있는 창은 신창(神槍)이다,
이 똥통에 빠져 허우적거리다 죽을 놈아!"

"크~!"

"삼조장, 빨리 와라! 너 이 새끼, 계속 거기서 죽치고 있을
거냐!!"

"군장님, 잠시만……."

"이 새끼, 너 죽을 줄 알… 헉!"

창! 차창!

"죽어라!"

푹~!

"크억! 끄으으~"

"헉, 군장님~!"

삼조장은 상관의 비명 소리가 들리자 순간적으로 고개를 돌
렸다. 성문은 이미 마지막까지 용을 쓰며 버티던 군장의 죽음
으로 거의 점거가 된 상태였고, 봉기군 중 몇 명이 빠르게 움직
이며 성문을 열고 있었다. 접전이 벌어진 지 불과 이각도 되지
않았는데, 팔십 명의 경비병 중 육십여 명이 땅바닥에 쓰러진
것이다. 더욱이 나머지 병사들 역시 대부분 비명을 지르며 피
를 토하고 있었다. 봉기군들도 서른 명 정도는 죽음을 당한 것
같았지만, 더 이상 버틸 수 없다는 것을 알 수 있었다.

"이런!"

"크크, 어떠냐? 이젠 네놈도 곧 저 꼴이 될 거다."

"웃기지 마라! 난 안 죽어!!"

'젠장, 이러면 정말 위험한데…….'

"어디, 네놈이 죽을지 살지 보자. 하앗!"

휘이익~

"헛! 빌어먹을……."

"하하하~ 이제는 당나귀처럼 뒹굴고 있구나. 좋다! 어디, 얼마만큼 뒹구는 재주가 있나 보자!"

팍! 파파파팍!

"크으~"

'빌어먹을 새끼, 그나저나 빨리 빠져나가야 하는데…….'

삼조장은 상황이 여의치 않자 자신이라도 살아서 도망쳐야 하는 상황이 되었다. 더 이상 자리를 지키고 있을 수가 없었던 것이다. 성문이 열리기 전에 도망을 치지 못하면 끝이었다. 지원군의 모습도 보이지 않고 있는 상황에서 자신이 직무에 충실한다는 것은 자살 행위이나 마찬가지였다. 더욱이 지금 삼조장은 영인이 찌르는 창을 피하기 위해 열심히 땅을 구르고 있었다. 시간도 없는데 짜증나는 상황이었다.

하지만 더 이상 머뭇거릴 시간이 없기에 삼조장은 약간 손해를 보는 한이 있어도 상황을 반전시켜야만 했다. 그에 삼조장은 구르는 도중에 팔에 힘을 잔뜩 주며 훌쩍 전방으로 도약했다. 팔에 무리가 갔지만 더 이상 땅바닥을 구르지 않게 된 것만으로 만족했다. 이제 자신의 앞을 가로막는 영인을 처리하면 되는 것이다. 아니, 그냥 무시하고 가야 할 정도로 상황이 다급하게 돌아가고 있었다. 이에 삼조장은 영인을 향해 거침없이 칼을 휘두르며 길을 뚫고자 했다.

"비켜, 이 새끼야! 죽고 싶지 않으면 비켜!"

"못 가! 못 비켜! 여기서 죽어, 새끼야!"

"이런 호랑말코 같은 새끼! 죽어, 이 개새끼야~!"

"헉헉! 넌 여길 못 벗어나! 알아?"

"이… 개새끼! 좋다, 어디 끝까지 해보자! 하아앗!!"

휘이이익~!

"헉!"

팟!

"큭! 이이익~!"

삼조장이 휘두른 칼에 영인의 옆구리가 베어졌다. 그리 큰
상처는 아니지만 창을 들어 다시 베어오는 칼을 막는데 상당
한 고통을 주었다.

"빌어먹을!"

"흥! 그러니까 비키라고 했잖아, 새끼야!"

"개새끼, 그런데 왜 말끝마다 욕이야!"

"뭐? 이거 정말 웃긴 놈이네. 지금까지 살면서 너처럼 입이
걸죽한 놈도 못 봤다. 그런데 뭐?"

"……."

영인은 삼조장의 말에 순간 할 말이 없었다. 자신 스스로도
거침없이 나오는 쌍욕에 놀라고 있었던 것이다.

"새끼야! 머리에 피도 안 마른 새끼가 겁도 없이 대드는데
너 같으면 욕이 안 나오겠냐?"

"웃기고 있네. 나도 먹을 만큼 먹었어!"

"흥! 내가 장가를 갔으면 네놈 같은 자식이 있겠다!"

"지랄하고 있네."

영인과 삼조장이 치열하게 싸우고 있는 상황임에도 성문은 어느새 활짝 열려 있었다. 성문을 악착같이 지키던 두 명이 죽자 더 이상 성문을 여는 데 거치적거리는 병사가 없었던 것이다.

성문이 열리자마자 밖에 대기하고 있던 봉기군이 밀물처럼 들어왔다. 더욱이 막상 성문이 열리고 봉기군의 모습이 보이자 죽어라 막아섰던 병사들이 비명을 지르며 뿔뿔이 흩어졌다. 자신들도 지금 봉기군의 앞을 막아서는 것 자체가 무리임을 알고 있었기 때문이다.

어느덧 이자성을 비롯한 수뇌부들이 들어와서 봉기군을 이끌고 관청으로 달려갔다. 이미 관청의 위치와 병사들의 수도 대략 파악한 후였기에 그 움직임은 상당히 빨랐다. 하지만 아무도 영인과 삼조장의 곁으로 다가가지 않았다. 사방이 봉기군의 함성 소리에 시끄러웠고, 두 명의 접전 지역이 성벽과 상당히 붙어 있어 봉기군의 이목을 피해갔던 것이다. 그러나 이러한 상황을 모르는 영인으로서는 조바심이 났다. 분명 자신을 도우러 와야 할 동료들이 자신은 거들떠보지도 않고 수뇌부의 명을 따라 안쪽으로 뛰어가고 있었기 때문이다.

'제길, 왜 아무도 도와주러 오질 않는 거야!'

"죽어! 죽어! 이 새끼, 제발 좀 죽어라!"

"크윽, 내가 네놈 말대로 쉽게 당할 것 같으냐? 어림없다!"

"죽기 싫으면 길이라도 비켜라!"

"그럴 거면 진작에 했다, 이 겁쟁이 자라새끼야!"

"이… 거머리 같은 새끼!"

영인과 삼조장의 접전은 말 그대로 욕설이 난무하는 개싸움이었다. 봉기군 중 몇몇이 지켜보기도 했지만, 그들 중 아무도 개싸움에 끼어들고 싶어하는 사람은 없었다. 비록 영인이 위태위태해 보이기도 했지만, 그렇다고 정말 위험하다 판단될 정도로 밀리지도 않은 상황이라 못 본 체하며 지나쳤다. 더구나 아직까지 성문에 남아 있는 병사는 삼조장뿐이었기에 봉기군은 고개를 흔들며 당장 급한 곳으로 달려갔다. 관청을 점거하고 명을 내리는 관리들을 잡아들이면 조만간 전투는 끝나기 때문이다.

"헉, 허억~!"

"개새끼, 아무리 기다려도 널 도와주러 오지 않아!"

"흥! 그렇다고 내가 물러설 것 같냐? 어림없다, 새끼야!"

"정말 독종이네."

"독종이니까 네놈 칼에 맞고도 살아 있지. 그럼 내가 죽어야 좋겠냐, 새끼야?"

"이 호래자식아! 나도 입이 거칠기로 유명하지만 네놈처럼 입이 개차반인 놈은 정말 처음 봤다."

"씨팔! 나도 오늘처럼 욕이 술술 나온 날도 없었다, 죽일 새끼야!"

"네놈은 죽어도 주둥이는 살아서 나불거릴 거다. 정말 말가죽보다 질긴 주둥이다."

"흥! 네놈 주둥인 아닌 것 같냐? 해골이 되어도 네놈 주둥인 그대로일걸. 아까 보니까 경비 중 꽤 높은 자리에 있는 것 같던데, 주둥이를 놀려서 올라간 것 아니냐?"

"뭐? 큭큭!"

"왜 웃어, 새끼야? 이젠 미치기까지 했냐?"

"훗, 그건 네놈 말을 인정하마."

"……?"

"내가 조장이 된 거, 네놈 말이 맞다. 그렇지 않았다면 삼류보다 더 못한 네놈하고 이렇게 드잡이하고 있지도 않겠지."

"그래도 실력이 형편없는 것은 알고 있군, 새끼!"

"개새… 끼, 끝까지 욕이네."

"너는 욕 안 하냐?"

"젠장! 휴~ 그만 하자. 내가 항복한다."

"뭐?"

"항복한다고! 어차피 이 일도 더러워서 계속할 생각도 없었다. 딸린 처자식이 있는 것도 아니고 목구멍에 풀칠 좀 하려고 시작한 것이니 아쉬울 것도 없다. 그리고 지금까지 지원군조차 보낼 생각도 안 하는 녀석들에게 충성할 것도 없지."

"허…….."

"흠! 그나저나 너희들 위세를 보니까 오늘로 낙녕은 끝장나겠다. 곧 네놈들 수중에 떨어지겠지. 안 그러냐?"

"흥! 알긴 아네, 새끼."

"훗, 정말 입심 하나는 걸죽한 새끼군. 자, 이제 네놈 마음대로 해라. 난 힘들어서 좀 앉아야겠다."

털썩.

"아이고, 힘들다!"

"…이거 참."

"뭐 하냐? 어서 마음대로 해."

"젠장! 항복한 놈 찌를 수도 없고, 에잇! 나도 모르겠다. 휴~ 힘들다."

철퍼덕.

휘이이잉~

"큭, 크흑흐흐."

"큭큭, 하하하!"

영인의 귀에 봉기군의 떠들썩한 함성 소리가 들려왔다. 간간이 이자성을 칭송하는 소리가 섞여 있는 것이 무난하게 승리한 것 같았다.

아직 날이 밝으려면 시간이 한참 남아 있었다. 공기도 쌀쌀했고 바람은 뜨거운 얼굴을 식혀주고도 남았다. 하지만 영인과 삼조장은 대 자로 누워 일어날 생각도 하지 않았다. 그저 한바탕 소동이 끝나고 새아침이 밝아오길 기다렸다.

*   *   *

이자성은 낙녕을 점령한 후 신속하게 관청들을 일일이 살피며 창고에 쌓여 있던 양곡과 금은보화를 풀었다. 백성들은 간밤의 소동으로 조마조마한 새가슴이 되었다가 아침에 자신들에게 나누어 주는 양곡을 보고는 눈물을 흘렸다. 명절인 원단에도 감히 먹지 못했던 쌀밥을 먹을 수 있었다. '인의로 세상의 기틀을 세우고 백성들을 굶주리지 않겠다'는 이자성의 일장 연설은 꿈이 아니었던 것이다. 두려웠던 마음이 가라앉고, 이자성과 함께 새로운 세상을 열겠다는 흥분이 백성들 사이에서 요동쳤다. 불과 오천 명도 안 되는 병사로 낙녕을 점령했다. 그렇다면 자신들이 가세하면 큰 힘이 될 것은 자명한 일이고, 허황되지만 황궁까지 점령할 수도 있을 것 같았다. 그만큼 봉기군과 백성들의 사기가 하늘 높은 줄 모르고 치솟았다.

터벅터벅.

"이제 오냐?"

"궤 아저씨, 정말 너무했어요."

"훗훗, 위험해 보이지도 않던데? 그나저나 뒤에 달고 온 녀석은 뭐냐?"

"저 새끼요? 항복한데요. 그래서 끌고 왔어요."

"그러냐? 훗, 그런데 이제는 욕이 자연스럽게 나오는구나? 간밤에 들리는 것은 욕밖에 없더니 벌써 그런 경지까지 오른 것이냐?"

"저 아이 입이 거친 줄 몰랐는데 어제는 정말 대단하더군. 세상에 저 녀석처럼 거침없이 욕설을 내뱉는 사람은 없을 걸세. 그렇지 않은가?"

"큭큭, 맞네. 어제 조장 얼굴 자네도 봤잖아? 상당히 놀란 눈이더군. 아마도 이젠 영인을 무시하거나 대놓고 욕을 하지 못할걸? 그랬다간 똥물보다 더러운 욕으로 목욕을 할 테니."

"그만 하세요. 그나저나… 이젠 저도 인정을 받은 건가요?"

영인은 아저씨들의 농담에 얼굴을 붉히며 고개를 숙였다. 그러던 중 자신의 이름이 불리자 굳어졌던 마음 한곳에선 안도의 한숨과 더불어 흥분까지 됐다. 어찌 되었든 간밤의 전투에서 살아남았고, 이젠 주변 사람들과 스스로에게 당당할 수 있었기 때문이다. 더구나 조장씩이나 해먹었던 포로도 한 놈 잡아왔고.

"그런데 포로는 어디로 끌고 가나요?"

"포로가 아니라고 몇 번을 얘기했냐, 이 돌대가리 새끼야. 난 엄연히 내 발로 봉기군에 가담하러 온 것이라고. 알겠냐?"

"입 다물어! 포로 주제에 무슨 말이 그렇게 많아? 항복했으면 당연히 포로지. 넌 내 손에 잡힌 포로야!"

"아, 씨팔! 도대체 저 새끼는 말이 안 통한다니까. 이보슈, 저 새끼하고는 더 이상 말하고 싶지 않으니까 날 받아줄 수 있는 양반한테 데리고 가주겠소?"

"흠! 자네 이름이 뭔가?"

"나요? 그리 멋있는 이름은 아니지만, 나명규(那銘窺)라고 하오."

"나명규? 이름과 어울리지 않게 입이 거칠구먼. 그러나 간밤의 전투로 수뇌부에서 자넬 받아줄지는 장담 못하네. 하지만 자네 발로 찾아왔으니 우선 자네 말대로 조장한테 데리고 가지."

"궤 아저씨, 저 새끼는 포로예요."

"넌 빠져!"

"뭐? 이……."

"흠! 받아주지 않는다면 어쩔 수 없지만 난 당신들 중 한 명도 죽이지 않았소. 저 새끼를 죽이려고 했는데 잘 죽지 않아 고생은 고생대로 하고 욕만 실컷 얻어먹고 왔수다."

"하하하!"

"허허."

"크……."

나명규는 한쪽에서 불만 섞인 표정으로 자신을 주시하고 있는 영인을 향해 이죽거렸다.

"자, 날 따라오게."

"알겠소."

"그럼 저도 함께……."

"아니다. 어제 고생했으니 좀 쉬었다가 조장한테 가봐라."

"왜요? 절 찾았나요?"

"아니. 하지만 죽지 않고 왔으니 인원 점검 차원에서 보고는 해야지. 안 그러냐?"

"그렇기는 하네요. 알았어요. 그럼 조금 있다가 갈게요. 잠시 송 아저씨하고 얘기 좀 하다가요."

"그렇게 해라. 그럼 난 먼저 조장한테 가봐야겠다. 이따가 보자."

"예. 하지만 저 새끼를 조장한테 말할 때 꼭 포로라고 해주세요. 알았죠? 제가 잡은 거예요?"

"포로가 아니라니까!"

"항복한 새끼는 입 다물어라."

"크~"

"허허."

영인은 도길이 명규를 데리고 사라진 후, 반 각 정도 굴비와 간밤의 일을 설명한 후 도길의 뒤를 따라갔다. 쉬었다가 오라고 했지만 그럴 마음이 들지 않았던 것이다.

도길이 멀리 가지 않았기에 영인과 굴비는 금방 뒤에 설 수 있었는데, 간밤에 영인과 명규의 접전에 관해 도길이 묻고 명규가 대답하고 있었다. 하지만 영인은 명규의 설명이 계속될수록 조용히 듣고 있을 수가 없었다. 자신도 어느 정도 알고 있었지만 명규의 설명을 들으면 들을수록 정말 얼굴이 붉어질 정도로 난장판이었던 것이다. 그에 도길과 굴비는 걸으면서 배를 틀어잡으며 웃을 수밖에 없었다. 개싸움. 정말 보기 드문 개싸움이었던 것이다.

영인은 악호를 따라 넓은 마당을 가로질러 햇빛이 잘 드는 곳에 털썩 앉았다. 바람이 약간 싸늘했지만 그나마 바람도 피할 수 있고 햇빛도 받을 수 있는 곳이라 얘기를 주고받는 데 별 어려움은 없을 것 같았다.

"나한테 할 말이 있다고?"

"예."

"그래, 무엇이냐?"

"저… 어제 살인을 했어요."

"그랬구나. 간밤의 전투에서 이렇게 멀쩡히 살아왔으니 그건 당연한 것이겠지. 그런데 그리 나쁜 모습은 아니구나."

송악호는 영인의 옆구리를 슬쩍 쳐다본 후 고개를 끄덕여 보이며 영인이 앉을 수 있도록 옆으로 자리를 이동했다.

"그런 것 같아요. 사실 많이 걱정을 했었는데 오히려 마음이 편안해졌어요. 혹시 제가 이상한 것은 아닌가요? 살인을 했는데 너무나 멀쩡해요."

"그럼 저번처럼 미친 듯이 열병을 앓아야 정상인 것 같으냐?"

"그렇지는 않지만… 그래도 이상하잖아요. 저번엔 사람이 죽는 모습을 본 것만으로 심하게 앓았는데 이번엔 제가 직접 싸우고 죽이기까지 했어요. 제 창이 가슴을 뚫는 것도 보았고, 피를 토하고 쓰러지는 것도 봤어요. 살려달라고 하던 절규도 귀에 생생하고, 핏발이 선 두 눈도 뚜렷하게 기억이 나요. 그런데……."

"……."

"휴~ 죄책감이 들지 않아요. 이상한 것 아닌가요? 분명히 살인을 했는데 죄책감조차 없다는 것은 말이 되지 않잖아요."

"그렇게 볼 수도 있겠지. 우선 살인이란 기분 좋은 것은 아니니까. 하지만 그렇게 본다면 우리들 모두 죄책감에 시달려야 한다는 것인데, 네가 보기엔 어떠냐? 우리 중 그것에 대해 생각하는 사람이 있는 것 같으냐?"

"음… 모르겠어요. 겉모습을 보면 아닌 것 같은데 속마음은 모르겠어요."

"그렇지. 겉모습만 봐서는 모르지. 그리고 우리는 최소한 살인을 한두 번 한 것도 아니니까 웬만해서는 겉으로 표시가

나지 않을 것이다. 하지만 살인에 대한 죄책감을 가지고 있는 사람도 더러 있을 것이다. 물론 신경도 쓰지 않는 자도 있을 것이고. 그러나 아무도 그 일에 대해 자신을 망칠 만큼 크게 신경 쓰지 않는다. 어차피 살기 위해서 한 행동이고, 충분히 자신이 한 일에 대해서 책임질 수 있으니까."

"책임이라면……."

"그래, 책임이다. 내가 볼 때 넌 스스로의 정당성을 찾기 위해 물어보는 것 같다. 살인을 했는데 그동안 네가 지니고 있던 관념에 위배되는 것이지. 그래서 넌 내 조언이 필요했을 것이다. 스스로는 아니라고 말할지 모르지만 내가 볼 때는 그렇다. 내가 어쩔 수 없이 한 일이라고 말하면 넌 그때서야 '그렇구나. 살아남기 위해 어쩔 수 없이 한 일이야. 난 아무런 잘못 없어' 하며 위안을 삼겠지. 하지만 그것은 스스로에 대한 책임 회피밖에는 안 된다. 그리고 네가 죽인 사람에 대한 모독이고."

"……."

영인은 악호의 말을 들으며 스스로에 대해 생각을 해봤다. 하지만 뭐가 뭔지 자신도 모르는 것 같았다. 악호의 말을 들으면서 그럴 수도 있겠다는 생각이 들었지만, 그러면 정말 자신이 한심한 사람이 되는 것이다. 그에 영인은 고개를 좌우로 흔들며 스스로에 대해 '아니야. 책임을 회피한 적 없어' 라고 되뇌었다.

"내 말이 너무 심했다고 생각하냐? 그러나 이것 하나만은 명심하거라. 아무도 살인을 좋아하지 않는다. 그것은 무림에서 악인이라고 불리는 자들 역시 마찬가지다. 머리가 돌아버린 미치광이가 아닌 이상 살인을 좋아할 사람은 없다. 또한 살인엔 이유가 있다. 이 세상에 이유 없는 살인이란 없지. 하다 못해 미치광이가 재미로 저지른 살인도 이유가 있다. 자기 재미를 위해서 한 것이니까. 그러나 살인을 한 후에 이유를 찾지 마라. 그것은 변명거리를 찾는 것이다. 살인을 했으면 스스로 책임을 지면 된다. 그것이 내가 네게 말해줄 수 있는 전부다."

'책임… 스스로 책임진다……'

"무슨 말인지 알겠어요. 전 아니라고 생각했는데 지금은 그럴지도 모른다는 생각이 드네요. 그리고 제가 죄책감이 들지 않는다고 한 거… 사실 거짓말 같아요. 아직 그 사람의 핏발 선 눈이 생생하게 떠올라요. 아마도 부담감 같은 것을 느꼈나 봐요. 이름도 모르는 사람이지만 극락왕생을 빌어줘야겠어요. 서로 죽이고자 했으니 그 정도로 원한은 없어지겠죠?'

"후후… 내가 불교 신자는 아니지만 그 정도면 충분할 것 같구나. 그리고 넌 앞으로 한층 더 성장할 수 있을 것이다. 너도 이젠 당당히 제 몫을 하게 되었으니."

"큭큭, 그러네요."

영인은 악호를 향해 하얗게 웃어 보였다. 왠지 무거웠던 마음이 한결 가벼워진 느낌이었다. 마치 무거운 짐을 바닥에 내려놓은 것처럼 주먹에 힘이 들어갔다.

자신이 성장할 수 있다는 것, 영인은 악호의 말 한마디로 세상에 홀로 설 수 있는 자신감이 생겼다.

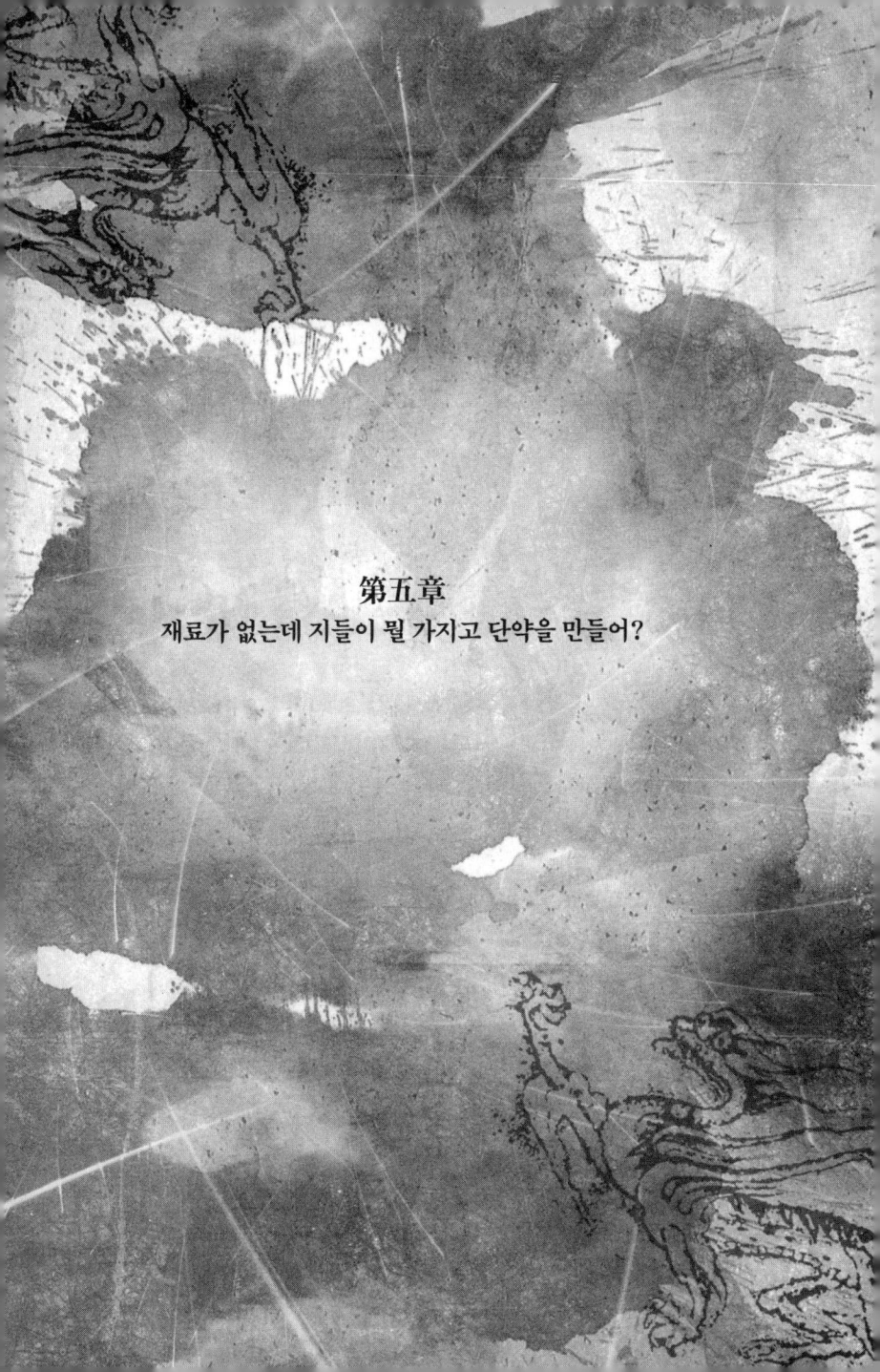

第五章
재료가 없는데 지들이 뭘 가지고 단약을 만들어?

낙녕을 점령한 이자성은 그 여세를 몰아 의양(宜陽)과 신안(新安) 등 십여 개의 성을 함락하고 낙양(洛陽)에 대해 포위 공세를 취했다. 불과 십 일도 걸리지 않았는데, 모두 성안의 백성들이 호응을 해줘서 이룩한 성과라 할 수 있었다. 그만큼 백성들이 명 황조에 등을 돌리고 있었다는 것을 반증하는 결과라 할 수 있었고, 관리들의 횡포가 극에 달해 있었음을 증명하는 사실이었다.

　또한 이자성의 봉기군에 가담한 병사의 수가 그동안 육만 명을 넘어서고 있을 정도로 폭발적인 반응을 보이고 있었으며, 사기 또한 하늘을 찌를 듯했다. 만약 이 기세로 낙양과 정주(鄭州) 및 개봉(開封)만 점령한다면 하남성의 절반을 점령한 것이나 마찬가지였다. 아니, 조금 더 여세를 몰아 남쪽으로 상구(商丘)와 남양(南陽)을 공략하고 북쪽의 안양(安陽)을 점령하면 하남성을 완전히 함락했다 해도 과언이 아니었다. 당장은 어렵다 할 수 있으나 낙양과 개봉을 점령하면 봉기군의 수는 가히 수십만이 될 것이니 그렇게 부정적인 일도 아니었다. 따라서 이자성을 비롯한 수뇌부에서는 충분히 하남성뿐만 아니라 북경의 황성까지도 순식간에 점령할 수 있을 것 같은 자신감에 충만해 있었다.

그동안 영인도 적지 않은 살인을 했다. 전쟁통에서 이십 명도 되지 않은, 적다면 적은 수였지만 예전엔 있을 수 없는 일이었다. 그만큼 팔괘참봉술이 어느 정도 경지에 올랐고, 자신이 원할 때 필요할 정도의 위력을 발휘할 수 있을 정도로 수련했다. 모두 옆에서 지도해 준 궤도길의 덕분이었는데, 가히 괄목할 만한 성과였다. 비록 다른 것을 배운 것이 아니라 팔괘참봉술을 수련하면서 알지 못했던 것들을 알려준 것이지만 영인으로서는 마른 땅의 단비와도 같았다. 더불어 며칠 전부터 체력을 길러야 한다는 도길의 말에 영인은 시간이 날 때마다 앉았다가 일어서기 같은 기본 동작들을 하며 하체를 튼튼하게 했다. 특히 여인처럼 가냘프기 그지없는 신체 조건을 가지고 있는 영인이었기에 기본적인 근력이 있어야 다른 것도 쉽게 할 수 있다는 충고가 큰 몫을 한 것이다.

그리고 영인의 별명도 생겼다. 도길이 지어주었는데, 나중에 무림에서 활보하려면 근사한 명호가 있어야 될 것 같은 생각에 영인이 순간적으로 혹한 것이다. 하지만 지금에 와서는 그때의 자신의 경솔함을 탓하고 있었다.

제광마(猘洸魔).

영인의 명호였다. 하지만 명호를 받는 순간부터 영인은 극구 부인했다. 도길과 다른 사람들은 좋게 명호라고 주장하지만 결코 영인의 입장에선 받아들일 수 없었다. 그래서 영인은 명호를 받은 순간부터 지금까지 꿋꿋이 명호가 아닌 별명으로 격하시키는 노력을 아끼지 않았다.

하지만 그 노력은 그다지 효과가 없었다. 대부분의 사람들이 도길의 작명에 대해 극찬을 아끼지 않았던 것이다. 자신들이 생각해도 영인을 가장 잘 나타내는 명호였기 때문이다. 평상시엔 조용하다 전투만 벌어지면 미친개처럼 성을 낸다고 해서 제광(猘洸)이라 불렸고, 전투가 끝난 후엔 온몸을 피로 물들이고 다녀 마(魔)란 것이 첨가됐다. 그럴 수밖에 없는 것이, 워낙 실력이 미비해서 상처를 입지 않고 멀쩡하게 살아남은 적이 없었기 때문이다. 그렇기에 전투가 끝날 때쯤엔 상대의 피와 자신의 피가 함께 어우러져 있어 보기가 안쓰러울 정도였다. 매번 굴비가 영인의 상처를 치료하며 살아남은 것이 용하다고 할 정도였다. 그나마 별호에 미칠 광(狂) 자 대신 성낼 광(洸) 자가 들어간 것만으로 영인은 불편한 심기를 한동안 달래며 마음의 위안으로 삼아야 했다.

그러나 영인이 이러한 악명을 듣게 된 것에는 나명규의 역할이 결정적이었다. 평상시엔 서로 얼굴조차 보지 않을 정도로 떨어져 있다가 전투가 벌어질 땐 항상 붙어 다녀 전장을 욕설이 난무하게 만들었기 때문이다.

낙녕을 함락한 후 낙양을 포위하는 동안, 이자성은 이암의 주장에 따라 봉기군의 기강을 확립하고 엄격한 군율을 지키도록 하는 데 주력했다. 갑자기 병사의 수가 증가하면서 나름대로 정예화되었던 기틀이 해이해질 우려가 있었던 것이다.

또한 수뇌부의 호칭도 변화할 수밖에 없었다. 위에서부터 기강을 바로잡게 되면 자연히 그 여파가 아래까지 미칠 것은 자명했기 때문이다. 이에 가장 먼저 선행한 것은 이자성에 대한 호칭이었다. 그동안 이자성에 대하여 왕야라 불렸던 것을, '왕야' 보다 '전하' 란 호칭을 사용하는 것이 합당하다는 이암의 적극적인 주장이 받아들여졌다. 처음 이자성은 이암의 주청에 대하여 거듭 반대했지만, 이 부장을 비롯한 모든 사람들이 옳다고 하자 은근슬쩍 받아들였다. 이자성으로서는 거북했던 감정이 한순간에 사라지는 순간이었다.

그리고 두 번째로 행한 것이 최추산에 대한 문제였다. 이에 이암은 그동안 봉기군과 다소 거리가 있었던 최추산을 장군으로 봉하면서 적극적인 가담을 유도했다. 무림인의 한 사람으로서 화산파와 연줄을 대주는 간접적인 도움이 아닌 정식으로 봉기군의 수뇌부에 편입되어 적극적인 활동이 필요하다는 이암의 주장이었다.

최추산은 이암이 무엇을 원하는지 알 수 있었다. 자신을 통

해 화산파뿐만 아니라 다른 곳과도 연계를 모색하려는 의도가
다분히 내포되어 있는 인사였다. 하지만 거절할 수가 없었다.
자신이 생각하기에도 이치에 맞았고, 무엇보다 이자성의 봉기
군은 꽤 승산이 있었던 것이다. 숭정제와 중원을 놓고 한판을
벌여 살아남을 수 있는, 하다못해 팔대왕 장헌충이 사천의 패
왕으로 등극한 것과 같은 가능성이 다분했던 것이다. 그에 최
추산은 이자성이 최소한 하남성 이남에라도 자리를 잡을 수
있기를 바랐다. 그것이 목 장문인과 화산파 장로들의 의도였
던 것이다. 따라서 최추산은 이암의 의도를 알면서도 따라야
했고, 이자성으로서는 바라던 것이기에 적극적으로 동조했다.

"이 부장은 내일 공격에 최 장군의 부대를 제외한 모든 전력
을 서쪽으로 집중하도록 하게. 그리고 최 장군은 병력을 북쪽
에 대기하고 있다가 성문이 열리면 바로 공격할 수 있도록 준
비를 해주시길 바랍니다."

"확답을 받은 것입니까, 전하?"

"최 장군, 그에 대한 답은 이 군사가 대신 해줄 겁니다."

"이 군사가요?"

"최 장군, 제가 대답해 드리지요."

"……."

"최 장군께서 우려하는 바가 무엇인지 잘 알고 있습니다. 그
러나 다행히 총병(總兵) 왕소우(王紹禹)로부터 확답을 받았습니
다. 아마 이 부장이 공격을 시작하고 참정(參政) 왕성창(王惺昌)
이 우리의 주력이 서쪽이라 판단을 내리고 전력을 이동할 때

움직일 것입니다."

"하지만 그들은 부자지간이 아닙니까? 더구나 참정 왕성창
은 대대로 명 황실에 충성을 다하는 충신의 가문입니다. 오히
려 우리가 저들의 암계에 빠지는 것이 아닐지…….."

"솔직히 저도 그 점이 걱정이었습니다. 그에 자세히 알아보
니 왕소우가 저희에게 가담할 이유가 있었습니다."

"이유라 하면은……?'

"왕소우 개인적인 원한이 있었습니다. 오 년 전에 왕소우와
혼약이 오고 가던 여인을 복왕(福王) 주상순(朱常洵)이 간살한
일이 있었는데, 그 당시의 일을 잊지 않고 있었다 하더군요."

"아~ 그런 천인공노할 일이 있었군요. 알겠습니다. 왕소우
의 일이 그렇다면 북쪽 문이 열리는 것은 기정사실일 것 같습
니다."

"아마도 그럴 것입니다."

"그럼 제가 할 일은 성문이 열리는 즉시 주상순을 처리하는
것이겠군요. 문이 열리자마자 복왕을 포획하는 데 총력을 기
울이겠습니다."

"아닙니다. 오히려 그러면 왕성창과 더불어 성을 빠져나갈
공산이 큽니다. 왕성창은 아들과 우리와의 일을 모릅니다. 만
약 알았더라면 왕소우의 목이 날아갔을 정도로 왕성창의 충성
은 맹목적입니다. 그렇기에 아들의 일도 자신이 스스로 나서
무마했을 정도니까요. 그러니 최 장군께서는 차라리 왕성창의
뒤를 노리는 것이 좋을 듯합니다. 왕성창과 복왕의 도주를 막

을 수 있는 방법은 그것뿐입니다."

"그렇게 되면 혹⋯⋯."

이암은 최추산의 말에 얼른 반박을 한 후 이자성을 향해 고
개를 돌렸다.

"흠! 이 군사의 의견이 옳을 듯합니다. 그러니 최 장군은 왕
성창의 뒤를 공격하도록 하십시오. 대신 최 장군이 우려하는
것을 홍 부인이 책임질 것입니다."

"홍 부인이요?"

"호호, 걱정하지 마세요. 제가 복왕이 성을 빠져나가지 못하
도록 목줄을 틀어쥐고 장군께서 오실 때까지 붙잡고 있을게
요."

"흠! 부인."

"이런, 알았어요. 그냥 포위만 하고 성안의 일이 마무리될
때까지 꼼짝 못하게만 하고 있을게요. 그러니 최 장군께서는
왕성창을 잡은 후에 부군과 함께 제게 오세요. 그때까지 복왕
주상순의 몸에 손 하나 대지 않을게요."

"하하, 알았습니다. 내 홍 부인의 말만 믿겠습니다."

"자, 그럼 홍 부인은 우선 복왕의 포위와 더불어 백성들의
호응을 얻는 데 주력해 주길 바랍니다."

"알겠습니다, 전하."

"그렇게 할게요."

"고맙습니다, 두 분. 그리고 이 군사께서 일전에 언급했던
분은 어떻게 되었습니까?"

"송 학사를 말씀하신다면 아마도 전하께서 낙양에 입성하시면 만나뵐 수 있을 것입니다."

"오~ 그렇습니까? 얼른 만나보고 싶군요. 이 군사의 말대로 그리 대단한 분이라면 우리에겐 큰 힘이 될 것입니다."

"당연한 말씀입니다, 전하. 그분은 꼭 저희와 함께해야 합니다. 그렇지 않으면… 안타까운 일이지만 죽음밖에 없습니다. 그냥 세상일에 끼어들지 않고 초야에 계시겠다고 해도 우리에게는 위험부담이 너무도 큽니다. 사실 그분은 명 황조에 동조하지 않으실 것입니다만, 전하의 곁에 두신다면 백만 대군을 얻는 것과 같을 것입니다."

"흐음……."

"더구나 그분은 동림학파의 거학이십니다. 비록 많은 동림학파의 학사들이 현재 명 황실을 옹호하고 있지만 그분은 명 황실을 좋게 생각하고 있지 않습니다. 그것은 만력제 때부터 불거진 것이라 확실합니다. 또한 전하께서 나라의 기틀을 잡는 데 실제적으로 도움을 줄 수 있는 학림의 지지도 얻을 수 있습니다. 그렇기에 전하께선 무슨 일이 있어도 꼭 그분을 저희와 합류토록 만드셔야 합니다."

"하하, 무슨 말인지 알겠습니다. 이 군사가 이토록 강력하게 주장하니 최선을 다해보지요. 그럼 지금부터는 낙양성 공략에 대한 세부 사항을 검토한 후 이 부장과 최 장군은 병사들에 대한 마지막 점검을 하도록 하고, 이 군사는 본인과 함께 송 학사에 대하여 의견을 나눕시다. 여하튼 본인에게 중요한 인물이니 영입할 방법을 찾아야 할 것 같습니다."

"그렇게 하겠습니다, 전하."

이자성은 이암의 강력한 요청에 고개를 크게 끄덕이며 의지를 보였다. 평소 이암의 행동을 잘 알고 있기에 송 학사란 사람의 중요성을 재인식하게 된 것이다. 또한 이 군사의 말대로 향후 이자성의 군세가 황군과의 전투에서 승리하고 가파른 성장을 하는 데 큰 역할을 하는 인물이 송헌책이었다.

이자성과 송헌책의 역사적인 만남.

그것이 낙양에서 이루어지려 하고 있었다.

"궤 아저씨, 팔괘참봉술은 어느 정도 익힌 것 같으니까 다른 것 좀 가르쳐 주실 수 없나요?"

"다른 거?"

"예. 제가 생각해도 팔괘참봉술만으론 부족한 것 같아서요. 부탁할게요."

"흐흠… 나야 마음 같아서는 가르쳐 주고 싶지만, 팔괘참봉술 말고는 창술이나 곤봉을 다루는 것은 아는 것이 없는데?"

"정말이요? 그럼 다른 분들도 마찬가지인가요?"

"아마도 그럴걸? 창술은 군무의 일종이라 악가세가와 같은 곳을 제외하면 나와 같은 무림인들은 별로 아는 것이 없지. 더구나 창이나 곤봉보다 칼을 가지고 다니기도 편하고."

"가지고 다니기요?"

"말이 그렇다는 것이지. 흠, 여하튼 팔괘참봉술이야 워낙 기본 중의 기본이고 저번에 훈련이라고 가르쳐 줄 때 배운 것이 있어 어느 정도는 알고 있지만 나도 그 이상은 모른다. 검법에 비유하자면 삼재검법 정도고, 권법으론 육합권법이나 나한권법과 같은 것이니까. 여하튼 네가 창술이나 곤봉술을 알고 싶다면 나한테 배울 것은 없다. 나중에 기회가 되면 창술을 전문으로 하는 곳을 찾아가든가, 아니면 소림사를 방문해 조언을 구해보거라. 소림사의 곤봉술도 무림일절이니까."

"아~ 그렇군요."

'소림사라⋯⋯.'

영인은 도길의 설명을 쉽게 알아들을 수 있었다. 그러나 알아들은 만큼 실망도 컸다. 그동안 어느 정도 짐작은 했지만 더 이상의 절기를 배울 수 없다는 것은 마음을 아프게 했다. 하지만 실망하고 있을 수는 없었다. 창술이 안 된다면 다른 것이라도 배워두는 것이 좋기 때문이다.

"그럼 창술이나 곤봉술 말고 다른 것은 가르쳐 줄 수 있나요?"

"그거야⋯ 그래, 까짓거 못 가르칠 게 뭐냐. 뭐, 대단한 걸 알고 있는 것도 아니니까 네가 원한다면 가르쳐 주마."

"정말요? 고맙습니다, 아저씨. 정말 고맙습니다. 최선을 다해 열심히 배울게요."

영인은 도길이 너무나도 쉽게 승낙하자 얼굴이 환하게 밝아지며 허리를 수십 번 넙죽 엎드리는 등의 유난을 떨며 고마운 자신의 마음을 표현했다. 부탁을 하면서도 쉽지 않을 것을 예상하고 있었기 때문이다.

"그렇게 고마워할 것 없다. 대단한 절기를 가르쳐 주는 것도 아니고, 내가 가르칠 수 있는 것은 겨우 강호에 떠도는 삼류무공들이 전부니까."

"그래도 제겐……."

"흠! 만약 절정의 절기가 내게 있었다면 우린 사제지간이 되었을 것이다. 결코 그런 절기는 아무에게나 가르칠 수 없는 일이니까. 물론 상황이 그렇다면 나도 마찬가지고. 별로 특별할 것도 없는 무공을 훈수 삼아 일러주는 정도기에 마음 편하게 가르칠 수 있는 것이지."

"……."

"왜? 막상 생각해 보니 별로일 것 같으냐?"

"아, 아니요."

"흠, 물론 그럴 수도 있지. 조금이라도 강호 생활을 한 무인이라면 누구나 알고 있는 것을 가르치는 것이니까. 그러나 배우지 않는 것보다는 나을 것이다."

"…알겠습니다. 배울게요. 그리고 다시 한 번 말씀드리지만 고맙습니다."

영인은 도길의 설명에 팔괘참봉술과 비슷한 무공을 가르치려 한다는 것을 알 수 있었다. 그에 다소나마 생각해 보지 않을 수 없었다. 조금 더 나은 것을 배웠으면 했는데 여의치 않은 것이다. 하지만 도길의 말대로 아무것도 배우지 않는 것보다는 백번 낫다는 생각이 들었다.

"너무 괘념치 말거라. 누가 보면 내가 아무것도 아닌 것을 가지고 생색을 낸다 할 것이다."

"하지만 고마운 것은 사실이잖아요. 그리고 아저씨한테 배울 땐 최대한 예의를 지킬게요."

"그러면 나야 고맙지. 혹시라도 네가 힘들다고 욕이라도 하면 어찌 다른 사람들 앞에 내가 얼굴을 들고 다닐 수 있겠느냐."

"아저씨!"

영인은 도길을 향해 얼굴을 붉히며 눈을 부릅떴다. 도길의 짓궂은 장난인 줄은 알지만, 자꾸 자신이 지은 명호를 부각시키는 것 같아 기분이 언짢았던 것이다.

"훗, 알았다. 여하튼 배울 생각이라면 네 말대로 최선을 다해야 할 것이다. 그리고 다른 사람들도 찾아가거라. 특히 송 형은 꼭 찾아가야 할 것이다. 그에겐 배울 것이 아주 많을 것이다. 알겠느냐?"

"예, 그렇게 할게요. 가르쳐 주지 않겠다고 해도 계속 찾아가다 보면 몇 수라도 가르쳐 주겠죠. 뭐… 안 되면 말고요."

"훗훗, 그럼 내일부터 시작하는 것으로 하자. 오늘은 나도 준비를 해야 하니 너도 네 볼일을 보거라."

"알겠습니다. 그럼."

영인은 도길에게 고개를 숙여 보인 후 바로 자리에서 일어나 굴비에게 달려갔다. 며칠 전부터 굴비에게 의술을 배우고 있었는데, 도길과 얘기가 길어지면서 시간이 많이 지체되었던 것이다.

"녀석, 조금씩 무림에 발을 들이밀고 있구나. 그리 좋은 것은 아닌데, 우린… 무림에서 밟으면 꿈틀대는 지렁이일 뿐인데……."

도길은 멀어지는 영인의 뒷모습을 보고 있자니 입맛이 썼다. 자신의 삶을 닮지나 않을지 걱정스러웠던 것이다. 절정의 무공이라도 익혔다면 무림에서 어깨에 힘주고 다닐 수 있지만, 그렇지 않은 삼류 낭인들에겐 언제 죽을지 알 수 없는 곳이 바로 무림이란 곳이다.

강자존.

무림에서 살아남기 위해선 무엇보다 강해져야 한다. 그렇지 않으면 강자 앞에서 비굴해질 수밖에 없고, 비굴하지 못하면 죽음이 전부였다. 하지만 도길이 보기에 영인은 비굴함과는 다소 거리가 멀었다. 처음 보았을 때의 어리바리함과 유약했던 성격이 첫 살인 이후 나명규와 함께 전투를 치르는 동안 많이 거칠어진 것이다. 마치 역전의 무장과 같다고 스스로 생각하고 있는지, 강자를 만나도 쉽게 고개를 숙이지 않을 정도로 확 바뀌어 있었다. 바로 이것이 문제였다. 당장 무섭고 힘들더라도 죽음 때문에 비굴하게 고개를 숙일 영인이 아니었기 때문이다.

그렇기에 도길로서는 걱정이 앞섰다. 실력이 우선하는 무림에선 약자는 스스로를 낮추고 강자 앞에 비굴해질 수 있어야만 살아남을 수 있었다. 그렇지 않으면 언제라도 칼을 맞아 죽을 수 있는 곳이 무림이란 세계였으니.

"훗, 내가 지금 무슨 생각을 하는 것인지. 영인이 녀석이 나중에 죽든 말든 그것은 내가 상관할 바가 아니지. 죽기 싫으면 강해지겠지. 그래야 내가 가르쳐 준 보람이 있지. 암!"

도길은 영인에게 무림에서 살아남는 법부터 가르쳐야겠다고 생각했다. 비굴하지 않으면서 살아남는 법. 그것은 고수를 알아보고 시비를 걸지 않으면 되는 것이었다.

"헉헉! 형, 나 왔어."

"이제 오냐? 그런데 오늘은 왜 이렇게 늦었냐?"

굴비는 숨이 차서 마치 개새끼처럼 혀를 쭉 내밀고 헥헥거리는 영인을 향해 퉁명스러운 어조로 대답했다.

"미안해. 꿰 아저씨하고 얘기를 하다 보니 늦었어."

"무슨 얘기? 혹시 또 이상한 말이라도 들었냐?"

"아니. 부탁할 일이 있어서. 그런데 영도 형이 안 보이네?"

영인은 항상 굴비 옆에 붙어 다니는 영도가 보이지 않자 의아한 듯 쳐다보았다.

사실 굴비가 봉기군에 가담하게 된 것은 영도의 부탁 때문이었다. 십 년 넘게 고향을 떠났다가 돌아와서는 할 일이 없어 맥없이 집에만 처박혀 있던 영도이다. 마침 굴비도 의술 공부를 그럭저럭 마친 후 고향에 돌아왔기에 영도는 항상 굴비 옆에 붙어 다녔다. 다른 사람들이 보기엔 영도가 굴비를 막 대하는 것처럼 보였지만 사실 영도가 많은 부분을 굴비에게 의지하고 있었다.

영인이 이러한 두 사람의 관계를 알게 된 것은 굴비에게 의술을 배우기 시작한 후였다. 그 후로 굴비에 대한 호칭도 상당히 자연스러워졌고, 항상 조장이라 불렸던 영도에게도 이제는 스스럼없이 형이라 부르며 반말을 할 정도로 친해진 상태였다. 조장이었던 영도의 우락부락한 모습과 십 년의 나이 차 때문에 어려워했던 영인의 처음 모습은 완전히 사라진 것이다.

"조장이랍시고 회의에 참석한단다. 말석인 주제에 낄 데 안 낄 데 못 가리고 늦었다며 뛰어갔어. 눈치가 있어야지. 이 부장도 별로 탐탁지 않아 하던데."

"큭큭, 그걸 알면 다른 아저씨들이 눈치를 주겠어? 그냥 위에서 내리는 명령만 받고 있어도 충분한데. 그리고 요즘 궤 아저씨가 그러는데 영도 형은 쓸데없는 일에 나서서 고생을 사서 한다고 다른 아저씨들이 말이 많대. 조장이 눈치가 있어야 자신들이 편할 텐데 오히려 고생을 시키려 한다고."

"휴~ 그러니 문제지. 어차피 수뇌부들의 눈엔 소모품 정도밖에 안 되는데 말이다."

"큭, 소모품은 좀 심했다."

"훗, 소모품으로나마 생각해 주면 다행이다. 알겠냐?"

"알았어. 뭐 대충 그런 취급을 받기는 하네. 그런데 오늘은 뭘 배우는 거야?"

굴비의 말에 영인의 이마에 살짝 주름이 잡혔다가 펴졌다. 하지만 틀린 말이라고도 할 수 없어 대꾸를 하지는 않았다. 자신 역시 조금은 그런 느낌을 받기도 했고, 다른 사람들이 그에 대해 말하는 것도 심심치 않게 들었기 때문이다.

"그동안 너나 나나 서로 바빠서 의술이 뭔가에 대한 간략한 설명이 전부였잖냐. 하지만 오늘부터는 너도 꽤 머리 싸매고 고생해야 할 거다. 의술의 기본이라고 할 수도 있는 인체의 혈(穴)에 대해 설명할 것이니까."

"혈?"

"그래. 정확하게는 혈도라고 하지. 넌 복받은 줄 알아라. 원래 정식으로 의술을 배우려면 삼 년 동안 청소에, 오 년을 산에서 약초 채집을 한 후에서야 지금 네가 배우는 걸 시작한다. 난 이걸 배우느라고 청춘 다 허비했어."

"또 그 소리. 이젠 하도 들어서 귀에 딱지가 들어섰어. 고마운 줄 알고 있으니까 시작할 때마다 하는 그 소리 좀 이제 안 하면 안 돼?"

"야, 그럼 내가 이런 하소연도 안 하고 뭔 재미로 널 가르치겠냐? 나도 배울 때 그런 소리 지겹게 들었다. 그러니 너도 내 말이 지겹더라도 들어. 그만큼 배움의 길이란 험난한 거다. 알았냐?"

"휴~ 알았어."

"참, 일전에 네가 한 말 있잖냐. 송 아저씨와 궤 아저씨가 네게 무공에 대해 설명해 주며 나눴다는 말."

"응. 그런데 그건 왜?"

"나도 네게 그때 일을 듣고 나서 생각해 봤는데, 일리가 있는 말 같았다. 물론 의술 방면으로 그렇다는 것이지. 송 아저씨 말대로 예전에 무림에 큰 변란이 있어 절정의 무공비급들이 훼손되었을 수도 있지만, 가장 큰 원인은 아마도 영단을 만들 수 있는 영약의 고갈이 아닐까 한다."

"영약의 고갈?"

영인은 웬 뚱딴지같은 소리를 하냐는 듯 굴비를 쳐다보았다. 며칠 전에 하도 물어봐서 그때의 일을 얘기해 줬는데 '시간이 남아돌아 쓸데없는 생각을 다 했구나'란 생각이 들었다.

"그렇지. 아무리 생각해도 무림인들의 수준이 낮아진 원인은 그거밖에 없다. 너도 생각해 봐라. 무림인들은 자신의 생명보다 더 귀중하게 생각하는 것이 바로 비급이다. 그것도 절정의 무공이 수록된 비급이라면 더할 나위도 없겠지. 그런데 아무리 큰 혈란이 벌어졌다고 해도 모두 불타 없어졌을까?"

"그건……."

"아니지. 만약 내게 그런 비급이 있다면 절대 소홀하게 취급하지 않을 것이다. 더구나 무림인이라면 말할 필요도 없겠지? 당연히 불에 타서 훼손되는 일은 극히 드물 것이다. 그리고 몇백 년을 버틴 명문세가나 구파일방과 같은 곳이 그토록 허술할까?"

"…아니겠지."

"그렇지? 그래, 그러니 내 말이 맞지. 따라서 절정의 무공비급이 없어서 익히지 못하는 것이 아니라 절정의 무공을 펼칠 수 있는 내공이 부족해서 못 익히는 것이다."

"내공이라……. 형, 내공이 그토록 중요한가? 송 아저씨도 내공이 중요하다는 말은 했지만, 어차피 무공이란 내공과 외공이 합쳐진 것 아닌가? 그러니 내공이든 외공이든 간에 한 가지만 대성해도 어느 정도의 경지에는 오르지 않을까 생각하는데?"

"음… 나도 무공을 익혀보지 않아서 모르겠지만, 아마 네 말이 맞을 것 같다. 그러나 둘을 따로 생각할 수 없는 것이 무공 아닐까?"

"그렇… 겠지."

영인은 굴비의 말에 고개를 끄덕였다. 악호도 무공에 대해 설명할 때 내공과 외공이 함께 상승의 경지에 올라야 진정한 절정고수라 했던 말이 떠올랐기 때문이다.

"여하튼 그건 내가 자세히 모르니 넘어가고, 중요한 것은 예전처럼 내공을 쉽게 대성하기 어렵다는 것이지. 내가 약초 채집을 하면서 느낀 것인데, 정말 명약은 눈에 불을 켜고 찾아도 볼 수 없었다. 또 보았다는 사람도 드물고. 그래 봐야 백 년 정도 묵은 산삼이 전부였지만. 그러니 명문 문파조차 내공을 증진시켜 줄 단약을 만들 수 없었을 것이다. 재료가 없는데 지들이 뭘 가지고 단약을 만들어? 그렇지 않냐?"

"맞네. 그러고 보니 무림도 세상과 별개가 아닌 곳이네."

"무림이라고 별다른 것이 있겠냐? 다 세상 살아가자면 이리저리 서로 부대끼고 살아가야지. 그리고 지들이 통뼈야? 독불장군이야? 무림인들도 상처가 나면 나와 같은 의원을 찾게 되어 있어. 오히려 일반인들보다 다칠 확률이 많기에 의술을 알고 있다 하면 대우를 해주지. 나중에 도움 좀 받을 수 있을까 하는 간사한 생각이겠지만, 그래도 의술만 조금 알고 있어도 목에 힘은 주고 다닐 수 있을 거다. 무인은 사람을 죽이고 의원은 사람을 살리는 것이 일이니까 어떻게 보면 서로 일맥상통한다 할 수 있지. 안 그러냐?"

"좋은 말이네."

약간 이상한 점이 없지 않았지만, 영인은 굴비의 마지막 말에 동조했다. 삶과 죽음의 상반된 입장이지만 어차피 사람끼리의 일이라 생각하니 무림도 정말 별개 아니란 생각이 든 것이다.

"자, 이제 그 얘기는 그만 하자. 괜히 쓸데없는 말을 꺼낸 것 같다."

"훗, 알았어."

"그럼 우선 혈도에 대해서 설명하마. 오늘은 한 번 쭉 설명만 할 건데 아마 외울 것도 많을 거다. 그러니 머리 나쁘다는 말 듣지 않으려면 시간이 날 때마다 암기해라. 그럼 설명하마. 흠! 혈도란 인체상의 급소나 허약한 곳을 지칭한다고 볼 수 있다. 그리고 숫자도 많지. 각 의원마다 자신이 생각하는 혈도의 숫자가 다른데, 그건 나도 뭐라고 말을 못하겠다. 내가 세상에서 잘났다고 떠들 수 있는 유명한 의원도 아니고, 그저 생계 걱정하지 않을 정도밖에 배운 것이 없으니까."

"이해해. 그리고 정확하지 않은 것을 가르쳐 주는 것보다 형처럼 솔직하게 말해주는 것이 더 도움이 되고."

"놀리지 마라. 나도 돈만 더 있었으면 이곳에 있지 않고 지금쯤 이름 높은 명의 밑에서 많은 것을 배우고 있었을 거다. 여하튼 혈도의 수는 많다는 것만 알고 있어라. 그리고 혈도에도 서로 이어주는 길이 존재한다. 그렇기에 혈이라고 하지 않고 혈도라 한 것이다. 혈의 이름만 알면 뭐 하겠냐? 중요한 것은 혈을 이어주는 길을 아는 것이 중요하지. 흠! 혈도 중에 가장 중요한 것은 기경팔맥에 속하는 독맥과 임맥이다. 영인아, 너 일어서서 옆으로 돌아서 봐."

"응? 이렇게?"

영인은 한창 굴비의 설명에 귀를 기울이고 있다가 굴비의 말에 따라 자리에서 일어섰다.

"그래, 잘 들어라. 사람을 정확히 반으로 나누었을 때, 얼굴이 있는 앞쪽은 임맥이고 뒤쪽을 독맥이라 한다. 서로 정반대에 위치하지만 또 서로 연결되어 있지. 그래서 무림인들은 임독양맥이라 하며 굉장히 중요하게 생각한다. 아니지. 임독양맥보다 생사현관이라 부르더라. 한마디로 무공을 익히는 데 중요한 역할을 한다고 하는데, 무슨 역할을 하는지는 나도 모른다. 그것은 네가 나중에 송 아저씨한테 물어봤다가 살짝 나한테 귀띔이라도 해주면 좋고. 흠! 자세한 것은 추후 설명하겠다."

"훗, 꼭 그렇게 할게."

"이제 앉자. 아까 기경팔맥이라고 했지? 인체에는 기경팔맥

외에 장부의 기능과 연관된 십이경맥이 있다. 또한 이 두 가지와 전혀 연관이 없는 혈도 있다고 하는데 그것은… 알지? 그러니 대충 넘어가자. 기경팔맥은 십이경맥과는 달리 기항지부와 연관된 경맥이다. 독맥과 임맥 외에 충맥과 대맥이 있고, 음유맥과 양유맥, 그리고 음교맥과 양교맥이지. 아마 며칠 동안 이와 관련된 혈도를 암기하느라 고생 좀 할 거다. 사실 나도 이거 외우느라 꽤 힘들었거든."

"알았어. 각오할게."

영인은 나름대로 자세히 설명해 주는 굴비가 고마웠다. 아무것도 모르는 자신을 위해 하나하나 손으로 짚어가며 해주는데, 나중엔 고마움보다 어떻게 이런 걸 다 외워야 할까 하는 고민을 하게 되었다. 더 나아가 꼭 외워야 할 필요가 있을까 하는 의구심도 들었지만, 굴비의 손바닥이 뒤통수를 몇 번 왔다 간 후엔 외우는 데 총력을 기울였다. 우선은 모르는 것보다 알고 있는 것이 나중을 위해서도 좋을 테니까.

第六章
차라리 태평시대의 개가 될지언정 난세의 사람은 되지 말라

아침부터 벌어진 전투는 태양이 중천에 다다를 때까지 이어
졌다. 마치 한번에 밀어붙여 끝장을 보겠다는 것처럼 이자성
의 명을 받은 이 부장은 병사들을 독촉하며 전장을 누볐다. 하
지만 낙양성의 성문은 두툼한 철문으로 만들어진 것처럼 꿈쩍
도 하지 않았다. 마치 철벽으로 고정시켜 놓은 것 같았다. 그
만큼 사상자도 많이 나고 있었는데, 사람들은 피가 강처럼 흐
른다는 말을 실감할 수 있을 정도였다.

그러나 신시를 넘어가면서 상황이 급박하게 변하기 시작했
다. 이 부장이 공격하고 있는 서쪽 문은 별로 상황이 달라지지
않는데, 성 안쪽에서 불길이 치솟고 사람들의 함성 소리가
요란하게 들리기 시작한 것이다. 이때까지만 해도 봉기군의

병사 대부분은 무슨 일인지 모르고 있었다. 하지만 철통같이 방어를 하던 병사들의 창날과 화살이 뒤쪽으로 돌려지면서 어렵지 않게 상황을 짐작하는 이들이 적지 않았다. 예전에도 몇 번 이런 일이 있었던 것을 상기한 것이다. 그러나 낙양에서 그런 일이 벌어지리라고는 아무도 생각하지 못했다. 낙양은 일반 관리가 다스리는 별 볼일 없는 성이 아니었기 때문이다.

복왕 주상순.

만력제의 아들로 현 황제인 숭정제의 숙부였다. 비록 동림학파와 모친인 자성태황수의 반대와 알력으로 인해 만력제가 어쩔 수 없이 뜻을 접어 태자가 되지 못했지만, 낙양의 황제라 불리며 하남성을 다스릴 정도로 그 세력이 만만치 않았다. 그런데 안에서 문이 열렸으니 사람들이 놀라지 않을 수 없었던 것이다. 이에 한껏 고무된 이 부장은 사방을 뛰어다니며 병사들을 향해 성문을 열도록 독촉했다.

"개새끼, 자기가 앞장서 열어보지? 뭬!"

"야, 너 오랜만에 괜찮은 욕을 하는구나? 사실 욕이란 이럴 때 하는 거다. 하하하!"

"뭐야? 어어~ 야! 너 가만히 못 있어? 가뜩이나 흔들리는데 왜 하필 내 뒤를 따라와?"

영인은 뒤에서 왔다 갔다 하는 이 부장을 향해 침을 뱉었다. 처음 자신의 어려운 처지를 생각해 주며 받아들였던 이 부장이라 고마운 마음이 많았지만, 시간이 흐름과 전쟁을 겪으면서 매 순간 목숨을 거는 자신과 이 부장의 위치가 새삼 멀게 느껴졌던 것이다. 당연히 이러한 생각은 이 부장에 대한 영인의 고마움을 희석시켜 주었으며, 지금은 이 부장을 보면 욕 먼저 나오는 상황까지 이르렀다.

영인은 사다리를 타고 성벽을 오르다가 자꾸 흔들거려 멈칫했다. 뭐가 좋은지 명규가 크게 박장대소를 터뜨리며 영인의 뒤를 따르고 있었다.

"왜긴, 내가 일전에 말했잖냐? 네놈 뒤를 따르면 왠지 죽지 않을 것 같다고. 그러니 빨리 올라가기나 해라."

"정말 못 말린다니까. 쳇! 어라? 씨팔, 흔들지 마! 자꾸 흔드니까 못 가겠잖아!"

"누가 흔들었다고 그래? 그리고 네놈만 사다리 올라타고 있냐? 이 어르신의 뒤를 봐라. 모두 네놈이 빨리 올라가기만을 기다리고 있잖아."

"어이, 제광마! 빨리 올라가세!"

"빨리빨리!"

"쳇, 알았수다. 젠장!"

직접 말을 하진 않았지만 영인은 자신의 뒤를 따르는 사람들의 시선에서 수많은 욕설이 쏟아지는 것을 느낄 수 있었다. 그에 명인을 향해 한마디 하려다가 이내 포기하고는 사다리를 기어올랐다.

"어라? 뭐, 뭐야? 씨팔! 빨리 저 새끼 죽여! 밑에 화살 남는 사람 있으면 위에 있는 저 새끼 좀 쏴줘!"

"개새끼, 어디서 밀고 자빠졌어!"

영인은 자신이 오르고 있던 사다리가 들리기 시작하자 소스라치게 놀라 밑에 대기하고 있던 병사들을 향해 소리를 질렀다. 자칫 사다리가 뒤로 넘어지기라도 하면 큰 부상을 당할 수도 있었기 때문이다. 전투 중 부상을 당하면 자신만 손해였다. 그런데 명규도 영인과 같은 생각을 했는지 허리에 차고 있던 도끼를 꺼내 들더니 사다리를 나무막대로 밀고 있는 병사를 향해 힘껏 던졌다.

휘이이익~!

"어라?"

"병신! 그것도 하나 제대로 못 맞히냐?"

"새끼야! 네가 앞을 가려서 못 맞혔잖아!"

쏴아아아~

"컥! 끄어어~!"

"개새끼, 잘 죽었다."

"휴~ 정말 돼지는 줄 알았네. 저 새끼 뒈졌으니까 빨리 서둘러!"

영인은 명규의 독촉에 순간적으로 '올라가지 말까?' 하는 생각이 들었다. 그러나 뛰어내릴 수도 없는 상황이라 가만히 있는 것보다 성벽을 오르는 것이 안전하기에 군소리없이 손발을 열심히 움직였다.

성벽 위는 난장판이 따로 없었다. 서로 죽이고 죽는 모습을 심심치 않게 볼 수 있었다. 하지만 사다리를 먼저 오른 죄로 자리를 떠날 수가 없었다. 뒤에 따라오는 동료들을 엄호해야 했기 때문이다.

"씨팔! 빨리빨리 움직여! 왜 이렇게 굼떠? 누구 칼 맞아 죽는 꼴 보고 싶어?"

"어린 새끼가 입 하난 정말 거칠다니까. 알았어. 올라가면 되잖아! 이제 됐냐?"

영인의 재촉에 군소리없이 넘어갈 명규가 아니었다. 하지만 입보다 행동이 빨랐다. 명규 또한 이미 올라와서 영인과 함께 주변을 경계하며 엄호하고 있었다.

"야, 뭐 해? 다 올라왔으니까 이제 가자."

"어디로?"

"그걸 내가 어떻게 알아? 네가 앞장을 서야 내가 따라가지. 빨리 가!"

"씨팔, 저 난장판에 뛰어들자고? 싫어!"

"그럼 어떻게 할 건데? 그냥 여기 있을 거냐?"

"내가 미쳤어? 여기 있다가 뒤에서 날아오는 눈먼 화살이라도 맞으라고?"

"아니면 직접 성문이나 열든가."

"오늘 왜 이래? 정말 미쳤냐? 내가 왜 그런 쓸데없는 짓에 아까운 목숨 걸어? 여하튼 위험하니까 차라리 밑으로 내려가자."

"큭, 역시 너다운 대답이다."

명규의 재촉에 영인은 하는 수 없이 병사들이 별로 없는 곳으로 뛰어갔다. 명규와 다른 사람들이 따라오건 말건 그것은 상관없었다. 어차피 이긴 싸움, 끝날 때까지 숨이나 돌릴 수 있는 곳을 찾아 몸조심하는 것이 최선이었다.

"이쪽으로 가자!"

"그렇지. 역시 네놈은 항상 이 어르신의 기대에 부응한다니까. 빨리 가자."

"역시 명규 자네를 따라나서길 잘한 것 같네."

"맞아. 역시 자네 말대로 제광마가 운이 꽤 좋은 것 같아. 사다리를 타면서 상처 하나 없이 성벽을 오르긴 오늘이 처음이네."

"하지만 전투가 끝난 후엔 피범벅이었잖아?"

"그러고 보니 그러네? 그럼 우리도 혹시 제광마처럼 그렇게 되는 거 아냐?"

"씨팔! 떠들 정신 있으면 주변이나 경계해! 그리고 왜 자꾸 날 들먹여? 그리고 제광마라고 하지 말랬지!!"

"하하, 미안하네."

"어? 야, 어디 가?"

"어디 가긴, 내가 어디를 가든 일일이 설명하고 가야 해? 아니잖아. 그리고 여기 계속 있으면서 저 이 부장 새끼 눈치 볼래? 움직이는 척이라도 해야 싸우는 것처럼 보일 것 아냐. 힘든데 자꾸 말시키지 말고 따라올 거면 조용히 따라와."

영인은 명규를 향해 톡 쏘아주고는 안쪽으로 달리기 시작했다. 누가 성문을 여는 데 성공했는지 활짝 열려진 성문을 통해 이 부장의 모습이 보이고 있었다. 마치 전장에서 대승을 거둔

개선장군처럼 당당하게 말을 타고 주변을 두리번거리며 천천히 들어오고 있었다.

"개새끼! 누군 죽을 둥 말 둥 싸우고 있는데 저 새끼는 느긋하게 들어오는군."

"그러게. 이럴 땐 정말 부럽네."

"씨팔!"

영인은 이 부장을 아니꼽다는 듯 째려보다가 이 부장의 시선이 옮겨지기 전에 다시 달리기 시작했다. 그러면서 혹시라도 아군이 쏘는 화살에 맞을 수도 있다는 생각에 벽을 따라 뛰었는데, 정말로 재수없었으면 뒤통수가 뚫리는 불상사가 일어날 뻔한 일이 무려 세 번이나 있었다. 그때마다 영인의 입에선 듣기 거북한 쌍소리가 튀어나와 낙양에 울려 퍼졌고, 뒤를 따르는 사람들의 뇌리엔 영인에 대해 '천운의 독설마'로 자리를 잡는 확실한 계기가 되었다.

영인은 되도록 대로를 피해 다녔다. 우선 대로로 움직이다 보면 언제든지 적과 조우할 수 있는 가능성이 많았고, 자칫 눈먼 화살이 뒤에서 날아올 수도 있었기 때문이다. 그렇다고 좁은 소로나 골목길이 안전한 것은 아니었다. 병사들도 자신의 목숨을 아낄 줄 알기에 영인이 움직이는 곳에 몸을 숨기고 있는 경우가 종종 있었기 때문이다. 물론 그때마다 자신의 뒤를 졸졸 따라다니는 명규가 있었기에 수적으로 우세했고, 매번 영인의 창이 그들의 숨통을 끊을 수 있었다. 물론 온몸에 피범벅을 해야 했던 힘겨운 싸움이었지만, 지금까지 영인이 행한 살인의 과반수가 이런 상황으로 벌어진 것이었다.

"헉헉, 더 이상 못 뛰겠다. 그만 가자."

"……."

"씨팔! 야, 개새끼야! 힘들다고!"

"죽고 싶으면 너 혼자 멈춰! 젠장, 네 눈깔엔 저들이 안 보이냐? 동태눈깔이냐?"

"뭐? 어디? 뭐, 뭐야? 어째서 저런 대부대가 이곳에 있는 거야?"

"잔말 말고 튀어! 오늘 일진 정말 엿 같네!"

"야, 같이 가!"

"헉! 자네들만 가면 어떻게 하나!"

휘이이익~

"헉!"

"어이쿠, 사람 살려!"

팟, 파파팟!

오랜만에 명규의 돼지 멱따는 듯한 비명 소리가 울려 퍼졌다. 물론 이와 같은 소리를 지른 사람은 명규뿐만이 아니었다. 막 소로를 지나 다른 곳을 가기 위해 대로를 접어들었을 때, 수백 명의 병사들이 화살을 활에 재고 쏠 준비를 하고 있었던 것이다.

영인과 명규는 자신들이 나왔던 소로에 숨어 적을 주시했다. 다행히 적의 시선이 다른 곳을 향하고 있었기에 처음과 달리 단 한 발의 화살도 날아오지 않았다. 정말 다행이었다. 자칫 수많은 화살을 몸에 박은 고슴도치 모습으로 저승에 갈 수도 있었기 때문이다.

"휴~ 자칫했으면 오늘 관우가 될 뻔했네."

"관우? 혹시 운장 관우?"

"그래. 저 새끼들이 모두 활을 쐈어봐. 아마 관우보다 더 많이 맞고 죽었을걸."

"큭, 크하하하!"

"왜 웃고 지랄이야? 정말 심각했는데."

"정말 네 독설엔 못 당하겠다. 어떻게 평소엔 얌전한 새색시처럼 말하다가 전장에만 나오면 입이 개차반보다 못하냐? 그리고 이 상황에서 어떻게 운장을 들먹일 수가 있냐? 정말 궤씨가 네놈 명호는 잘 지은 것 같다."

"궤씨가 뭐냐? 씨팔! 그리고 명호가 아니라고 그랬잖아! 그건 그냥 별명이야. 잠깐 불리다 말 별명이라고."

"큭큭, 알았다. 그러니까 그만 화내라. 그나저나 저들은 왜 저기 있는 거냐? 마치 우리를 기다리고 있었던 것 같은데?"

"우리가 아니라 이 부장이야. 딱 보면 몰라? 저 새끼들이 미쳤다고 우리를 기다리고 있겠어? 그나저나 저 정도론 얼마 버티지도 못할 텐데 왜 저러고 있는지 모르겠네."

영인은 아직까지 꿈쩍도 하지 않고 있는 병사들을 보며 고개를 갸웃거렸다. 자신이 생각하기에 이 부장이 거느리고 올 병사의 수는 못해도 삼만이 넘을 것인데, 수백 명이 앞을 막아선다는 것은 목숨을 갖다 바치는 것이나 진배없었다.

"흠! 너는 잘 모르겠지만 저런 것이 바로 충성이란 것이다. 진정한 사나이들만이 저렇게 죽음도 두려워하지 않고 주군을 위해 목숨을 바치지. 그렇기에 충성을 다한 병사들의 죽음은 숭고한 것이다."

"충성? 훗, 지랄하고 있네. 죽으면 끝인데 충성은 무슨. 살아 있어야 부귀영화도 누리고 충성을 다한 대가라도 받을 수 있지. 저런다고 누가 알아주나?"

"정말 네놈처럼 충심에 대해 폄하하는 놈은 없을 거다."

"누군 아닌가? 그렇게 충심에 대해 잘 알고 있는 양반이 왜 나를 졸졸 따라다녀? 차라리 지금이라도 내 창에 죽는 것이 어때? 그럼 내가 나중에라도 시간나면 묘비에 충병이라고 새겨 줄게."

"헉! 아니다. 나도 그런 건 필요없으니까 어서 창이나 치워라."

영인의 창이 어느새 명규의 목에 대어졌다. 창에 살짝 힘을 주었는지 목에서 핏물이 흘렀다. 그에 기겁을 한 명규가 두 손을 혼들며 급히 뒤로 몸을 뺐다.

"야, 이 개새끼야! 정말 죽일 생각……."

"이 부장이 왔다. 조용히 해. 그리고 안 죽었으면 됐잖아."

"뭐? 이 부장? 정말 왔네. 그나저나 오늘은 그냥 넘어가나 했더니 너 때문에 피 봤잖아. 젠장!"

주변을 정리하며 주상순의 왕궁으로 가던 이 부장은 자신의 앞을 가로막고 있는 병사들을 보고는 크게 웃은 후 오른손을 번쩍 치켜 올리며 말을 멈춰 세웠다. 그에 뒤를 따르던 병사들의 발걸음도 멈추어졌고, 모두의 시선이 자연스럽게 자신들을 막아선 병사들에게 옮겨졌다.

"오늘 낙양에서 대단히 충성스러운 병사들을 만나는구나. 그대들 중 수장이 누구인가?"

"흠! 본인이다."

"그렇군. 그대는 누구인가? 이런 곳에 기다리고 있을 정도면 낮은 지위는 아닐 텐데?"

이 부장은 약간 앞으로 나선 병사의 군복이 일반 병사들과 다르다는 것을 한눈에 알아볼 수 있었는데, 최소한 참정 왕성창의 측근 중 상당한 중책을 맡는 장수인 것 같았다. 꽤 장부다운 기개가 엿보였다. 그에 이 부장은 순간적으로 '일기토를 한다면 어떨까?' 하는 생각이 들었다. 그러나 아무리 상대가 마음에 들어도 삼국시대도 아닌 지금 위험을 감수할 생각은 없었다.

"그대의 기개가 마음에 든다. 그대도 이미 상황을 짐작하겠지만 낙양성은 틈왕 전하의 영토가 될 것이고 백성들도 전하를 받들어 모실 것이다. 그러니 수하들을 죽음으로 몰고 가지 말고 항복을 하라. 그리하면 내 친히 그대와 수하들의 목숨을 보장하겠다."

"어디서 감히 스스로 왕이라 칭한단 말인가! 난 틈왕이란 왕이 대명 하늘 아래 있다는 소리는 태어나서 지금까지 듣지 못했다. 그리고 엄연히 낙양성은 복왕 전하의 명이 받들어지는 곳이다."

"흠… 알겠다. 그대의 기개가 남달라 보여 청하였건만 아쉽게도 거절하였으니 원하는 대로 죽여주마. 모두들 뭘 하고 있는가? 눈앞의 적들이 죽기를 청한다! 모두 적들을 주살하라!"

"와~ 죽여라~!"

"모두 침착해라! 비록 우리의 수가 적다 하나 우리는 낙양성 최고의 정예다! 저런 오합지졸에게 밀릴 우리가 아니다! 쏴라~!"

쏴아아아~

"컥!"

"끄어억!"

"와아아~! 죽어!"

창! 차차창! 차창! 차차앙~!

쌍방 간에 한차례씩 화살을 쏜 후 서로를 향해 돌진했다. 거리가 워낙 가까워서 더 이상 활에 화살을 잴 수 있는 여유가 없었던 것이다. 그러나 아무리 죽음을 두려워하지 않는 병사들이라 해도 일순간에 밀물처럼 만여 명이 넘는 병사들이 밀고 들어오는 창과 칼날을 막을 수는 없었다. 이 부장에게 보여주었던 대장부의 기개와는 달리 막상 전투에선 큰 위력을 발휘하지 못했다. 병사들 간의 칼부림도 얼마 없이 대부분의 병사들이 창에 찔려 죽음을 당한 것이다.

골목에서 전투를 구경하고 있던 영인은 한순간 맥이 빠졌다. 너무도 순식간에 마무리가 되어서 그런지 마지막 병사가

괴성을 지르며 쓰러지는 순간 허무함마저 들었다. 뭔가 지켜
보고 있으면 가슴이 뭉클할 것 같은 치열한 전투를 예상하지
는 않았지만, 창에 찔렸어도 죽음에 임박할 때 나오는 최후의
발악과도 같은 한 수는 있을 줄 알았다.

"역시 허무한 죽음이군."

"뭐가 허무하다는 거냐? 대장부로서 저런 최후를 맞이하는
것도 복이다. 특히 전장에 임하는 장수로서는 대대로 영광스
러운 죽음이지."

"영광은 무슨! 저런 걸 두고 개죽음이라고 하는 거야. 알아?
저들이 정말 발악이라도 해서 시간을 벌었다면 이해하겠어.
그런데 그것도 아니잖아. 아까 나왔던 장수는 혹시라도 이름
을 남길 수 있겠지만, 나머지 이름도 모르는 병사들까지 죽음
으로 내몬 것은 쓸모없는 만용이고 위선일 뿐이야."

"씨팔, 넌 왜 그렇게 세상을 부정적으로 사냐? 저들도 사람
인데 생각이 없었겠냐? 도망가려고 했으면 벌써 도망가고도
남았다. 그런데 최후까지 싸웠잖아. 그러면 모두 끝난 거야.
알았냐? 싸웠고, 죽었어. 비록 이름은 남기지 못했지만 자신의
신념을 나름대로 표현한 거지. 그것으로 그들의 죽음은 충분
히 가치가 있는 거다, 이 매정한 놈아!"

영인과는 달리 명규와 다른 사람들은 병사들의 죽음을 보면
서 가슴 한곳을 울리는 찡한 느낌에 말문을 열 수가 없었다. 그
렇기에 영인의 부정적인 말에 쌍심지를 켜고 반박한 것이다.

"가치고 뭐고, 난 그런 것은 모르니까 얘기하지 마."

"야, 얘기하다 말고 어딜 가?"

"합류해야지. 그럼 여기서 죽치고 있을 거야?"

"어이쿠, 그럴 순 없지. 같이 가자!"

"제광마, 우리도 같이 가세!"

"씨팔! 제광마 아니라고!!"

"뭘 그런 거 가지고 열을 내고 그러냐? 어서 가자."

"젠자앙~!"

이 부장은 벌써 보이지 않을 정도로 앞서 가고 있었다. 다행히 병사의 수가 많아 뒤에 합류했음에도 알아보는 사람이 없었다. 골목과 대로를 오가며 줄기차게 뛰어다니다 보니 가장 선두에 섰었는데 지금은 가장 후미에서 따라가는 것이었다.

"어라? 너 언제 왔냐?"

"궤 아저씨도 뒤쪽에 있었어요? 어? 송 아저씨도 있었네요. 그러고 보니 다른 아저씨들도⋯⋯."

"앞쪽에 설 필요가 있냐? 그냥 뒤에서 천천히 따라가면 위험도 없는데."

"맞는 말이야. 괜히 앞에 서서 화살에 맞을 필요는 없지."

"아무렴. 영인아, 이런 것이 다 세상을 살아가는 지혜다."

선두에 서서 당당하게 진군하고 있는 이 부장과 병사들이 듣는다면 삿대질과 쌍소리를 해도 찍소리 못할 말이지만, 주변에 있는 사람들 중 아무도 도길의 말에 뭐라고 하는 사람이 없었다. 지금까지 영인의 말에 토를 달던 명규까지도 조용히 듣고만 있었다. 그에 영인은 못마땅한 표정으로 명규를 향해 한차례 시선을 주었다가 다시 정면을 바라보며 걷는 데 열중했다.

"응? 그런데 오늘은 꽤 멀쩡하네?"

"뭐가요?"

"뭐긴, 너 말이지."

"그렇구먼. 오늘은 상처 하나 없군."

"정말일세? 그동안 실력이라도 늘었나?"

"그럼 아저씨들은 제가 상처를 입었으면 좋겠어요? 가뜩이나 오늘도 죽을 고비가 몇 번이나 있었는지 아세요?"

"누가 다치는 걸 바란다고 했냐? 다른 날과 달리 피를 뒤집어쓰고 있지 않으니까 신기해서 그렇지. 아직 네 실력으론 그렇게 멀쩡할 수가 없거든. 오늘 한 번도 싸우지 않았지?"

"왜 그런 생각을 하세요? 제가 얼마나 열심히 뛰어다닌 줄 아세요?"

"하하, 그건 저놈 말이 맞아요. 정말 열심히 낙양 거리를 누볐죠. 얼마나 뛰었는지 아직까지 다리가 후들거리고 있다니까요."

도길이 이상하다는 눈빛으로 영인을 바라보자, 마치 자신이 죄라도 지은 것 같아 명규가 거들고 나섰다. 그러나 그런 명규를 오히려 도길과 영인이 이상한 표정으로 바라보았다.

"너한테 묻지 않았다."

"험, 알겠습니다. 그냥 전… 하하, 얘기 나누세요. 조용히 빠져 있겠습니다."

"영인아, 너 저 녀석하고는 좀 떨어져 다녀라."

"저도 그러고 싶어요."

"멀쩡한 모습이 보기 좋다만 옷에 피라도 좀 바르는 것이 어떻겠냐?"

"왜요? 빨래하기도 힘든데 일부러 그런 짓을 왜 해요?"

"그게 말이다. 음… 너무 멀쩡하니까 그렇지. 다른 사람들을 한번 봐라. 지금 네 모습과는 많이 다르지? 저것이 우리들 모습이다. 막 전투를 한 병사들의 모습이지."

"아~"

"이제 알겠냐? 그러니 네가 우리들과 맞춰야지."

"훗, 무슨 말인지 알았어요. 어디… 저기 있네요. 이렇게!"

영인은 도길의 설명을 들으면서 나름대로 옳은 생각이라는 판단에 긍정적으로 받아들였다. 그에 주변에 널려 있는 시신들을 찾아 빠르게 의복에 피를 발랐다. 하지만 피를 바르면서도 기분은 좋지 않았다. 어쩔 수 없이 묻었을 때는 별생각이 없었는데 막상 자신이 직접 피를 묻히려고 하니 찜찜했던 것이다. 그러나 주변 사람들로부터 괜히 오해를 받고 싶지 않았기에 최대한 많이 묻혔다.

"저, 궤… 아저씨, 지금 저 녀석이 뭔 짓거릴 하고 있는 겁니까?"

"보면 몰라? 옷에 피 칠하고 있잖아."

"그러니까 왜 일부러 피를 바르냐고요. 매번 전투가 끝날 때마다 빨래하기 힘들다며 투덜거리던 녀석인데."

"기특하지 않냐? 모두 이 아저씨를 위해서 저런 거지. 오늘처럼 멀쩡한 모습을 하고 다녀봐라. 누가 영인이를 제광마라고 부르겠냐? 그럼 내가 애써 명호를 지어준 보람이 없지. 안 그러냐?"

"하하, 그렇기는 하지만……."

"왜? 넌 마음에 들지 않냐?"

"아니요. 제가 그런 말을 했나요? 제가 왜 그런 생각을 하겠어요. 하하, 역시 저 녀석은 제광마가 어울려요. 정말 잘 지으셨어요."

명규는 도길을 향해 손사래를 치며 뒷걸음쳤다. 그러면서도 도길을 향해 표정 관리도 철저하게 했는데, 그 모습이 마음에 들었는지 도길의 표정도 다시 인자한 동네 아저씨로 돌아갔다.

"어때요? 좀 괜찮나요?"

"큼, 아까보다는 많이 나아진 것 같구나. 다음부터는 좀 조심해라. 알겠냐?"

"예, 그렇게 할게요. 그런데 다른 사람들도 해야 하지 않을까요?"

"아, 아니야. 난 괜찮으니까 넌 신경 쓰지 마. 난 내가 알아서 할 거니까."

"허험! 우리도 괜찮네. 다른 녀석들이 물어보면 자네가 모두 처리했다고 하면 되지 않나. 그러니 우리까지 신경 쓸 것 없네."

"그럼. 그리고 욕 좀 먹으면 어때."

"맞네. 오해받고 욕 좀 먹어도 상관없으니까 앞으로도 자네만 걱정하게."

"알았어요. 그럼 알아서들 하세요."

영인은 뭔가 좀 이상하게 돌아가는 것 같았지만, 확실히 그것이 무엇인지 짐작할 수 없어 고개만 갸웃거렸다. 하지만 깊게 생각할 수 없었다. 얘기를 나누는 와중에 목적지에 도착했는지 앞서던 사람들의 발걸음이 멈췄다. 수많은 사람들이 한곳을 바라보고 있었는데, 그곳은 한눈에 보기에도 낙양성에서 중요한 인물이 사는 곳임을 알 수 있을 정도로 화려했다. 밖에서 보는 것만으로도 입이 벌어지는데, 안으로 들어가면 아마 입이 다물어지지 않을 것 같았다.

'저런 곳에서 살아봤으면 좋겠다. 휴~'

"복왕의 왕궁이다. 정말 대단하지? 아마 낙양성주의 거처와는 비교가 안 될 거다."

"왕궁이요?"

"그래. 복왕이 기거하는 곳이니 당연히 왕궁이라 불러야지. 저 왕궁을 짓는 데 얼마나 쓰였는지 아냐? 자그마치 황금 삼십만 냥이다."

"삼십만 냥이요? 그것도 황금으로요?"

영인은 어찌나 놀랐는지 입이 다물어지지 않았다. 은 한 냥도 만지기 어려운 시국에 황금으로 삼십만 냥이라면 어마어마한 돈이었다. 아무리 부자라 해도 쉽게 만지거나 볼 수도 없는 자금인 것이다. 그런데 왕궁을 짓는 데 모두 사용되었다니 할 말이 없었다. 만약 그 정도의 자금을 백성들에게 풀었다면 아마도 자신은 지금 이 자리에 없었을지도 모른다는 생각까지 들었다.

"그래. 입이 다물어지지 않지?"

"그렇군요. 정말 대단한 왕궁이네요. 그런데 궤 아저씨, 복왕이 성주가 아닌가요?"

"당연히 성주는 따로 있지. 낙양은 복왕 주상순의 봉지다. 그리고 황제의 인척은 정권에 잘 개입하지 않는다. 아니, 어쩌면 못한다고 봐야지. 또한 아무리 정권에 개입할 수 있다고 해도 왕이 미쳤다고 성주를 하겠냐? 아무리 왕이라고 해도 성주가 되면 황제의 직접적인 하명을 받아야 한다. 더구나 복왕은 현 황제인 숭정제의 숙부야. 너 같으면 숙부가 조카의 명을 받고 싶겠냐?"

"복왕이 황제의 숙부였어요? 그럼 꽤 비중있는 황족이네요? 오늘 대단한 놈 얼굴을 볼 수 있겠네요."

"큭큭, 그렇지. 정말 대단한 인간 말종의 얼굴을 보게 되겠지."

"인간 말종이라… 복왕의 평판이 별로 좋지 않은가 보네요?"

영인은 도길의 어투와 표정을 통해 주상순의 평판이 좋지 않다는 것을 알 수 있었다. 그렇지 않다면 한 번도 만난 적 없는 사람에 대해 악평을 할 도길이 아니었기 때문이다.

"좋지 않은 정도가 아니라 최악이다. 겉으로 드러난 건 별로 없는데 낙양성에 거주하는 백성이라면 모두 알고 있지. 오죽

하면 혼처가 정해진 처자라 해도 혼인 당일까지 집 밖에 나가는 것을 꺼렸겠냐. 무림세가조차 강호를 주유하는 방년의 여식들에게 필히 피해야 할 곳으로 낙양성을 언급할 정도였으니 말 다했지."

"큭, 그럼 오늘 개새끼 목 따는 날이 되겠네요."

"그렇구나. 오늘부터 낙양성 백성들 얼굴이 활짝 피어나겠구나. 하하하!"

"그런데 전투는 벌어지지 않을 모양이네요. 벌써 항복한 건가?"

"내부에서 반란이 일어났으니 어쩌면 벌써 죽었거나 잡혔겠지. 아니면 반란을 눈치 채고 도망쳤든가. 이런, 도망쳤으면 목 떨어지는 걸 볼 수가 없겠구나."

"아마 쉽게 도망치지는 못했을 것 같네요. 그렇지 않으면 이렇게 우리들이 대기하고 있을 필요가 없잖아요."

"그건 네 말이 맞다. 궤 형, 우린 기다리기만 하면 될 것 같구려."

"그러면 오죽 좋겠나. 여하튼 주상순은 오늘 죽어야 해."

이각 정도의 시간이 흘렀을 때, 영인은 병사들의 함성 소리를 들었다. 뒤에 서 있어 앞의 상황을 제대로 알지 못했지만 간간이 함성에 만세 소리가 섞여 있어 전투가 끝났음을 알 수 있었다. 그리고 어느새 도착했는지 이자성이 흑마를 타고 이암과 호위를 거느리며 다가오고 있었다. 진정한 승리의 주인공이 모습을 드러낸 것이다.

영인을 비롯한 병사들은 이자성이 다가오자 자연스럽게 양쪽으로 갈라서기 시작했다. 이자성이 앞으로 나아갈 수 있도록 길을 열어준 것인데, 이자성은 마치 그럴 줄 알았다는 듯 당당하게 말을 몰고 인산의 골짜기를 지나갔다. 무슨 말이라도 할 것 같았는데, 입에 자물쇠라도 걸은 것처럼 흑마의 투레질 소리만 들렸다.

"흐으음."

'젠장, 더럽게 무게 잡네. 자기를 위해 싸운 사람들 성의를 봐서라도 한마디쯤은 해도 되잖아.'

입이 튀어나올 정도의 불만에도 불구하고 영인은 다른 사람들처럼 이자성이 앞을 지나칠 때쯤 고개를 숙였다. 이자성이 아니꼽다고 해도 그의 병사인 이상 상관에 대한 예의는 깍듯하게 차리는 것은 당연한 일이었다.

영인은 이자성의 행렬이 거의 앞쪽에 다다랐을 때, 그곳에 한 사람이 두 팔이 묶인 상태로 병사들의 손에 잡혀 있는 것을 볼 수 있었다. 영인이 있는 곳과는 너무 멀리 떨어져 있어 잘 보이진 않았지만 어렵지 않게 도길이 말했던 인물임을 알 수 있었다. 바로 복왕 주상순이었다. 하지만 아직까지 자신의 처지를 모르는지 사방을 향해 호통을 치고 있었다. 그러나 옆에 있는 병사들은 주상순의 호통을 듣고만 있을 뿐 입을 막는다거나 하는 조치를 취하지 않았다. 아마도 누군가가 병사들의 행동을 막고 있는 것 같았다.

이자성은 여유있는 얼굴로 주상순의 앞까지 말을 몰고 갔다. 연신 호통을 치고 있는 주상순의 얼굴 바로 앞에서 이자성이 타고 있는 흑마가 투레질을 할 정도로 가깝게 다가갔다. 그만큼 승자인 이자성이 패자인 주상순을 무시하고 있음을 보여주는 행동이었다.

"이런 괘씸한 놈! 감히 본좌가 누구인 줄 알고 이러는 것이냐! 그리고도 네놈이 살아남을 것 같더냐!"

푸르르르!

"어서 말을 뒤로 물리지 못할까! 그리고 본좌를 묶고 있는 포승줄도 썩 풀거라!"

"훗!"

"이노~옴! 어서 풀지 못할까!"

푸르르르!

"이, 이런 오체분시를 할 놈이! 네놈이 정녕 구족까지 도륙이 나야 정신을 차릴 놈이로구나! 썩 물러서지 못할까!"

"훗, 언제까지 그렇게 떠들 건가?"

"뭐, 뭐라? 이……."

"상황 판단을 빨리 하는 것이 좋지 않을까? 뭐, 어차피 늦었지만."

"네놈도 무사하지 못할 것이다!"

"하지만 당신보다는 오래 살겠지. 안 그런가?"

"이 죽일 놈."

픽!

"꿇어라!"

"윽~!"

주상순의 입이 거칠어지자 이를 더 이상 두고 볼 수 없었던 이암이 병사들에게 눈짓을 했다. 그러자 기다리고 있던 병사들은 조금도 지체하지 않고 주상순의 무릎을 걷어차며 호통을 쳤다.

"크으으!"

"오늘은 그대의 죄를 하늘에 고하고 그동안 그대로 인해 고통받았던 백성들의 원한을 풀어주는 날이 될 것이오."

"이놈! 본좌가 무엇을 잘못했다고 하늘 운운하는 것이더냐! 차라리 본좌를 죽일 생각이라면 그런 허무맹랑한 말은 하지 말고 단숨에 목을 쳐라!"

"기개인가, 아니면 최후의 발악인가?"

"이… 노옴!"

"더 이상 볼 것 없다. 복왕 주상순은 반 시진 후에 백성들이 보는 앞에서 그 죄를 논할 것이니 이 군사는 준비하도록 하시오."

"알겠습니다, 전하."

이자성은 더 이상 주상순의 발악을 보고 싶지 않았다. 그에 이암에게 지시를 한 후 흑마를 몰고 왕궁 안으로 들어갔다. 이미 왕궁은 최추산과 홍 부인에 의해 완전히 장악된 상황이었기에 대문은 활짝 열려 있었다.

주상순의 왕궁은 밖에서 보는 것과 안에서 보는 것이 확연한 차이가 났다. 황궁과 비교해 규모에서 다소 차이가 날 뿐, 거의 작은 황성이라 불려도 손색이 없을 정도였다. 물론 이자성이 황성 안을 들어가 보지 않았기에 이와 같은 생각은 전적으로 이자성 개인의 생각일 뿐이었다. 그러나 누구도 이자성의 생각에 부정하지 못할 정도로 주상순의 왕궁은 크고 화려했다.

"흐음… 이 정도면 당분간 머물면서 거점으로 삼아도 손색이 없겠군. 그렇지 않소, 최 장군?"

"너무 화려한 것이 흠이긴 하지만, 임시로 머물기는 적당한 곳입니다."

"하하, 최 장군의 생각과 본인의 생각이 같구려. 지금은 화려함과는 어울리지 않는 시기이니 장시간 머물 장소로는 적당하지 않지. 오히려 낙양성주의 관청이 적당하겠군. 복왕의 일을 처리한 후 관청으로 갑시다."

"예, 전하. 옳은 결정이십니다."

왕궁의 정문 앞에 커다란 단상 두 개가 만들어졌다. 물론 그중 하나의 단상 위에는 주상순이 두 손이 묶인 상태로 무릎을 꿇고 있었는데, 화려한 의복은 어디로 사라졌는지 보이지 않고 하얀 속의만 걸치고 있었다. 얼굴과 입술이 파랗게 질린 모습이 어찌나 처량해 보이는지 한동안 지켜보고 있던 영인의 인상이 살짝 찡그려질 정도였다.

"쳇! 왜 이렇게 안 나오는지 모르겠네. 저러다 그냥 동사하는 것 아닌가?"

"이 녀석아, 얼어 죽는 것이 그렇게 쉽게 되는 줄 아냐? 아직

해 떨어지려면 반 시진 이상이나 남았다. 아무리 날씨가 싸늘하고 추워도 낮에 얼어 죽지는 않아. 더욱이 곧 죽는다는 공포감에 사로잡혀 있으면 이보다 날씨가 추워도 정신은 멀쩡하지. 지금 수뇌부에선 주상순의 공포감이 극에 이를 때를 기다리고 있는 거다."

"그러면 아직 시간이 많이 남았네요? 그럼 좀 앉아서 쉬어도 되겠네."

"아니, 그렇게 많이 남지는 않았을 거다. 어쩌면 곧 시작하겠지."

"공포감이 극에 이를 때까지 죽이지 않는다면서요? 그럼 해가 지기 전까지는 저대로 놔둬도 되지 않나요?"

"이 녀석아, 머리는 뒀다가 어디에 쓸 거냐? 해가 떨어지면 어두워서 백성들이 어떻게 주상순이 죽는 모습을 볼 수 있겠냐? 그리고 반 시진 정도는 되어야 천천히 조절을 하면서 요리를 할 수 있지."

"그럼 바로 죽이지 않는단 말인가요? 그건 너무 잔인한 방법이 아닌가?"

"물론 잔인하지. 하지만 주상순에 대한 백성의 원한을 풀어주기 위해선 어쩔 수 없지. 백성의 원한을 확실하게 풀어줘야 그들이 우리에게 호의를 가질 것 아니냐. 더불어 가담하고자 하는 마음도 생길 것이고."

"아~ 한마디로 일석이조네요."

영인은 도길의 설명에 충분한 공감을 느꼈다. 자신이라도 충분히 그런 마음이 생겼을 것 같았기 때문이다.

"그렇지. 더불어 황실을 향해 직접적으로 적의를 드러냈음을 천하에 알리는 의도도 포함되겠지. 그렇게 함으로써 사천성 장헌충의 부대와 같거나 더 큰 세력으로 올라설 수 있겠지."

"그렇군요."

영인은 도길의 설명에 큰일을 도모함에 있어서 이것저것 생각할 게 너무나 많다는 것을 인식할 수 있었다. 아무리 혼자 잘났어도 주변의 정세를 파악하지 못하면 천하를 상대로 일을 도모할 수 없음도 알게 되었다. 그만큼 세력을 키운다는 것은 너무도 복잡한 일들이 많았던 것이다. 영인의 머리가 다 지끈거릴 정도로.

"저 봐라. 이 군사가 나왔으니 조만간 시작할 것 같구나. 조금 있으면 틈왕도 모습을 보일 것이다."

"그렇네요."

도길의 말대로 수유의 시간이 지나지 않아 이자성이 단상 위에 올랐다. 그곳엔 어느새 앉을 수 있는 의자가 준비되어 있었는데, 바로 이자성을 위한 것이었다. 이자성이 의자에 앉자 그 뒤로 이암을 비롯한 수장들이 섰다.

"모두 조용하시오. 지금부터 틈왕 전하의 하명 아래 주상순의 죄상을 살피고 이를 하늘에 고하여 죄를 물을 것이오."

"……."

"참수병들은 죄인 주상순을 백성들 앞에 일으켜 세워라!"

"옛!"

이 군사의 명을 받은 참수병 두 명이 얼른 단상 위에 오른 후 동사하기 직전의 주상순의 양팔을 잡아 일으켰다.

"여러분, 잘 보시오! 저자가 바로 주상순이오! 관리들과 함께 작당하여 여러분의 고혈을 수탈하고 여러분의 생명을 파리 목숨보다 더 하찮게 취급한 장본인이오!"

"와~!"

"틈왕 전하 만세~!"

미리 지시를 내렸는지 이암의 손이 이자성을 가리키자 호위 병사들의 입에서 우렁찬 함성이 쏟아졌다. 그러자 다른 병사들까지 만세를 부르짖기 시작했고, 그 파급 효과는 일반 백성들에게까지 순식간에 전파되었다.

"참수병들은 죄인 주상순을 전하의 앞에 무릎 꿇게 하라!"

"옛~!"

곽!

"헉! 크윽~!"

참수병의 발에 정강이가 차인 주상순은 털썩 단상에 무릎을 꿇었다. 어찌나 세게 맞았는지 순간적으로 뼈가 박살이 난 것 같은 고통에 주상순의 입이 다물어지지 않았다.

"죄인 주상순은 만력제의 세 번째 황자로서 백성들을 위하고 어질게 대하여 그 성정을 베풀어야 하거늘 오히려 낙양성주 및 이하 관리들과 작당을 하고 백성들의 고혈을 쥐어짜며 자신의 배를 부풀리는 데 급급했다. 또한 혼처가 있는 처자뿐만 아니라 혼인을 하려는 처자들까지 그 더러운 손길을 뻗쳐 인간으로서는 도저히 용서할 수 없는 만행을 저지르는 데 한 치의 망설임도 없었다. 또한 자신으로 인해 백성들의 빈곤과 고난이 극에 이르렀음에도 이를 방관하는 데 그치지 않고 노예로 만들어 자신의 이익을 챙기는 등 인신매매를 일삼았다. 무릇 일국의 황족이란 백성들을 위할 줄 알아야 함에도 불구하고 오히려 도탄에 빠뜨렸으니 어찌 죄가 하늘에 닿지 않았겠는가? 그에 틈왕 전하께선 오늘 복왕 주상순의 죄를 하늘에 고하고 천명을 대신하여 그 죄를 묻는다."

"헉헉~ 그런 말 같지도 않은 짓거리는 그만 하고 어서 본좌의 목을 치거라."

"크흐흠… 주상순, 마지막으로 기회를 주겠다. 그동안의 죄를 인정하고 백성들에게 사죄를 하는 것이 어떠한가?"

"홋, 그대가 틈왕이라 했던가? 오늘의 승리와 영광에 자만하지 말아라. 언젠가는 너도 본좌와 같은 처지가 될 것이다."

"그대는 본인을 그 정도로밖에 보지 않았던가? 그럼 기대해보지. 죽기 전에 마지막으로 할 말이 있는가?"

"헉헉, 더 이상 본좌를 욕보이지 말고 죽여라."

주상순은 이자성의 말에 온몸을 오들오들 떨면서도 한 자한 자 힘주어 말했다. 입술이 굳어 소리가 그리 크지 않았지만 끝까지 이자성에게 고개를 숙이지 않음을 온몸으로 보여주고 있었다.

이자성과 이암은 주상순의 모습을 바라보며 고개를 끄덕였다. 나름대로 황족으로서의 체면을 차리고 있었던 것이다. 지금까지 살아온 과정을 볼 때 일반 사람들에겐 절대로 볼 수 없는 기개였다. 하지만 이자성과 이암으로서는 주상순을 쉽게 죽일 수 없었다. 죽음도 똑같은 죽음이 아니듯 주상순은 가장 처참하게 죽어야 했다.

이암은 더 이상 주상순이 입을 열지 않고 있자, 이자성을 향해 고개를 돌렸다. 지시를 기다린다는 행동이었다. 하지만 이자성은 한동안 이암을 향해 어떠한 지시도 내리지 않았다. 그저 어서 죽이라는 듯 고개를 깊숙이 숙이고 있는 주상순을 바라볼 뿐이었다. 하지만 이자성도 이암의 의도가 무엇인지 알고 있기에 더 이상 지체하고 있을 수는 없었다. 그에 이암을 마주 보며 고개를 살짝 끄덕였다.

"참수병들은 죄인 주상순의 형을 집행하라!"

"옛, 명을 받들겠습니다."

참수병들은 주상순을 잡아끌 듯 일으켜 세운 후 이자성과 백성들을 향해 억지로 삼배를 시켰다. 그리고 또다시 하늘을 향해 삼배를 시킨 후, 단상에 대 자로 눕혀 사지를 단단하게 묶었다.

"끄으으~!"

"어서 시행하라!"

"옛!"

이암의 명이 최종적으로 떨어지자 참수병 중 한 명이 수중에서 작은 단도를 꺼내 들었다.

"어서 죽이지 않고 뭘 하려는 거냐!"

"조용히 하거라. 그렇지 않아도 즐겁게 놀다가 마지막엔 이

몸이 직접 네놈 명줄을 따줄 생각이다. 큭큭."

단도를 꺼내 든 참수병은 다른 사람들이 듣지 못할 정도의 작은 목소리로 주상순의 귓가에 입을 갖다 대고 속삭였다. 마치 오래된 연인을 향해 말하듯 아주 다정한 목소리였다.

주상순은 금방 죽일 줄 알고 있다가 갑자기 기분 나쁜 목소리가 귀에 들리자 소스라치게 놀랐다. 마치 지옥의 야차가 속삭이는 소리처럼 들렸던 것이다.

"자, 우리 천천히 즐겨보자고. 우선 옷부터 벗어볼까?"

"으~"

쓰으윽.

"아악~!"

마치 목각 인형을 만지는 듯한 참수병의 손길에 따라 주상순의 입에선 연신 비명이 토해졌다. 처음 영인은 참수병이 무엇을 하는지 몰랐었다. 그러나 단도가 움직이면서 무엇인가가 살짝 벗겨졌는데, 다름 아닌 주상순의 살갗이었다.

영인은 한동안 바라보다가 뒤로 살짝 빠졌다. 더 이상 속이 니글거려 지켜볼 수가 없었던 것이다. 이런 영인의 모습을 보았는지 도길이 뒤를 따랐다.

"왜? 속이 불편하냐?"

"예, 좀 그러네요."

"살인까지 해본 녀석이 겨우 저 정도를 보고 그러면 쓰겠냐?"

"살인하는 것하고는 다르잖아요. 그나저나 저 사람들은 괜찮은가 보네요."

영인은 눈 하나 깜빡이지 않고 지켜보고 있는 백성들을 향해 고갯짓을 하며 도길을 쳐다보았다.

"훗, 저들이라고 별수있겠냐? 하지만 주상순에 대한 원한이 더 크니 꾹 참고 지켜보고 있는 것이지. 자신들이 직접 죽이지 못하니까 저렇게라도 해서 대신 만족감을 느끼는 것일 거다."

"휴~ 정말 원한이란 무섭네요. 어린애들도 저 정도니……."

"그렇지. 크든 작든 간에 원한을 맺는다는 것은 좋은 일이 아니다. 하지만 세상을 살다 보면 원하지 않아도 원한을 맺게 되지. 중요한 것은 원한을 맺었으면 스스로 풀 수 있는 능력을 만들면 된다. 모두 쉬운 일이 아니겠지만."

"저도 오늘 많은 걸 배운 것 같아요. 하지만 왜 저 사람들이 불쌍하다는 생각이 들까요? 주상순이란 사람도 그렇고."

"영인아, 옛말에 '차라리 태평시대의 개가 될지언정 난세의 사람은 되지 말라'는 말이 있다. 무슨 말인지 알겠냐? 하지만 세상일이란 것이 마음먹은 대로 모두 된다면 얼마나 좋겠냐. 그러나 그렇지 않기에 오늘과 같은 일이 생기는 것이지."

"……."

"네 말대로 주상순도 불쌍하긴 하지. 만약 지금과 같은 난세가 아니었다면 여자들에게 몹쓸 짓을 했든, 아니면 수탈을 하든 어떤 지랄을 했든 간에 주어진 명대로 떵떵거리며 살았겠지. 역모에 가담만 하지 않았다면 말이지. 백성들도 마찬가지다. 태평시대였다면 아무리 황친이나 왕, 아니면 관리라 해도 한 끼 밥조차 먹지 못할 정도로 수탈을 당하지 않았을 것이다.

모두 이놈의 난세가 문제지. 그러고 보면 너도 난세에 의해 나를 만났다고 해도 과언이 아니구나."

"그렇기는 하네요. 난세가 아니었다면 살인도 하지 않았겠죠."

"후후, 그렇지. 이놈의 세상, 언제쯤 평화로워질까나. 하아!"

영인과 도길은 사람들이 드문 곳을 찾아 걸어가면서 어두워지기 시작하는 낙양의 하늘을 쳐다보았다. 싸늘하게 불어오는 바람에 진한 혈향이 맺혀 있었다.

주상순은 살갗이 여덟 번이나 벗겨진 후에도 죽지 않고, 이각 정도 백성들의 돌팔매에 시달리다가 오체분시의 참형을 받고 난 후에야 고통에서 벗어날 수 있었다. 하지만 죽었어도 곱게 시신을 보존하지 못했는데, 머리는 낙양성 북문에 효수가 되었고 사지는 아무도 건들지 못하게 한 후 동물의 먹이로 주어졌다. 정말 최악의 죽음이 아닐 수 없었다.

주상순의 죽음을 바로 앞에서 지켜보았던 참정 왕성창은 자신의 부족함을 탓하며 자진을 했고, 부친의 죽음을 전해 들은 총병 왕소우는 눈물을 흘리며 대성통곡을 했다.

정혼자의 원한을 갚기 위해 배신을 했지만, 다른 한편으론 가망성없는 전쟁에서 부친을 살리고자 하는 마음도 있었다. 그렇기에 적극적으로 나서서 북문을 열었던 것이다. 그러나 끝내 부친의 죽음을 막을 수는 없었다. 자신의 원한과 애절함을 몰라준 부친의 마음과 부질없는 충심만을 탓할 뿐이었다.

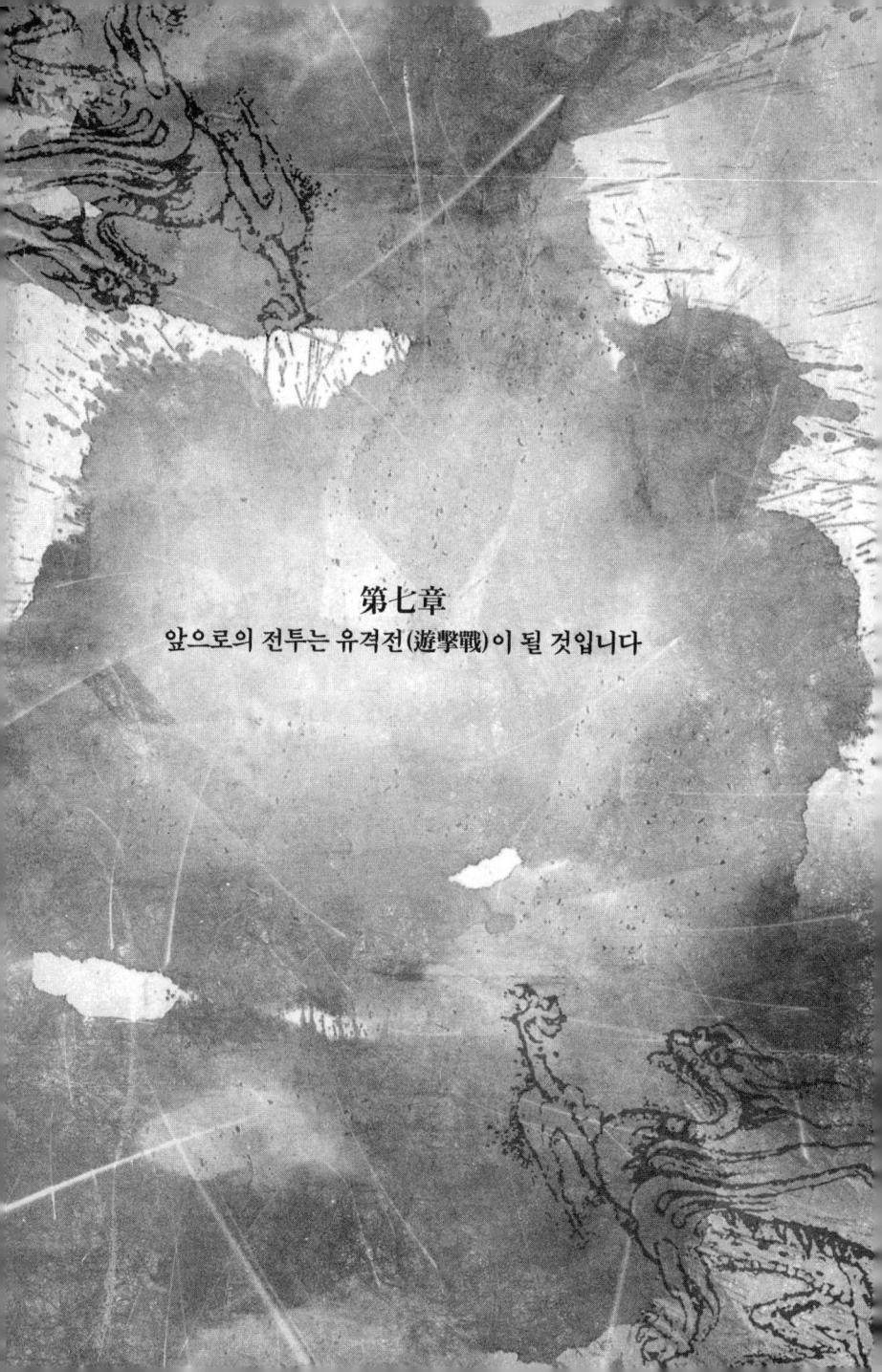

第七章
앞으로의 전투는 유격전(遊擊戰)이 될 것입니다

이자성은 주상순의 일을 처리한 직후, 지체없이 이암과 함께 송헌책의 집으로 갔다. 적극적으로 추천한 이암을 생각해서라도 늦출 이유가 없었다. 직접 창과 칼을 들고 싸울 병사는 이제 충분했다. 하지만 이암과 같은 지자는 찾기 쉽지 않았다. 요즘 이자성은 왜 유비가 제갈공명을 영입하기 위해 먼 길을 달려가서 삼고초려까지 해야만 했는지 이해할 수 있었다. 아니, 그 심정을 충분히 느낄 수 있었다.

　대문이 활짝 열려져 있었는데, 이자성은 망설임없이 안으로 성큼 들어갔다. 이미 기별이 넣어졌는지, 아니면 미리 알고 마중을 나온 것인지 마당엔 몇 명의 사람이 이자성을 맞이하여 주었다.

"전하, 이분이 송 학사십니다."

"이자성이라고 합니다. 밤늦게 찾아온 것이 실례가 아닐지 모르겠습니다."

이자성은 포권을 취하면서 살짝 자신을 정면으로 주시하고 있는 노인을 바라보았다. 이암이 설명하지 않아도 오늘 자신이 만나고자 한 인물임을 대번에 알 수 있을 정도로 기품이 넘쳤다. 한눈에 봐도 송헌책은 전형적인 학자의 모습을 하고 있었는데, 머리에 얹혀 있는 학사모가 너무도 자연스러울 정도로 잘 어울렸다.

"아닙니다. 그렇지 않아도 한 번쯤 오실 줄 알았습니다. 자, 그렇게 계시지 마시고 안으로 드시지요."

"감사합니다. 그럼 안으로 들겠습니다."

이자성과 이암이 안으로 들어가자 이미 대기하고 있었는지 차가 놓여졌다.

이자성은 송헌책의 분위기에 속으로 회심의 미소를 지었다. 자신을 맞이하는 것이 손을 내밀면 거절할 것으로 생각되지 않았던 것이다. 마치 어서 손을 내밀어주길 은근히 바라는 것처럼 보일 정도였다. 그에 한결 가벼운 마음으로 송헌책의 이모저모를 관찰할 수 있는 여유가 생겼다.

송헌책은 이미 이자성과 함께할 마음을 먹고 있었기에 이자성의 눈빛을 정면으로 받았다. 또한 이러한 분위기를 자신이 원해서 만든 것이기에 이자성의 눈빛에 대해 신경 쓰지 않았다. 앞으로 주군으로 모실 생각이기에 느긋하게 기다리며 이자성이 어느 정도 자신을 관찰할 수 있는 시간을 주었다.

"허허, 이 늙은이를 보시고 난 후 무슨 생각이 드셨습니까?"

"아직 청춘이신 것 같아 기쁜 마음이 드는군요. 충분히 본인과 함께 강산을 주유하실 정도로 활력이 넘치십니다."

"틈왕께선 늙은이를 너무도 후하게 봐주시니 기분은 좋군요. 하지만 이런 난세에 함부로 밖에 나갈 담력은 없습니다."

"강산의 중심이 변하고 있습니다. 물론 이것을 난세로 보는 것이 합당하나 본인은 난세로 생각하고 있지 않습니다. 그저 중심을 향해 한 발씩 걸어가고 있고, 그 길을 함께 가자는 것이지요. 그리고 난세란 어차피 끝나게 되어 있지 않습니까? 본인이 중심에 서는 순간 말입니다."

"하지만 생각보다 험난한 길이지요. 도중에 길을 잘못 들어설 수도 있고 낭떠러지로 추락할 수도 있습니다. 알지 못하는 길을 간다는 것은 그만큼 위험을 수반하기 마련입니다."

"세상엔 위험이 도처에 도사리고 있지요. 그래서 송 학사 같은 안내자가 필요한 것 아니겠습니까? 제가 지금보다 빨리 중심에 설 수 있는 길을 안내해 주시지 않겠습니까?"

"허허, 길 안내라…… 틈왕께선 정녕 이 늙은이의 길 안내를 받고 싶으십니까? 만약 틈왕께서 아니라고 생각하는 길을 가라고 해도 말입니까?"

송헌책은 이자성을 지그시 쳐다보았다. 입가에 걸려 있던 은근한 미소조차 이 순간만큼은 싹 사라지고 없었다.

"본인이 길을 모르는데 송 학사의 안내가 잘못되었다고 어찌 말할 수 있겠습니까? 그저 안내자의 인도를 받을 뿐이죠."

"흐음, 알겠습니다. 부족하다 생각하지 않으신다면 이 늙은이가 기꺼이 틈왕 전하의 안내자가 되어드리겠습니다."

"아~ 고맙습니다. 정말 고맙습니다."

이자성은 송헌책의 대답이 떨어짐과 동시에 벌떡 일어서더니 송헌책의 두 손을 마주 잡고는 한동안 놓아주지 않았다. 이자성으로서는 마치 이 순간 천군만마를 얻은 것 같은 기분이었다.

"그리고 오늘 전하께서 중하게 쓸 수 있는 인재들을 추천할까 합니다."

"인재라 하면……?"

이자성은 송헌책의 말에 고개를 옆으로 돌렸다. 그렇지 않아도 중년인 두 명이 송헌책의 뒤에 서 있었다. 이자성은 송헌책의 아들들이거나 제자일 것이라 생각했다. 그러나 두 사람의 얼굴에선 전혀 송헌책과 닮은 구석을 찾을 수가 없었다. 그렇다면 제자라는 것인데, 자신의 제자를 송헌책 같은 사람이 직접 언급하는 일은 드문 일이었다. 자신의 얼굴에 금칠을 하는 것과 진배없기 때문이다. 그렇기에 이자성으로서는 궁금하기 짝이 없었다.

그에 이자성은 대답을 듣고 싶다는 표정을 지으며 송헌책을 향해 고개를 돌렸다. 하지만 막상 대답은 다른 곳에서 나왔다.

"우금성(牛金星)이라고 합니다."

"유종민(劉宗敏)입니다."

"……."

"허허, 저 둘은 힘과 지략이 출중하여 곁에 두고 있었습니다. 우금성은 학식이 풍부하며 그 지략과 지혜의 깊이를 측정할 수 없을 정도입니다. 한때 관직에 나아가고자 과거를 보았었는데, 마침 고관대작의 자식들과 논쟁을 하게 되었다가 미움을 사서 시험에 낙방하게 되었습니다. 그 후로 세상을 주유하던 중 이곳에 잠시 머물게 되었습니다."

"그렇군요."

"또한 유종민은 보시는 것처럼 기골이 장대하고 힘이 출중하지만, 무엇보다 일류 수준의 무공을 익히고 있습니다. 한때 강호에서 진명도(瞋鳴刀)란 명호를 얻기도 했는데, 백성들의 고난을 보고서도 자신들의 살길만 생각하는 무림인들에게 환멸을 느껴 이곳에 머물고 있었습니다. 두 사람 모두 필요한 인재들이니 전하께서 요긴하게 쓰신다면 필히 그 보답을 할 것입니다."

"좋습니다. 송 학사의 도움을 받게 되어 기쁘기 그지없는데, 이렇게 출중한 인재를 추천해 주니 어찌 고맙지 않겠습니까. 송 학사의 말대로 요긴하게 쓰도록 하겠습니다. 하하하!"

"감사합니다, 전하."

"허허허."

송헌책은 우금성과 유종민을 향해 인자한 미소를 지었다. 더구나 이자성이 두 사람을 충분히 감당할 수 있는 그릇으로 보여 안심이 되었다. 차칫 어려운 시국에 물의를 일으킬 수도 있었기 때문이다.

　이자성이 송헌책을 만나고 있는 시각, 영인은 굴비를 만나 의술에 대해 이것저것 물어보는 데 열중하고 있었다. 물론 이유 불문하고 외워야 하는 것들이 너무나 많아 짜증이 났지만 돌머리라고 놀리는 굴비 때문에 최선을 다했다.

　"형, 내가 정식으로 시침(施鍼)을 할 것도 아닌데 꼭 이렇게까지 해가면서 혈도 이름과 위치를 알아야 하는 거야?"

　"당연하지. 그것도 외우지 못하면 어떻게 내가 널 가르치겠냐?"

　"그렇기는 하지만……."

　"네가 의술에 뜻을 두고 있지 않다는 것은 알지만 나중에 무공을 배우는 데 도움이 될 거다. 아니면 궤 아저씨한테 물어보든가. 아마 꼭 배워두라고 할걸."

　"알았어. 그나저나 형은 좋겠다. 형은 전투가 벌어져도 싸울 필요가 없으니."

　"좋지. 그러니까 너도 얼른 의술을 배워라. 괜히 무공을 배운다고 영도처럼 허송세월 보내지 말고. 그러다가 정말 칼 맞아 죽으면 억울해서 어떻게 하겠냐."

　"그러니까 죽지 않기 위해 열심히 하잖아."

　"알았다, 알았어. 열심히 해서 꼭 끝까지 살아남아라. 알았지? 제명대로 살다가 죽을 수 있기를 바란다. 내가 아는 무인 치고 제명대로 사는 사람은 못 봤다만."

"형!"

"그만 가봐라. 난 사실을 말했을 뿐이야. 그러니 화내지 말고. 그리고 내일까지 꼭 외워."

"알았어. 그럼 내일 봐."

숙소에 돌아온 영인은 바로 잠자리에 들지 않고 자신이 알고 있는 팔괘참봉술을 처음부터 끝까지 수십 번 반복해서 수련했다. 도길에게 추운 겨울 달밤에 체조한다는 소리를 들었지만 영인은 못 들은 척 수련에 몰두했다.

"헉! 헉! 휴~"

"땀 좀 뺐냐? 그리고 날씨가 이렇게 추운데 무슨 수련이냐?"

"아무리 날씨가 추워도 할 건 해야지요."

"하하, 말이나 못하면. 하지만 옳은 말이다. 한 번 무공에 입문하게 되면 죽는 순간까지 수련을 할 수밖에 없게 되지. 아마 황제가 좋아한다는 여인의 속살과 마약보다 더한 중독성을 지닌 것이 무공이란 놈일 것이다."

"그런데 왜 궤 아저씨나 다른 아저씨들은 수련을 안 해요?"

"나? 나도 그러고 싶지만 수련할 무공이라도 알고 있어야 할 것이 아니냐. 물론 다른 사람들도 마찬가지고."

"그게 무슨 말이에요? 조금이라도 알고 있으니까 절 가르치는 것이 아닌가요?"

"절정의 무공 말이다. 이 나이 들어가지고 너처럼 달밤에 체조할 생각은 없다. 뭐, 제대로 된 내공심법이라도 알고 있었으면 좋겠지만."

도길은 정말 아쉽다는 듯 입맛을 다셨다. 젊었을 적에 강호를 주유하면서 변변한 내공심법 하나 배우지 못한 것이 후회가 되었다. 아니, 후회라고 하기보다는 기회를 얻지 못한 자신이 한심스러웠다.

한때 칠 년 정도 표국에서 일하기도 했지만, 아무리 열심히 일해도 내공심법은 물론 초식 하나도 쉽게 배울 수 없었다. 하급무사들이 쓰는 초식 하나를 가르쳐 주면서 무진장 생색을 내는 표두도 싫었지만, 국주의 아들 녀석들이 비웃듯 자신을 비롯한 표사들에게 무공을 가르칠 때면 속에서 열불이 날 정도였다. 정작 중요한 것은 쏙 빼고 겉만 번지르르한 것을 가르치면서 업신여겼던 것이다. 그나마 표사 일을 관두고 괜찮은 낭인무사들과 함께하지 않았다면 지금 영인을 가르칠 엄두도 못 냈을 것이다. 어려운 시기에 생사고락을 함께했던 친우들이자 스승이라고 할 수 있는 낭인무사들. 도길은 그들이 못내 그리워졌다.

"궤 아저씨, 할 일 없으세요?"

"응? 나야 뭐……."

"심심하면 지금 가르쳐 주세요."

"뭘 말이냐? 무공? 이런… 밤도 늦었는데 잠을 자야 하지 않냐?"

"잠은 나중에 자도 돼요. 전 괜찮으니까 부담 같은 건 갖지 말고 가르쳐 주세요. 우리 사이에 그 정도는 아무 일도 아니잖아요."

"허······."

도길은 영인의 말을 듣고는 할 말이 없어 한동안 멍하니 밤하늘을 쳐다보고 있을 수밖에 없었다. 할 일이 없는 건 맞지만, 그렇다고 영인을 가르칠 생각은 없었다. 낮의 힘든 전투를 치른 상태였기에 편안하게 휴식을 취했으면 하는 것이 솔직한 도길의 생각이었다. 간만에 휴식다운 휴식을 취하고자 밤에 마당을 거닐었던 것인데, 영인은 그런 속내도 모르고 심심하면 무공이나 가르치라는 듯 말하고 있는 것이다. 마치 자신이 피곤해도 시간을 내준다는 듯이.

"후~ 그래, 그렇게 하자. 이 긴 밤에 뭐 하겠냐. 너라도 가르치면서 보내는 것이 좋겠지. 이리 와서 앉아라."

"예."

"그렇지 않아도 너한테 뭘 먼저 가르칠까 고민했었다. 육합권법이나 삼재검법을 생각했지만, 우선 네가 가장 실용적으로 쓸 수 있는 것을 가르치는 것이 좋을 것 같다. 그래서 생각한 것이 바로 내 친우의 무공인 삼황포추공(三皇暴鎚功)이다."

"삼황포추공이요?"

"그래. 비록 주된 내용은 권법이 되겠지만, 네가 수련하고 있는 팔괘참봉과 비슷한 구석이 많아 도움이 될 거다."

"이름은 꽤 괜찮은 것 같은데요?"

"이름만 좋은 것이 아니다. 어쩌면 이건 소림사의 무공일 수도 있다. 친우에게 무공을 가르쳐 준 사람이 바로 소림의 무승이었거든."

도길은 마치 다른 사람이 들으면 안 된다는 듯 영인에게 귓속말로 낮게 소곤거렸다. 그에 영인도 도길처럼 목소리를 낮추었다.

"정말요? 그럼 꽤 유명한 무공인가 보네요? 그런데 어떻게 아저씨가……?"

"내가 어떻게 알고 있냐고? 그거야 친우의 목숨을 내가 구해준 일이 있었지. 교삼수(喬三秀)라고, 지금은 고향인 하북성 기현(冀縣)으로 내려가 꽤 괜찮은 무도관을 차렸지. 예전엔 많이 놀러 갔었는데……."

"그렇군요."

"그 녀석 이름이 뭐였더라? 그래, 교학령(喬鶴齡)이었지. 교학령이라고 아들이 있는데 지금은 그 녀석이 무도관을 물려받아 그 지방에서 이름을 떨치고 있다는 소식을 들었다. 여하튼 그런 인연이 있어서 배우게 됐다. 그리고 삼황포추권은 무림에서 그렇게 유명한 것이 아니다. 너도 나한권은 한 번쯤 들어봤지?"

"예, 들어봤어요. 소림사라고 했나? 여하튼 들어보기는 했어요."

"맞다. 소림사의 무공이지. 하지만 시중에 떠도는 그런 것은 아니지. 비록 나한권이 무승들이 처음으로 배우는 것이지만, 속가제자들에게 알려진 것과는 확연하게 차이가 난다. 그러니까 소림사 무승들이 정식으로 배우는 그 나한권과 비교를 하자면 서로 우열을 가리지 못할 정도다. 그 정도로 삼황포추권이 비슷한 위력을 지니고 있다고 친우에게 들었다."

"우와, 그럼 대단하잖아요? 그럼 정말 진짜배기 무공이라고 말할 수 있겠네요?"

"진짜배기? 뭐, 그렇다고 볼 수 있지. 내공심법만 익힐 수 있다면."

"……?"

"아쉽게도 네가 배우게 될 것은 그 정도는 아니다. 나한권처럼 삼황포추권도 그에 맞는 내공심법이 있는데, 아쉽게도 나는 그것은 배우지 못했다. 그저 외형만 알고 있을 뿐이지."

"예? 그럼 뭐예요! 내공심법도 없는 껍데기만 알고 있다는 말이에요?"

"왜 갑자기 소리를 질러? 깜짝 놀랐잖아!"

서로 밀담을 나누듯 소곤거리다가 갑자기 영인이 자리에서 일어서며 목청을 높이자, 영인의 기세와 밤하늘을 쩌렁하게 울리는 목소리에 도길이 깜짝 놀랐다. 하지만 낮에 있었던 전투로 인해 피곤한지 문을 열고 밖을 내다보는 사람은 한 명도 없었다. 비록 모두가 잠을 자고 있는 것은 아니었지만, 이미 밖에 누가 있는지 알고 있었기 때문에 귀찮았던 것이다.

"그럼 소리를 지르지 않게 생겼어요? 혹시 내공심법 하나 건질 수 있겠다 생각했는데 말짱 꽝이 됐잖아요."

"야, 이 녀석 정말 오랜만에 욕 나오게 만드네. 이 녀석아, 내가 내공심법을 알고 있었으면 이러고 있겠냐? 친우처럼 고향에 내려가 터를 잡고 무도관이나 차려 떵떵거리며 살고 있지. 안 그러냐?"

"그렇겠네요."

영인이 생각하기에도 도길의 말은 일리가 있었다. 자신이라도 이런 전쟁터에 있는 것보다 차라리 고향에서 할 일이라도 있으면 그렇게 했을 것이기 때문이다.

"자, 그렇게 있지 말고 내가 우선 시범을 보일 테니 잘 보거라. 아예 외울 수 있으면 좋고. 비록 투로밖에 모르지만 그 정도로도 지금까지 죽지 않고 살아 있으니까. 알았냐?"

"예."

영인의 대답을 들은 도길은 화기를 가라앉힌 후 마당의 중앙에 가서 자세를 바로잡았다. 그런 후 천천히 투로를 따라 삼황포추권을 시전하기 시작했는데 분위기가 다른 때와는 달리 진중했다. 비록 내공심법을 익히고 있지 않아 위력을 실감할 순 없었지만 도길의 손에는 멧돼지라도 일격에 때려죽일 것 같은 힘이 실려 있었다.

"어떠냐? 그럭저럭 괜찮지?"

"저… 이런 말 하긴 뭐하지만, 꼭 팔패참봉술과 비슷한 것 같았어요. 정말 삼황포추권이 맞나요?"

"분위기가 많이 비슷하지? 하지만 삼황포추권이 맞다. 그리고 권법뿐만 아니라 창술과 곤봉술까지 있으니 네가 열심히 한다면 충분히 도움이 될 것이다."

"아~ 창술과 곤봉술도 있다고요?"

"그래, 그래서 다른 것보다 먼저 네게 가르칠 생각을 했던 거다. 그리고 검법과 도법도 있는데, 그건 정말 나중에 가르쳐 줄 거다. 네가 제대로 검을 잡을 수 있을 때 말이지."

"예, 알았어요."

"그리고 삼황포추공의 창술만 놓고 봐도 팔괘참봉술과는 달리 진중하고 무게가 있지. 그러나 무엇보다 중요한 것은 상대가 허점을 보일 때 언제든지 연속해서 공격할 수 있는 연환의 묘가 담겨 있다는 것이다."

"연환의 묘요?"

"그래. 네게 가르칠 삼황포추공의 초식 모두 그런 연환 공격을 할 수 있다. 상대를 향해 공격하는 데 굉장히 중요한 것이 바로 연환이다. 아무리 절정의 무공이라고 해도 한 번의 공격으로 적을 살상할 수는 없다. 서로 상당한 실력 차이가 나지 않고는 불가능한 일이지. 하지만 상대가 반격할 수 없도록 계속해서 밀어붙일 수 있다면 어떻겠냐? 어떠한 자세에서도 처음의 공격과 위력이 비슷한 공격을 연속해서 할 수 있다면 상당한 위력을 발휘할 수 있지 않겠냐? 다만 아쉬운 것은 내공심법을 알고 있지 못해 제대로 된 위력을 발휘할 수 없다는 것이지. 그러나 배워두면 좋을 것이다."

"알았어요. 아저씨 말대로 우선 배워두면 좋을 것 같네요."

"허허, 그렇지. 이 세상에 배워서 좋지 않은 건 도둑질과 계집질밖에 없다. 그 외의 것은 무조건 기회가 되면 배우거라."

"예."

'기회가 있을 때 배워라. 좋은 말이다.'

"아참! 굴비 형이 그러는데 혈도를 배우는 것이 무공을 수련하는 데 꽤 도움이 되나요?"

"혈도? 오~ 굴비가 네게 그것까지 가르쳐 주더냐? 그거 의원들도 웬만해서는 제자들에게 잘 가르쳐 주지 않는 건데?"

"정말요?"

"그럼. 의원 밑에서 한 십 년 정도 배워야 가르쳐 줄걸. 십 년은 좀 많나? 여하튼 혈도는 의술의 기본이다. 혈도의 위치와 특성을 잘 알아야 시침을 할 수 있으니까."

"맞아요. 굴비 형도 그런 말을 했어요."

"그래? 그래도 제대로 된 녀석은 그 녀석뿐이군."

"……?"

"흠, 아까 말했지? 기회가 있을 때 무조건 배워둬라. 누차 말하지만 배워서 손해나는 것은 별로 없다. 그리고 혈도에 대해 알아두면 내공심법을 배우는 데 상당히 유리할 거다. 나도 잘 모르지만, 심법의 기본이 혈도에 대해 아는 것부터라고 그 친구가 그랬거든."

"정말요? 알았어요. 반드시 배울게요. 참! 그럼 궤 아저씨도 혈도에 대해서 잘 알겠네요?"

영인은 근엄한 표정을 짓고 있는 도길을 향해 아까보다 더욱 힘차게 고개를 끄덕여 보였다. 이젠 더 이상 굴비가 가르치는 것에 대해 의문을 제기하지 않을 생각이었다.

"나? 어… 그게 말이다. 사실 난 혈도에 대해서 배운 적이 없다. 한창 젊었을 땐 배우고 싶어도 가르쳐 주는 사람이 없었지. 지금은 너무 늦어 배우고 싶은 마음도 없고. 그러니 넌 정말 운이 좋은 거다. 옆에 굴비 같은 녀석이 있으니."

"하하, 저도 그렇게 생각해요."

'이참에 굴비 형의 의술도 배워둘까? 최소한 응급조치를 할 정도는 배워두는 것이 좋겠다.'

"자, 그럼 지금부터는 느리게 시전하겠다. 잘 보고 꼼꼼히 기억해야 한다. 언제 또 이런 시간이 날지 모르니까."

도길은 영인이 자세히 보도록 최대한 느리게 시전하기 시작했다. 그렇게 한 번을 시전한 후 두 번째부터는 투로에 관한 설명을 곁들였다.

"우선 중심을 바로잡는 것이 중요하다. 중심이 흩어지면 모든 것이 허사라 할 수 있지. 그리고 양팔을 좌우로 힘차게 내뻗고 상대를 향해 나아갈 때 거침없이 나아가야 한다. 이렇게! 또한 주먹을 내지를 때는 최대한 상대를 향해 힘을 주며 빠르게 내지른다. 모두 최단거리로 창술과 같은 직선의 공격이 대부분이지."

"……."

"권법엔 모두 십이 초식으로 되어 있다. 일초식은 개문(開門)이라 하고, 전각(轉脚), 칠성(七星), 십자(十字), 사두(瀉逗), 찰지(徹地), 료음(蹽陰), 뇌후(腦後), 통천(通天), 연환(連還), 개산지뢰(開山地雷), 음양변화(陰陽變化)가 있다."

도길이 설명을 하면서 무려 여덟 번이나 시전했는데, 그 시간만 반 시진 정도 걸렸다. 오랜만에 움직여서 그런지 도길의 등에 땀이 흐를 정도였다. 하지만 몇 번 숨 고르기를 한 후 자신을 바라보고 있는 영인을 향해 웃음을 지어 보이며 자리에 앉았다.

"삼황포추권을 수련하기 위해서는 정확한 초식의 이해도 중요하지만 우선 타사대(打砂袋)와 삽사(揷砂)의 과정을 거쳐야 한다."

"타사대와 삽사요?"

"그래. 타사대란 모래를 담은 주머니를 치는 것이고, 삽사란 모래에 주먹을 박아 넣는 것이지. 어떤 무림인은 철사장(鐵砂掌)을 익히기 위해 모래를 뜨겁게 달궈서 수련한다고 하던데, 그런 미친 짓까지 할 필요는 없다. 그냥 주먹을 튼튼히 하라는 뜻에서 말한 것뿐이니 네가 알아서 해라."

"예, 알았어요."

영인은 도길의 말에 얼른 고개를 끄덕였다. 수련을 하는 것은 좋은데, 그렇다고 손을 학대하면서까지 할 생각은 없었던 것이다.

"네 표정을 보니 타사대와 삽사는 할 생각도 없는 것 같구나. 내가 알아서 하라는 말은 그런 뜻이 아닌데……?"

"예? 아니, 그저……."

"됐다. 네가 뭘 생각하고 있는지 알겠는데, 권법을 수련하기 위해선 최소한 그 정도의 단련을 해야 기본 수련을 했다고 할 수 있다. 권법이란 병기를 가지고 하는 무공이 아니다. 자신의 손이 바로 검과 칼과 같은 병기이지. 그러니 나중에 후회하지 말고 꼭 손을 단련하도록 해라. 뭐, 어차피 스승으로서 가르치는 것도 아니니 더 이상 말하는 것은 강요겠지만."

"예? 강요라니요. 아니에요."

"그럼 됐고. 흠! 어차피 무공을 배우는 것은 모두 네가 알아서 할 일이다. 그러나 빨리 숙달시키는 것이 좋을 것이다. 그래야 창술과 곤봉술을 가르쳐 줄 테니까."

"알았어요. 그렇게 할게요. 그런데 창술과 곤봉술에는 어떤 것들이 있나요?"

"왜? 한번 보고 싶으냐?"

"예! 한 번만 보여주세요."

"훗, 알았다. 이미 땀으로 온몸이 젖었으니 더 젖어도 상관없겠지. 그럼 잘 봐라. 앞으로 네가 배울 것들이다. 우선 창술이다. 하앗!"

도길은 영인이 가지고 다니는 창을 집어 들고는 삼황포추공상의 창술을 시전하기 시작했다. 창이 허공을 그을 때마다 바람을 가르는 소리가 영인의 귀를 자극했다.

"삼황포추공에 있는 창술은 모두 두 가지가 있는데, 대창술(大槍術)과 화창술(花槍術)이다. 대창술은 팔괘참봉술과 비슷한 것이고, 화창술은 소림사의 곤봉술을 기본으로 한 것 같다. 나중에 곤봉술을 배우게 되면 너도 알 것이다. 아마 곤봉술을 화창술에 접목시켜도 문제가 없을 것이다. 휴~"

도길은 대창술의 하나인 십팔창술을 시전한 후 길게 심호흡을 하며 털썩 영인의 앞에 앉았다.

"힘드시죠?"

"당연히 힘들지. 이 밤중에 뭘 하는 건지 모르겠다. 웬 청승인지……."

"힘드시더라도 조금만 참으세요. 제가 얼른 배워 더 이상 아저씨께 수고를 끼치지 않을게요. 그러니까… 조금만 더 해주실래요? 조금 전에 너무 어두워서 정확히 보지 못했어요. 꿰아저씨가 너무 빠르게 시전하니까 움직임을 볼 수가 없잖아요."

"뭐? 허, 허허……."

영인의 천연덕스러운 말에 도길은 순간 대꾸할 말이 떠오르지 않아 헛웃음만 흘릴 수밖에 없었다. 순간적으로 영인에게 그만 가르치겠다는 말을 꺼낼까 하는 생각까지 들 정도였다. 아니, 목구멍 바로 밑에까지 욱하고 올라왔다. 그때 마침 점점 늙어가는 처지에 소일거리로 생각하자던 처음의 의기가 떠오르지 않았다면 정말 모두 때려치우고 방에 들어가는 사단이 벌어졌을 것이다.

영인은 도길의 생각이 어떤지 신경도 쓰지 않고 초롱초롱한 눈빛을 하고서 도길을 향해 고개를 고정시키고 있었다.

도길은 하는 수 없이 세 번을 더 시전해 보였다. 영인의 눈빛이 부담스럽기도 했지만, 빨리 끝내고 쉬고 싶다는 생각이 우선이었다. 이유야 어찌 되었든 도길은 시전이 모두 끝난 후 자신을 바라보는 영인을 향해 대창술의 십팔창술과 사보창술 및 활간창술의 특징을 설명해 줬다. 또한 화창술의 육합창술

과 조운룡 삼십육창술뿐만 아니라 곤봉술의 행가봉술과 비룡
십팔봉술 및 가장 화려하면서 파괴력이 큰 절명곤봉술에 대해
서도 세세하게 설명해 주었다. 이왕 늦은 김에 설명할 것은 이
번 한 번에 끝내는 것이 좋겠다는 판단을 내린 것이다. 그러나
설명을 하다 보니 시간이 축시를 지나 인시 초에 접어들고 있
었다. 무려 세 시진이나 흐른 것이다.

*   *   *

낙양에 아침을 알리는 태양이 높이 떠오르자, 거리엔 백성
들이 나와서 어제 있었던 전투의 부산물들을 치우기 시작했
다. 어젠 다들 너무 경황이 없어 생각지도 못했는데 막상 자신
들의 일상에 영향을 끼치지 않는다는 것을 알게 되자 신경이
쓰였던 것이다.

아침부터 시작된 성 안팎의 청소가 태양이 중천을 지나 기
울어지기 시작할 무렵인 신시 초가 되어서야 마무리되었다.
이때쯤 백성들의 마음을 기쁘게 하는 일이 벌어졌는데, 바로
주상순의 왕궁에 있던 금은보화와 곡식이 나눠진 것이다.

이자성은 당초 생각했던 대로 주상순의 왕궁에 있던 금은보
화와 곡식을 하나도 남김없이 백성들에게 풀었다. 도저히 백
성들의 머리로는 생각할 수도 없는 어마어마한 금액이 창고
가득히 쌓여 있었는데, 백성들의 마음을 다잡을 수 있을 정도
로 넉넉하게 풀어준 후에도 군자금으로 쓸 만큼 남을 정도였

다. 이에 이자성은 남은 금은보화와 식량에 관한 전권을 이암에게 주어 관리하도록 했다.

"우리가 산채를 떠난 것이 얼마 되지도 않았는데 벌써 낙양에 거점을 만들 정도로 급성장했습니다. 불과 오천도 안 되는 병사밖에 없었는데 지금 우리에겐 그 몇 배인 팔만 명을 넘어섰습니다. 비록 낙양 전투에서 팔천 명에 가까운 사상자가 발생했지만, 다시 삼만 명 가까운 병사들이 동참을 한 결과입니다. 정말 대단한 성과가 아닙니까? 이 모든 것이 지금 이 자리에 앉아 있는 여러분의 노고 덕분인 것 같습니다."

"전하, 별말씀을 다 하십니다. 어찌 이것이 우리들의 노고 때문만이겠습니까."

"그렇습니다. 모두가 같이했기에 가능했던 일이지요. 하하!"

"하하, 그렇기는 하지요. 참! 이미 알고 있겠지만 본인이 직접 소개를 하지요. 아무래도 그렇게 하는 편이 좋을 것 같군요. 그리고 이번 기회에 인선에 대한 것도 언급할까 합니다. 이 군사도 저번에 간략하게 언급했듯이 더 이상 주먹구구식으로 병사들을 운용할 수가 없다는 생각을 했습니다."

"옳으신 생각입니다, 전하. 마땅히 그렇게 해야 할 것입니다."

"저희들도 그 생각에 동의합니다. 그동안 낙양의 일 때문에 알고 있으면서도 뒤로 미뤄두고 있었는데 마침 잘되었습니다. 이 기회에 기틀을 다지는 것이 좋겠습니다."

"하하, 모두들 그렇게 생각하고 있었다니 그럼 본인의 생각대로 일을 추진하겠습니다."

이자성은 이암을 비롯하여 모두들 자신의 생각과 같은 것 같아 절로 신이 나서 크게 웃었다. 예전의 어려웠던 시기의 기억들이 주마등처럼 지나갔는데, 다시는 생각하고 싶지 않은 기억들이었다. 특히 재동 전투와 상낙산의 일들이 그러했다. 그에 이자성은 순간적으로 고개를 흔들며 과거의 상념들을 지워 버렸다.

"흠! 우선 지금까지 군사의 직무를 충실하게 해온 이암 군사와 함께 새로이 송헌책 대학사와 우금성 학사를 군사로 임명하고자 합니다. 더욱이 송헌책 대학사를 대군사로 하고 이암 군사를 좌군사, 그리고 우금성 학사를 우군사에 임명하고자 합니다. 이에 대해 다른 분들의 의견은 어떻습니까? 우선 이 군사의 의견을 듣고 싶군요."

"옳은 결정입니다, 전하. 오히려 제가 부탁을 드리려고 했던 일입니다."

"흐음."

"……"

이 부장과 최 장군은 이암의 말을 묵묵히 듣고 있을 수밖에 없었다. 이번 인선의 가장 큰 피해자라 할 수 있는 이암이 오히려 이자성의 말을 옹호하고 나서는데 제삼자라 할 수 있는 자신들이 나설 수가 없었던 것이다. 하지만 이미 이자성과 이암은 이번 인선에 대해 논의를 가졌었다. 아니, 이 모든 것이 이암의 머리에서 나온 것이었다. 그리고 그 논의엔 송헌책과 우금성도 끼어 있었다.

이자성은 처음 이암의 설명을 들었을 때 반대를 했다. 지금까지 함께한 이암을 뒤로 물러서게 만드는 것일 수도 있었기 때문이다. 더욱이 아직까지 송헌책과 우금성에 대한 신뢰가 완전히 자리 잡고 있지 못했기에 우려가 되었던 것이다. 그러나 이암의 모든 설명을 듣고는 승낙하지 않을 수 없었다. 비록 이암에 의해 논의가 주도되었지만 이자성으로서는 하등 마다할 이유가 없었기 때문이다.

"다른 분들이 아무런 대답이 없는데, 최 장군의 생각은 어떻습니까?"

'아무래도 무언가 사전에 논의가 이루어진 것 같구나.'

"저로서는 달리 말씀드릴 것이 없습니다. 우선 당사자가 그에 대하여 견해를 밝혔으니 더 이상의 논의는 무의미할 것 같습니다."

"흐음……."

이암은 좌중을 쭉 둘러보았다. 이미 부인에겐 자신의 일을 사전에 알려주었기에 조용히 있었다. 문제는 자신을 바라보고 있는 이래형 부장과 최 장군이었다. 다행히 최 장군의 큰 반대가 없었기에 안심이 되었다. 아직 이자성이 봉기군의 전권을 마음대로 할 수 있지 못했기에 아무런 말 없이 이와 같은 인선을 사전에 논의하지 않았다면 발표할 수 없다는 것을 잘 알고 있었던 것이다.

이로써 이암은 앞으로 이자성의 대변인으로 자리를 하게 될 것이고, 실질적인 군사의 직무를 송헌책과 우금성에게 일임할 수 있었다. 낙양의 점령을 시작으로 앞날의 대비를 위해선 내실을 다져야 했는데, 그 역할을 이암이 자청해서 맡게 된 것이다.

내실.

이암이 생각하는 내실이란 바로 이자성의 강력한 권력이었다. 즉, 이자성을 황제로 만들 수 있는 기반을 다지자는 생각이었다.

"알겠습니다. 그럼 군사에 관한 인선은 이것으로 마무리를 짓겠습니다. 그리고 이젠 군제인데, 지금까지 최 장군과 이래형 부장, 그리고 이금 부장이 잘해주었습니다. 무엇보다 낙양의 전투는 본인이 보기에도 대단했습니다. 그러나 앞으로 더 많은 병사들을 효율적으로 활용하기 위해선 다각화가 필요할 것으로 판단되었습니다. 그에 우선 최 장군을 대장군으로 임명하고 유종민과 이금, 그리고 최희민과 왕소우를 부장으로 임명하여 각자 부대를 이끌도록 할 것입니다. 또한 이래형 부장으로 하여금 병사들 중 날쌘 자들을 선별해 별동대를 만들도록 할 것이며, 기동력을 키우기 위해 기병으로 육성할 생각입니다."

"옳은 결정입니다."

"저를 대장군으로 임명한다는 것은……."

"최 장군께선 달리 할 말이 있습니까?"

"흐음."

최추산은 이자성과 이암을 잠시 바라보았다. 그리고 좌중을 향해 시선을 돌렸는데, 무언가 알 수 없는 분위기가 느껴져 고개를 좌우로 살짝 흔들 수밖에 없었다.

"휴~ 부족한 저를 대장군에 임명해 주셨는데 무슨 할 말이 더 있겠습니까. 명을 받았으니 최선을 다할 뿐이지요."

"잘 생각하셨습니다, 최 장군."

"별말씀을."

"저희들도 최선을 다하겠습니다, 전하."

"본인의 의견에 이처럼 따라주니 정말 기쁩니다. 흠, 송 대군사께선 할 말이 있을 것 같은데, 지금 이 자리에서 말하는 것이 어떻습니까?"

"알겠습니다, 전하. 그렇지 않아도 기다리고 있었습니다."

"흐음."

"……."

"무릇 싸움이란 적을 알고 나를 안 후에 시작해야 백전백승할 수 있습니다. 우리는 적을 너무도 잘 알고 있습니다. 하지만 적은 우리를 아직 모르고 있지요. 아니, 모르고 있었다는 것이 맞을 것입니다. 지금은 어느 정도 우리의 위험성을 느꼈을 테니까요."

"맞습니다."

송 대군사의 설명에 이암과 우금성이 동조를 하고 나섰다. 물론 이자성과 최 장군도 살짝 고개를 끄덕여 보였다.

"그러기에 우리는 하루라도 빨리 정주와 개봉을 점령해야 합니다. 만약 이 두 곳을 점령하지 못하면 하남성에서 오래 버티기 힘들게 됩니다. 그리고 무엇보다 개봉에 거점을 만들어 관군의 공격에 대한 대비를 해야 할 것입니다."

"우리가 농성을 할 것도 아닌데 무엇 때문에 개봉에 거점을 만들어야 합니까? 거점이라면 이곳 낙양도 충분하지 않습니까?"

"최 장군의 말도 일견 옳기는 합니다. 그러나 낙양이 비록 구조고도(九朝古都)라 불리고는 있지만 동쪽으로 뻗어나가야 하는 지금의 우리가 거점으로 삼기엔 좋은 곳이 아닙니다. 즉, 방어를 하는 측면에선 어느 정도 좋은 위치일지 모르겠으나, 군의 나아감에 있어선 지리적으로 좋은 위치가 아닙니다. 우리가 마냥 낙양에 있지는 않을 것 아닙니까? 그렇지 않습니까, 전하?"

"그렇지요. 우리는 개봉뿐만 아니라 기회가 된다면 북경까지도 마다하지 않고 갈 것입니다. 황제의 얼굴을 봐야 하지 않습니까? 가서 난세에 대한 책임을 물어야지요."

"당연한 말입니다. 그러기 위해선 필히 개봉을 거점으로 삼아야 합니다. 개봉은 강남의 여러 도시와 수로로 연결되어 있어 천하의 요회(要會)라 불릴 정도로 교통의 요충지입니다."

"그럼 하루라도 빨리 개봉으로 진군을 해야겠습니다."

"옳습니다, 전하. 그리고 앞으로의 전투는 유격전(遊擊戰)이 될 것입니다."

"유격전?"

"그렇습니다. 전하와 최 장군은 비겁하다 생각하여 탐탁지 않게 여기겠지만 지금으로서는 그 방법이 최상입니다. 하지만 당분간입니다. 병사들의 수가 삼십만을 넘고, 최소 오만 명 정도를 최정예 정병으로 만들기 전까지입니다. 그때까지는 개봉을 거점으로 유격전을 펼쳐야 합니다. 개봉이 아니더라도 필히 유격전을 전술의 지침으로 생각하셔야 합니다. 그러기 위해선 기동력을 최대한 살려야 하는데, 다행히 하남은 평원이 펼쳐져 있어서 기동전에 유리합니다. 조금 전 이래형 부장으로 하여금 별동대를 조직한다 했는데, 병사들을 기병으로 육성하기 전에 이들을 최대한 활용하는 것이 좋을 듯합니다."

"흐음."

"음⋯⋯."

이자성과 최 장군은 송 대군사의 설명을 들으면서 심각하게 고민할 수밖에 없었다. 유격전의 의미를 모르는 것이 아니었다. 너무도 잘 알기에 꺼려지는 것이었다.

도적.

바로 산적이나 행하는 것이 유격전이었던 것이다. 소수의 인원으로 적을 섬멸한다는 것은 좋은 전략이지만, 그것을 전술의 지침으로 받아들인다는 것은 내키지 않았다. 하지만 지금의 상황에선 이보다 더 좋은 방법이 없을 것 같았다. 그리고 '당분간' 이란 말에 혹하지 않을 수 없었다.

"알겠습니다. 송 대군사의 말대로 당분간 그렇게 하십시다."

"잘 결정하셨습니다, 전하. 하지만 유격전을 펼치기 위해선 우리도 준비할 것이 많습니다. 우선 병사들에게 기마술과 함께 마상 무예를 가르쳐야 하고, 전역에 드러나지 않는 거점도 만들어야 할 것입니다."

"하하, 알겠습니다. 그 문제는 앞으로 차차 생각하기로 하고, 또 다른 의견은 없습니까?"

"물론 있습니다. 어쩌면 가장 시급한 일일 수도 있습니다."

"가장 시급하다……?"

"그렇습니다. 이미 낙남에서 행하신 일은 천하의 백성이 모두 알고 있습니다. 그러나 그것만으로는 부족합니다. 명 황실에 대응할 수 있는 정책이 필요합니다."

"정책이라? 하~ 오늘은 너무도 어려운 말만 들으니 정말 머리가 어질어질한 것 같습니다. 안 그렇습니까, 최 장군?"

"하하, 하지만 송 대군사께선 우리에게 정말 필요한 것들만 꼽아주시는 것 같습니다. 그러니 어찌 듣지 않을 수 있겠습니까, 전하."

"그렇습니까? 그럼 세이경청해야지요. 송 대군사, 어서 말을 해보시지요."

이자성은 송 대군사의 설명이 길어지는 것 같아 좌중의 집중을 유도하기 위해 최 장군에게 넌지시 화두를 돌렸다. 역시 최 장군은 이자성의 기대를 저버리지 않았다. 마치 자신의 속내를 들여다보고 있는 것처럼 가려운 곳을 여지없이 긁어주었던 것이다. 이에 기분이 좋아진 이자성은 송 대군사를 향해 미소를 지어 보이며 계속할 것을 권했다.

"감사합니다, 전하. 흠! 제가 말하고자 하는 요지는 무엇보다 앞서 군사를 일으킨 전하의 진정한 뜻을 세상에 알릴 필요가 있다는 것입니다. 그것이 정책입니다. 하지만 그것은 백성들의 공감과 동조를 이끌어낼 수 있어야 합니다."

"그거야 당연한 말이지만 무엇으로 그렇게 할 수 있겠습니까? 어디 좋은 생각이 있으면 송 대군사가 말해보시지요."

"흐음… 여러 가지가 있겠지만, 균전제의 실시와 조세의 철폐는 어떻습니까? 지금 백성들이 가장 원하는 것일 수도 있으니 큰 효력을 발휘할 수 있을 것입니다."

"균전제의 실시와 조세의 철폐……."

이자성은 송 대군사의 말을 되뇌면서 살짝 이암을 쳐다보았다. 이때 이암 역시 송 대군사가 언급한 사항에 대해 생각하고 있었다.

이암은 이자성이 자신을 바라보자 살짝 고개를 끄덕여 주었다. 자신이 생각하기에도 가장 적합한 것이라 생각되었기 때문이다. 무엇보다 백성들의 동조를 얻는 데 균전제만 한 것이 없었고, 상인들의 불만이 가장 많은 것이 바로 조세 제도였다. 비록 나중에 이자성이 나라를 세운 후에는 문제의 소지가 될 수 있었지만, 지금은 당장 눈앞의 일에 매달릴 수밖에 없었기에 동조를 한 것이다.

"알겠습니다. 송 대군사의 말대로 내일 당장 균전제의 실시와 조세 철폐를 천하에 알립시다. 백성들이 원하는 것이 무엇인지 잘 알고 있는데 그것을 하지 못한다면 어찌 군사를 일으켰다 할 수 있겠습니까. 그렇게 합시다! 하하하!"

이자성은 다음날 낙양의 백성들을 모아놓고 일장 연설을 했는데, 이자성의 연설이 끝나자마자 여기저기서 백성들의 환호 소리가 울려 퍼졌다. 더불어 이자성을 찬양하는 소리도 끊임없이 울려 퍼졌는데, 낙양의 백성들이 완전하게 이자성을 따르는 순간이었다. 추후 이자성의 군대가 낙양을 떠난다 해도 낙양의 백성들은 이자성의 백성으로 남게 된 것이다.

이자성은 하루를 더 머물러 있다가 그 다음날 개봉을 목표로 잡고 정주로 진군을 시작했다. 정주까지 가기 위해선 언사(偃師)와 공의(鞏義)를 거쳐야 했는데 너무도 쉽게 점령할 수 있었다. 어떻게 소문이 났는지 이자성이 도착하기 전에 성안의 백성들이 낙양의 일을 알고 있을 정도였다. 그에 성안에 살고 있던 백성들과 병사들이 반란을 일으킨 후 이자성이 도착하자 성문을 활짝 열고 맞이했다.

하지만 정주는 쉽게 함락할 수 없었다. 정주까지 가는 동안 병사의 수가 늘어 거의 십만 명에 육박했지만, 불과 삼만 명도 되지 않는 병력으로 성문을 굳게 지키고 내부의 반란을 경계해서 그런지 쉽지 않았던 것이다. 그러나 삼만 명으로 십만 명을 모두 막을 수는 없었다. 십만 명이 한꺼번에 성을 공격하고 성벽을 오르기 시작한 후 한 시진 만에 성문이 활짝 열렸고, 정주의 백성들은 열렬히 환호하며 이자성을 맞아들였다.

이자성은 개봉까지 이르는 동안 거칠 것이 없었다. 금방 세상의 모든 이가 자신 앞에 고개를 숙일 것만 같았다. 그러나 이러한 꿈은 개봉에 도착한 후 완전히 깨져 버렸다. 개봉은 역시 개봉이었던 것이다. 성안에서 스스로 열기 전까지 마음만 먹으면 얼마든지 버틸 수 있는 곳이 바로 개봉이었다. 하지만 개봉을 멀리서 바라보고 있는 이자성에겐 때려 부수고 싶은 곳이 바로 개봉이었고 철퇴를 휘두르고 싶은 인물이 개봉성주였다.

그러나 개봉의 성벽은 견고하였고, 수비군도 강력했다. 벌써 육 일 동안 밤낮을 가리지 않고 병사들을 독려하고 밀어붙였지만, 그럼에도 불구하고 성문은 열리지 않았다. 하루만 더 공격해 보자는 것이 이자성을 비롯한 수뇌부의 생각이었지만 그럼으로 해서 죽어나가는 것은 병사들이었다. 정말 처절한 사투를 치렀음에도 성문은 열리지 않고 병사들의 희생만 늘어갈 뿐이었다.

第八章
무당파가 검법으로 유명한가요?

벌써 칠 일째 공격하고 있었다. 이자성의 지시를 받은 최추산과 이래형 부장 등은 단 한 시진도 쉬지 않고 병사들을 전장으로 내몰았다. 그러나 아무리 두드려도 개봉은 묵묵부답이었다. 또다시 날이 어두워지고 있었다. 이 밤까지 병사들을 뒤로 물리지 않는다면 칠 일 밤낮을 공격하는 것이었다.

이자성과 수뇌부가 머리를 싸매고 열리지 않는 개봉의 성문에 대해 고민하는 동안, 영인은 살기 위해 처절한 몸부림을 하고 있었다. 정주성 점령 이후 개봉에 도착할 때까지만 해도 병사의 수가 늘어 십이만 명 정도 되었지만 지금은 겨우 구만 명이 조금 넘을 정도로 줄었다. 모두 개봉을 공격하다 죽음을 당한 것이었다.

영인은 자신이 개죽음을 당하지 않은 것을 기뻐하면서도 다른 한편으론 자신을 아껴주었던 사람들의 죽음에 슬펐다. 자신이 속한 조의 인원 중 무려 열두 명이나 이번 전투에서 생을 마감했기 때문이다.

털썩.

"후~"

"응? 영인이구나."

"……."

"녀석, 힘드냐?"

"조금."

영인의 온몸은 땀과 흙으로 범벅이 되어 있었다. 그러나 너무도 지쳐 있어 신경조차 쓰이지 않았다. 그저 어디라도 가서 눕고 싶다는 생각뿐이었다. 병사들의 수가 많아 교대를 하면서 전투에 임했지만, 그동안 쉰다고 해도 피로가 쉽게 가시지 않았다. 더구나 아무리 틀어막아도 병사들의 함성 소리와 비명 소리가 귀에 들렸는데, 쉬고 있으면서도 비명 소리가 들리면 온몸에 소름이 돋았다.

"어디 보자. 다행히 몸에 큰 상처는 없구나."

"그런가요?"

"그래. 아이고, 오늘은 정말 힘들었다."

"……."

"녀석, 오늘 많이 힘들었나 보구나. 그렇게 멍하니 있지 말고 시간날 때 좀 쉬어라."

"…예."

굴비는 힘겹게 말하는 영인을 잠시 쳐다보다가 이내 상처를 입은 병사가 눈에 띄자 얼른 그곳으로 뛰어갔다. 이미 자신보다 뛰어난 의술을 지닌 의원이 많이 합류한 상태였지만, 너무도 많은 부상병 때문이 눈코 뜰 새가 없을 정도로 바빴다. 그나마 위안을 삼는 것이라면, 병사들과 달리 목숨을 담보로 하지 않는다는 것이었다.

굴비가 사라지자마자 도길과 악호가 지친 걸음으로 다가오는 것이 보였다. 영인은 두 사람의 표정을 보았는데 그리 좋지 못했다. 전투가 끝나고 부상을 당한 사람들을 옮기는 것을 보았었는데 아마도 그 일 때문에 그런가 생각할 뿐이었다.

털썩.

"후~"

"흐으음."

"아저씨들은 좀 어때요?"

"……."

"혹시……?"

"토가 녀석이 죽었다."

"아!"

악호의 말에 영인의 입에서 안타까운 탄성이 터졌다. 아마 생각보다 늦었던 이유가 이번에 죽은 토 아저씨를 묻어주고 오는 것 같았다. 이로써 모두 열세 명이 죽은 것이었다. 조금 전에만 해도 열두 명 사망에 부상 다섯 명이었는데 부상자 숫자가 줄어들고 사망자 숫자가 늘어난 것이다.

"결국 그렇게 되었네요."

"그래, 부상이 심했으니……."

"영도가 그러는데 아마도 오늘 밤이 마지막일 것 같다고 하더구나. 그나마 마지막 밤엔 편하게 쉴 수 있어 다행이다만, 먼저 간 친우들 때문에 잠도 오지 않을 것 같다."

"너무 상심하지 마세요, 퀘 아저씨. 우리 모두 이 전쟁이 끝나기 전에는 언제 죽을지 모르잖아요. 그나마 토 아저씨는 아저씨들이 묻어주었지만 우리가 죽으면 묻어줄 사람이라도 있겠어요?"

"허허, 말을 해도 꼭 그렇게 해야겠냐?"

"녀석, 틀린 말은 아니구나."

"휴……."

"왜 그런가?"

"그냥 영인이 말이 마음에 와 닿아서 그러네. 끝까지 살아남아야지. 아암! 내가 먼저 죽으면 누가 친우들을 묻어주겠는가. 안 그런가?"

"죽을 수 없지. 살아서 좋아진 세상을 봐야 하지 않겠나. 영인아, 너도 열심히 수련하거라. 아까 보니 조금 나아진 것 같은데 그래도 아직 멀었다. 몸놀림이 너무 둔해."

"송 아저씨, 저도 알고 있어요. 개봉에 오기 전까지 하루도 거르지 않고 수련했다고요."

"그래. 너도 뼈저리게 느꼈겠지만 네 목숨을 다른 사람이 책임져 줄 수 없다. 네 스스로가 강해져야 지킬 수 있지. 여기는 전쟁터다. 언제든지 죽을 수 있는 곳이지. 나도 그렇고 궤 형도 토 형처럼 언제든지 죽을 수 있다는 말이다. 그러니 죽음을 두려워하거나 슬퍼할 필요는 없다."

"……."

"너 스스로 왜 이곳에 왔는지 알고 있지 않느냐. 모두 네가 원해서 온 것이고 다른 사람들도 마찬가지다. 모두 죽을 줄 알면서 찾아온 것이란 말이다. 죽을 자리를 찾아왔을 뿐 그 이상도 이하도 아니다. 알겠냐?"

"예……."

"대장부는 자신이 죽을 곳을 찾는다. 결코 죽음을 두려워하지 않는다는 말이다. 이 말, 꼭 명심하거라. 내가 볼 때 너는 결코 스스로 죽을 자리를 찾아 나설 인물이 아니다. 오히려 피해 다니는 인물이지. 그러나 그것도 실력이 있을 때 가능한 것이다. 전쟁터에서 죽음을 피하려면 남들보다 강해야지. 그래야 다른 사람들에게 피해가 가지 않는 것이다."

"…예, 알았어요."

영인은 악호의 말에 고개가 절로 숙여졌다. 하지만 부끄럽지는 않았다. 그때의 상황을 돌이킬 순 없었지만 앞으로도 생존을 위해서라면 지금처럼 악착같이 살아남을 생각이었다. 그러나 영인의 인생에 있어서 친했던 사람들의 죽음은 많은 것을 가르쳐 주었다.

삶과 죽음.

전쟁을 치르다 보면 언제나 따라다니는 말이지만, 그리 깊게 생각한 적은 별로 없었다. 예전 굶주렸던 때보다 더욱 둔해시했던 것이다. 그러나 지금은 아니었다. 다른 무엇보다 더욱 더 피부에 와 닿았던 것이다. 숨이 막힐 듯한 그 처절함이.

생존 투쟁.

전쟁터에서 삶과 죽음을 가르는 것은 병사들의 철저한 몸부림이었다. 죽지 않기 위해 발버둥 치는 모습은 누군가에겐 장관으로 보이겠지만 당사자들에겐 생존 투쟁이었던 것이다. 정말 개봉성에서 병사들을 지휘하고 있는 장군이 누구인지 영인은 대단하다는 말밖에 생각나는 것이 없었다.

이자성은 끝내 개봉 공략을 포기해야만 했다. 더 이상 공격한다는 것은 많은 것을 잃을 수도 있었기 때문이다. 그에 하루 동안 병사들을 쉬게 하면서 목표를 수정할 수밖에 없었는데, 바로 서쪽에 위치한 상구(商丘)였다.

상구는 안휘성과 강소성, 그리고 산동성으로 진군할 수 있는 지리적 요충지였다. 또한 강남에서 들어오는 물자를 어느 정도 통제할 수 있어 북경에 타격을 줄 수도 있었다. 하지만 이자성과 송 대군사는 상구에서 머물지 않고 남양(南陽) 등이 있는 예서(豫西) 지역으로 진군하는 것을 생각하고 있었다. 만약 하남을 가로지를 수만 있다면 개봉을 제외한 황하 이남의 영향력이 커지기 때문이다. 물론 하남성의 절반을 넘는 정도였지만, 그 정도로도 대단한 일인 것이다. 중원의 중앙이라고 할 수 있었기에 이자성과 송 대군사의 생각대로 세력이 생각했던 만큼 커진다면 충분히 강남 지역으로 세력을 넓힐 수가 있었던 것이다. 강남의 물자를 끊으면 북경은 심각한 타격을 받게 될 수밖에 없었다. 그만큼 하남성의 공략은 중요한 의미를 지니고 있었던 것이다.

이자성은 송 대군사의 계획대로 상구를 공략하였고, 병력의 손실이 있었지만 점령할 수 있었다. 개봉의 일 때문에 병사들의 사기가 많이 꺾여 있었는데 상구의 점령으로 인해 어느 정도 만회할 수 있었다. 그에 이자성은 조금의 주저도 없이 여세를 몰아서 남양을 향해 진군을 시작했다.

남양으로 진군하면서 이자성은 송 대군사의 전략대로 유격전을 시작했다. 이래형 부장이 이끄는 별동대가 생각보다 빨리 구성된 것이다. 원래 별동대를 구성할 때 말을 탈 수 있는 병사들을 먼저 선발하였기에 가능한 일이었다. 당연히 영인은 별동대에 선발되지 못했고, 남모르게 안도의 한숨을 쉴 수 있었다.

별동대는 이자성의 기대에 부응하기라도 하듯 첫 전투부터 큰 성과를 올리기 시작했는데, 상구 주변을 시작으로 마을과 마을을 돌면서 관군들을 격파하기 시작했다. 이렇게 별동대가 이자성의 본대가 남양으로 진군하는 것과는 별개로 움직이면서 큰 성과를 보이자 사월 초가 되었을 때부터는 이자성의 본대도 유격전의 전략을 전격적으로 도입하기 시작했다.

이때 명 황실에선 이자성의 군대를 예의 주시하기 시작했는데, 독사(督師) 정계예(丁啓睿)가 토벌군의 책임자로 있었다. 그러나 정계예는 이자성의 강대한 군대를 두려워하여 직접적인 대결을 피하고 있었다. 그러나 이자성이 개봉에서 대패를 하고 물러갔다는 것을 들었을 때는 금방 토벌하여 큰 공을 세울 수 있을 것이라 기대를 가지고 있었다. 하지만 상구 등의 일과 별기군의 군세에 대한 정보를 알게 된 이후부터는 직접적인 전투를 하지 않고 추격에만 신경을 썼던 것이다. 그에 명 조정에서는 오월 독사 정계예에 대한 문책을 단행하고, 옥중에 있던 전 병부상서 부종용(傅宗龍)을 석방하여 병부시랑 겸 섬서삼변도독으로 임명하였다.

새로 토벌군의 도독이 된 부종용은 섬서순무 왕교년(汪喬年)의 협력을 얻어 섬서의 정예 병력 이만 명을 이끌고 삼문협 서쪽에 위치한 동관(潼關)을 출발하였다. 또한 진군을 하면서 총병관 하인용(賀人龍)과 이국기(李國奇)가 이끄는 사천, 하남의 병력 이만 명을 받아들였고, 다시 신채(新蔡)에서 하북성 보정총독(保定總督) 양문악(楊文岳)과 총병관 호대위(虎大威)가 이끄는 보정의 병력 이만 명을 받아들였다. 부종용이 직접 이끌고 있는 사만 명의 병사와 합쳐서 총 십만 명에 이르는 대군세였다.

영인은 터벅터벅 걸으면서 주변을 둘러보았다. 자신의 옆에는 도길 외에 명규와 같이 잘 알고 있는 사람들뿐만 아니라 생전 처음 보는 얼굴들도 상당수 함께하고 있었다. 새롭게 충원

된 인원이었는데, 그들 중에는 나이가 많은 노인들뿐만 아니라 자신의 또래도 있었다. 그러나 영인이 찡그린 표정을 지으며 걷고 있는 이유는 병사들 중 열다섯 살도 못 되는 어린애들이 상당수 있다는 것이었다. 도대체 이들이 무슨 생각으로 창을 들었는지 모르겠기 때문이다. 물론 자신처럼 배고픔을 피하기 위해 왔다거나 하는 이유도 있을 것이고, 세상을 자신의 손으로 변화시키고 싶은 마음에 가담할 수도 있었다. 하지만 영인의 개인적인 생각엔 모두 어리석은 생각일 뿐이었고, 때문에 안타까웠다. 만약 시간을 되돌릴 수만 있다면 봉기군에 가담해야겠다는 결정을 내리던 시간대로 돌아가고 싶었다. 전쟁과 살인이란 결코 즐겁지 않은 일이었고, 피할 수 있으면 되도록 피하고 싶은 일이었기 때문이다.

영인은 새로 들어온 사람들과 별달리 말을 섞지 않았다. 되도록 부딪치고 싶은 마음이 없었던 것이다. 또 정을 주었다가 가슴 아픈 죽음을 보고 싶지도 않았다. 가장 꺼리는 것이 바로 정을 준 사람들의 죽음이었기 때문이다. 더욱이 왜 자신이 들어왔을 때 주변 사람들이 꼬마라 불렀는지 이해가 되기도 했다. 그렇기에 영인의 주변엔 도길과 악호, 그리고 명규를 비롯한 기존에 알고 있는 사람들이 전부였다.

"아이고, 허리야. 정말 요즘은 왜 이렇게 걷는 게 힘든지 모르겠네."

"젊은 놈이 노인네들 앞에 두고 못하는 소리가 없네. 정말 세상 참 살기 힘들구먼."

"글쎄 말이야. 저런 녀석 때문에 빨리 죽고 싶다는 생각까지 든다니까. 송 형, 그렇지 않은가?"

"허허, 명규야 원래 그런 녀석 아닌가. 그런데 영인은 왜 저러고 있는지 모르겠네. 어디 다치기라도 했나?"

"응? 어디?"

도길은 악호의 말에 얼른 영인의 근처로 다가갔다. 정말로 영인의 행동이 부자연스러웠던 것이다.

"어디 아프냐?"

"예? 아, 아니에요. 지금 수련을 하고 있는 중인데 좀 힘드네요."

"수련? 무슨 수련이 허벅지를 때리는 거냐? 보기에도 보통 힘으로 치는 게 아닌 것 같은데."

퍽! 퍽! 퍽!

도길의 말대로 영인의 손은 쉴 새 없이 허벅지와 무릎을 가격하고 있었다. 주먹으로 치거나 어떤 때는 손가락을 곧게 펴서 찌르기도 했고, 때론 손바닥과 수도 등 여러 부위를 번갈아가며 하체 여러 곳을 가격하고 있었다.

"주먹을 단련하라면서요? 그래서 이렇게 하고 있잖아요."

"뭐? 허~ 에라, 이 멍청한 새끼야! 그렇다고 자기 몸을 치고 자빠졌냐? 주먹을 단련하라고 했지 누가 몸까지 하라고 그랬냐?"

"일석이조라고 할 수 있죠. 주먹도 단련하고 또 그 덕에 몸까지 튼튼하게 할 수 있으면 좋잖아요. 그리고 주먹뿐만 아니라 손의 모든 부위를 사용하게 되니까 어느 정도 효과는 있더라고요."

"당연히 그렇게 때리는데 효과가 있겠지. 그런데 덤으로 몸에 피멍까지 들겠구나."

팍! 파팍! 파파악~!

"그응~ 뭐, 그렇기는 해요."

"그래서 그렇게 절뚝거리는 거고?"

"어쩔 수 없잖아요. 이렇게라도 해야지 그렇지 않으면 답답해서요. 그리고 제 생각인데… 아마 웬만큼 몸이 적응하면 멍도 사라질 것 같고, 조만간 예전처럼 움직일 수 있을 거라고 굴비 형이 말했어요. 그러니까 아저씨는 신경 쓰지 말아요."

"누가 신경 쓴다고 했냐? 내 한 몸 건사하기도 힘든데 그럴 정신이 어디에 있겠냐. 그냥 네가 자학하는 것 같아 물어본 것이다."

씨익.

"헛, 녀석 참……."

도길은 영인의 미소에 헛웃음이 절로 나왔다. 마치 모든 것을 다 알고 있다는 듯한 미소에 괜히 걱정했다는 생각까지 들어 어처구니없다는 생각까지 하게 되었다. 후회까지는 아니지만 약간 찜찜한 생각이 들었던 것이다.

한동안 도길은 영인의 곁에 서서 걸었다. 다시 악호가 있는 뒤쪽으로 가기도 그렇고 해서 보조를 맞추며 걷고 있었는데, 아무런 말이 오고 가지 않아도 심심하지가 않았다. 귀를 즐겁게 해주는 소리가 발걸음을 자연스럽게 인도하고 있었기 때문이다.

"그 소리, 듣기는 좋구나."

"예? 무슨… 아, 이거요? 저는 아픈데 궤 아저씨는 듣기 좋은가 보네요?"

"그럭저럭. 왠지 박자를 맞추는 것 같기도 하고. 그런데 어느 정도나 수련했냐? 네가 수련하던 것을 본 게 일주일 정도 지난 것 같은데, 그때 아마 곤봉술을 곤잘 했었지?"

"예, 아저씨가 가르쳐 준 것은 언제든지 펼치는 데 지장이 없을 정도는 됐어요. 전 아저씨가 가르쳐 준 나한기공과 나한삼권도 겸해서 수련하고 있는데, 나한기공이 내공심법의 일종이라 하더라고요."

"뭐? 나한기공? 전 형이 나한기공을 알고 있었다고?"

"예. 그러니까 제게 가르쳐 주었죠."

"그렇구나. 그런데 소림사의 나한권은 들어봤는데, 나한삼권은 처음 듣는구나."

"전 아저씨가 예전에 소림사의 속가제자였었데요. 나한기공은 속가제자들에게도 가르쳐 주는 기본 심법이라 배울 수 있었는데 나한권은 정식으로 배우지 못했다고 했어요. 속가제자라도 나한권을 배우려면 소림사에 한동안 기거를 해야 하는데 그럴 형편이 못 되어서 변형이라 할 수 있는 나한삼권만 배울 수 있었다 하더라고요."

"허, 그런 일이 있었구나. 전 형이 소림사의 속가제자였었다니… 그런데 속가제자가 배우는 것이 나한삼권이었던가? 아무래도 나한권조차 속가제자들은 배우지 못하는 것 같구나. 하긴, 요즘의 소림이 예전의 소림은 아니지. 그럼 시중에 나돌고 있는 것이 나한삼권인가?"

"글쎄요. 그건 모르겠어요."

"그렇구나. 여하튼 소림 방장이 대금강권이나 백보신권도 아닌, 겨우 중간 정도의 용화권(龍華拳)으로 이름을 날리고 있으니… 쯧, 여하튼 아쉽구나. 제대로 된 나한권이었으면 더 좋았을 텐데. 그러나 넌 전 형의 가르침에 고마운 마음을 가져야 한다. 어려운 결정이었을 테니."

"네, 그러고 있어요."

"흠! 그리고 다른 사람한테는 전 형에 관한 얘기를 하지 말거라. 아마도 전 형이 좋아하지 않을 것 같구나."

"왜요?"

"흠, 당시 전 형의 집안 형편이 썩 좋지 않아 소림사에 들지 못했을 것이다. 이름만 속가제자지 그 대우는 형편없었음이 분명하다. 그러니 나한권조차 배울 수 없었을 것이고. 무슨 말인지 알겠지?"

"…알겠어요. 명심할게요."

영인은 도길의 설명에 깊이 고개를 끄덕였다. 도길이 편하기에 말한 것이지만 자칫 큰 실수를 한 것일 수도 있기 때문이다. 만약 이런 일을 당사자인 전이구(展履灸)가 알게 된다면 큰 실망을 할 것이 분명했다.

도길은 영인의 설명을 들은 후 쉽게 상황을 이해할 수 있었다. 그러나 놀라지 않을 수 없었다. 그동안 서로에 대해 잘 알고 있다고 생각한 전이구였는데, 그가 내공심법까지 알고 있을 줄은 몰랐던 것이다. 그러나 자신이 가르쳐 주지 못한 것을 다른 사람이 가르쳐 준다는 것에 안심이 되었다. 그동안 영인에게 다른 사람들이 조금씩 자신의 무공을 가르치고 있다는 것을 알고 있었지만 내공심법은 못 가르칠 줄 알았다. 서로에 대해 어느 정도 알고 있었기에 짐작했던 것이다. 만약 영인이 내공심법을 배울 기회가 있다면 그것은 악호가 정식으로 가르치기 시작할 때뿐이라고 생각하고 있었다.

　"하여튼 잘되었다. 나한기공이 비록 고절한 내공심법은 아니지만 소림사에서조차 기본이 되는 심법인만큼 열심히 수련해야 한다."

　"예."

　"그리고… 혹시 다른 것은 배우지 않았냐?"

　"다른 아저씨들도 몇 분 계신데, 특히 병 아저씨가 가르쳐 준 것도 좋았어요."

　"병 아저씨? 병 씨라면… 혹시 병궁우(甁躬禑)?"

　"예, 맞아요."

　"언제 또 병 형하고 친해졌냐? 병 형은 널 별로 좋아하지 않았잖냐?"

　"그렇게 됐어요."

　"……?"

"아, 알았어요. 성구에서 명규 새끼가 성벽을 오르면서 깝죽거리다가 떨어졌잖아요. 그때 바로 뒤를 따르던 것이 병 아저씨였는데, 명규가 떨어지면서 아저씨 옷을 잡고 늘어졌어요. 그때 하마터면 같이 떨어질 수도 있었는데 제가 잡아줘서 명규만 떨어졌죠. 그때 이후 꽤 친해졌어요."

"허허, 명규가 네게 좋은 일을 만들어주기도 하는구나."

"큭큭, 그런 셈이죠. 그래서 병 아저씨가 진무심법(振武心法)과 진무삼수(振武三手)를 가르쳐 주었어요. 진무심법이 어느 정도 성과가 보이면 나중에 무극권(無極拳)과 양의권법(兩儀拳法), 그리고 팔괘장(八卦掌)하고 칠성수(七星手)도 가르쳐 준다고 했어요."

"뭐? 무극권과 양의권법?"

"예. 그런데 왜 그렇게 놀라세요?"

"당연하지. 그게 어떤 곳의 무공인지 알고 있냐?"

"아니요. 그건 가르쳐 주지 않아서요."

"허, 무슨 사연이라도 있는가 보지. 여하튼 지금 네가 배우고 있는 것은 무당파의 무공이다. 알겠냐?"

"아, 무당파!"

"그래, 무당파다. 허~ 소림사뿐만 아니라 무당파라니. 이번엔 정말 생각지도 않은 횡재를 했구나. 정말 명규한테 절이라도 해야겠다."

"흥! 절대 그럴 생각은 없어요."

"그렇다면 말고. 그런데 무당파는 검법으로 더 유명한데?

병 형이 네게 검법에 대해선 아무런 말을 하지 않았냐?"

"예? 검법이요? 무당파가 검법으로 유명한가요?"

"당연하지. 무당파 하면 당연히 검법이지."

"아~ 하지만 병 아저씨는 제게 검법에 관해선 일절 아무런 말도 없었는데요?"

"그러냐? 이거 참, 흐음……."

영인은 고개를 갸웃거리며 도길을 쳐다보았다. 아직 무림에 대해 알고 있는 지식이 너무도 미천하기에 물어본 것이다. 하지만 도길은 영인의 무지를 탓할 수밖에 없었다. 무공을 배우겠다며 이리저리 기웃거리는 영인이 정작 중요한 무림의 정세에 대해 너무도 신경 쓰지 않는다고 생각한 것이다.

"휴~ 영인아, 이제부터라도 무림에 대해서 좀 신경을 써야겠다. 아무리 지금 네가 무림과 상관없다고 해도 언젠가는 이곳을 벗어나 무림에 발을 담그지 않겠냐? 그때도 지금처럼 말하면 아마 넌 그날로 무림에서 매장될지도 모른다. 도대체 무당파가 무엇으로 유명한 곳인지도 모른다는 것이 말이 되냐?"

"그… 렇게 할게요. 틈틈이 아저씨가 가르쳐 주세요."

"그렇게 하마. 그런데 이젠 네게 가르칠 것이 별로 없는 것 같구나. 기껏해야 삼황포추공의 검법과 도법이 전부인데, 그정도 가지고는 올해를 넘기지도 못하겠다."

"왜 없어요. 무림은 실력이 삼 할이요, 경험이 칠 할이라면서요? 그런데 경험 많은 궤 아저씨가 가르쳐 줄 게 왜 없겠어요."

"허허, 알았다. 아예 똥구멍까지 까발리라는 말인데, 네 말대로 밑천까지 모두 꺼내주마. 깨끗이 싹싹 핥아가거라."

"윽! 똥구멍이 뭐예요? 그리고 싹싹 핥으라고요?"

"왜, 싫으냐?"

"고마운 말인데요, 요새 명규랑 꽤 가까이 지내더니 저보다 입이 꽤 지저분해진 것 같네요?"

"그런 것 같냐? 하긴, 나도 요즘 송 형한테 그런 소리를 듣고 있기는 하다. 그런데 명규 녀석하고 입씨름을 하고 난 후엔 왜 그렇게 속이 다 시원한지. 네가 전장에서 왜 명규랑 같이 다니는지 알겠더구나."

"제가 명규 새끼랑 같이 다니는 거 아니에요. 그 새끼가 저를 졸졸 따라다니는 거라고요."

"후후, 알았다. 알았으니까 그만 진정해라. 그나저나 정말 큰일이다. 병 형이 만약 검법까지 가르쳐 준다면 좋겠지만, 그렇지 않다면 이젠 송 형밖에 없지? 이제 슬슬 송 형한테 부탁을 해보는 것이 어떠냐?"

자못 도길의 심각한 말에 영인은 저도 모르게 고개가 끄덕여졌다. 그렇지 않아도 그 문제에 대해 생각하고 있는 중이었다. 그러나 처음과 달리 악호는 더 이상 영인에게 가르쳐 주지 않았다. 무슨 생각인지 모르지만 가끔 가다 영인의 잘못된 부분을 지적만 하고 더 이상의 언급은 없었던 것이다. 지금까지 다른 사람들에게 배울 수 있었기에 아쉬울 것이 없었지만, 지금부터는 점점 더 아쉬워질 수밖에 없었다. 아직 무림에서 말하는 삼류를 벗어나지는 못했지만 스스로 생각해 볼 때 허접한 삼류는 벗어난 것 같아 제대로 된 무공을 배우고 싶은 마음이 굴뚝같았다.

"병 아저씨한테 배우고 나서 말을 꺼내볼게요. 그때 궤 아저씨가 옆에서 좀 도와주세요. 아마 아저씨가 거들어주면……."

"글쎄? 송 형이 과연 내가 거든다고 들어줄까? 넌 아직까지 송 형을 그렇게도 모르겠냐? 아마 그렇게 되면 오히려 역효과가 날 수도 있을 텐데."

"흐음… 그렇기는 하네요. 알았어요. 제 문제니까 제가 알아서 해볼게요."

"그래, 그럼 열심히 하거라. 난 이만 송 형한테 가봐야겠다. 혼자 있을 것이 뻔하니 송 형도 꽤 심심할 거다."

"예."

도길은 영인의 대답도 듣기 전에 횅하니 악호가 있는 곳으로 갔다. 조금 있으면 해가 기울어서 진군을 멈출 텐데 뭐가 그리 아쉬운지 발걸음이 빨랐다.

영인은 도길의 모습을 보면서 고개를 좌우로 도리질했다. 하지만 입가에 미소가 걸려 있었다. 예전에는 몰랐지만 도길과 악호는 상당히 친해진 상태였다. 아니, 서로를 의지하고 있다는 표현이 어울릴 정도가 되어 있었다. 전장에선 악호가 도길을 도와주었고, 전장 밖에서는 도길이 악호의 말상대가 되어 서로의 외로움을 달래주고 있었다. 마치 악어와 악어새처럼 악호와 도길은 어느새 서로에게 없어서는 안 되는 존재가 되어 있었다.

＊　　　　＊　　　　＊

태양이 한껏 기승을 부리는 칠월. 이자성의 군대는 뜻하지 않았던 이들을 받아들이게 되었다. 바로 현 시대의 조조라 불리는 라여재가 오만 명의 병사를 대동하고 합류한 것이다. 장헌충과 마광옥뿐만 아니라 장헌충의 부장인 이정국과 함께 하남성 등주 근처에 있는 절천(浙川)에서 좌량옥부(左良玉部)를 공격했는데, 장헌충과의 마찰이 빚어져 이자성의 군대에 의탁하게 된 것이다.

이자성으로서는 처음 장헌충과의 대립을 우려하여 받아들이는 데 신중하지 않을 수 없었다. 어찌 되었건 현재 장헌충과는 공동전선을 구축하는 동맹을 체결한 상태였기 때문이다. 그러나 송 대군사와 우군사가 받아들이는 것을 적극적으로 주장하자 이자성도 그들의 뜻을 따를 수밖에 없었다. 더구나 자신이 받아들이지 않는다면 오만 명이나 되는 병사들의 앞날은 뻔할 것이기 때문이다. 이로써 이자성의 병사 수가 거의 십오만 명을 넘게 되었다.

더욱이 이자성은 마을과 성을 점령한 후 창이라도 들 수 있는 사내들을 무조건 받고 있어 시간이 지나면 지날수록 병사의 수가 눈에 띄게 늘고 있는 추세였다. 조만간 이십만 명을 넘어 삼십만, 아니, 오십만 병사도 거느릴 수 있을 것 같았다.

이자성으로서는 기분 좋은 일이 아닐 수 없었다. 아무리 조정에서 명장을 내려 보낸다고 해도 충분히 이길 수 있다는 자신감이 생긴 것이다.

그러나 아무리 자신감에 차 있어도 관군의 본격적인 공격은 문제가 아닐 수 없었다. 이자성이 라여재를 받아들이고 언릉(堰陵)에 도착했을 때 관군이 움직인다는 정보를 입수하게 된 것이다. 더욱이 가장 큰 문제는 조정에서 관군을 직접 조직하고 내려 보내려고 하는 것이었다. 급조된 병력이 아닌, 정예라 할 수 있는 병사들을.

"전 병부시랑이었던 부종용이 섬서삼변도독으로 부임하여 총책임자가 되었다 합니다. 또한 보정총독 양문악과 호대위 등이 합류하여 그 군세가 십만을 넘습니다."

"그리고 섬서총독(陝西總督) 전종용(傳宗龍)이 십만을 이끌고 합류하기 위해 동진하고 있는 것 같습니다."

"그럼 총 이십만인 것입니까? 우리가 지금 보유하고 있는 병사의 수가 대략 십오만 명 정도 되니… 송 대군사, 그 정도는 우리가 전략만 잘 짜면 충분히 상대할 수 있지 않겠습니까? 더욱이 아직 황하를 건너지도 않았으니 시간이 조금 더 지나면 우리도 이십만 명을 넘어설 것입니다."

"아마도 쉽지는 않을 것입니다."

"망설일 필요도 없다는 듯 쉽게 말하는군요. 음……."

이자성은 송 대군사의 대답에 침음을 흘리면서 이암을 향해 고개를 돌렸다. 이암의 의견을 들어보고 싶었던 것이다.

"송 대군사의 말이 맞습니다. 어느 정도의 출혈을 감수한다면 상대는 할 수 있어도 정면으로 상대한다면 결코 이길 수 없습니다."

"더욱이 지리적으로 상당한 우위에 있다거나 기습을 통한 병력 손실을 주지 않는다면 우리의 패배가 확실합니다."

"허, 그 정도로 심각한 상황입니까? 송 대군사와 우군사도 그렇고, 이제는 좌군사까지 부정적인 의견을 내놓고 있으니……."

"물론입니다, 전하. 우리가 비록 병력을 더 모은다고 해도 병력의 우위를 가지지 못합니다. 더욱이 적은 섬서성과 하북성에서 차출된 정예 병력입니다. 그에 비해 우리의 군사는 별동대와 삼만 명 정도의 정병을 제외하면 십일만이 넘는 병력 대부분이 오합지졸이나 다름없습니다. 더욱이 그들 중 삼만 명 정도는 늙었거나 아니면 어린 병사들입니다."

"흐음, 설명을 들으니 자못 심각하다는 것을 알겠습니다. 총도독이 부종용이라고 했습니까, 송 대군사?"

"그렇습니다, 전하. 부종용은 맹장이면서도 보기 드문 지장입니다. 상대하기가 여간 까다로운 인물이 아니지요."

"그렇군요."

"흠! 그러나 우리로서는 오히려 부종용이 총도독으로 온 것이 다행일 수도 있습니다. 만약 산해관(山海關)에 있는 진장(鎭將) 오삼계(吳三桂)가 왔다면 큰 낭패를 보았을 것입니다. 청나라를 견제하기 위해서 우리 쪽으로 빼낼 수 없는 상황인 것이 정말 천만다행입니다."

"다행이다? 부종용이 온 것이 다행이라고 하는 것까지는 좋은데, 그럼 진장 오삼계가 누구입니까? 송 대군사가 그 정도로 우려하는 인물이라면 대단한 장수가 분명하겠군요."

"그냥 대단한 장수가 아니라 가장 꺼려지는 인물이라고 말할 수 있습니다. 금주(錦州) 총병관인 오양(吳襄)의 아들로서 부친의 공으로 지금까지 승진한 인물인데, 칠 년 전에 한 번 만난 적이 있습니다. 그때가 약관을 갓 넘긴 스물세 살이었으니 지금은 서른 살이겠군요. 여하튼 지금까지 요동(遼東) 총병으로서 산해관의 진장이 되었는데, 청나라의 진출을 막는 데 큰 역할을 하고 있습니다."

"상당히 젊군요. 그런데도 그런 중임을 맡아서 처리할 정도라면 대단한 장수가 분명하겠군요. 그러나 지금 우리를 상대하기 위해 온 장수는 부종용입니다. 그러니 오삼계란 장수에 대해선 논의를 그만두고, 조금 전에 부종용이 온 것이 다행이라고 했으니 승리할 수 있는 길은 있겠지요?"

"그렇습니다. 물론 부종용을 상대할 비책은 있습니다. 그러나 상당한 준비를 해야만 합니다."

"오~ 비책이 있다는 말입니까? 그렇다면 정말 다행이 아닐 수 없군요. 당연히 적을 맞을 준비는 해야 하는 것이니 우선 그 비책을 듣고 싶습니다."

이자성은 속이 바짝 타 들어가고 있다가 송 대군사의 말이 떨어지자 굳어졌던 안색이 다소 펴졌다. 완전하게 안심이 되는 것은 아니었지만 상대할 수 있는 방법이라도 있다는 것이 적지 않은 위안이 되었던 것이다.

"알겠습니다, 전하. 사실 조정의 사정을 전해 듣고는 우군사와 함께 이 일에 대해 의견을 나누었습니다. 그리고 한 가지 대안을 마련했습니다."

"으음……."

"부종용은 병법과 지리에 능통한 지장입니다. 그렇기에 지금 황하를 건너자마자 보풍(寶豊)을 지나 평정산(平頂山)으로 향할 것입니다. 지금 우리가 언릉 근처에 있다는 것을 알고 있을 것이기 때문입니다. 만약 우리가 조금만 늦게 이곳에 왔다면 부종용은 허창(許昌)에서 우릴 맞이했을 것입니다. 우리로서는 다행스러운 일이지요."

"……."

"그러나 우리가 지금 허창을 공격할 수는 없습니다. 적들이 준비를 하고 오는 상황에서 병력을 잃을 수는 없기 때문입니다."

"옳은 말입니다. 계속하세요."

"예. 만약 우리가 예정대로 허창을 공격한다면 적은 평정산에서 준비를 마치고 기다릴 것이니 그곳으로 가면 필패를 하게 될 것입니다. 오히려 우리가 준비를 하고 기다려야만 다소나마 승산이 있습니다. 그래서 저는 부종용의 군대를 맞이할 곳으로 맹가장(孟家莊)을 생각하고 있습니다."

"맹가장이라면……?"

"그것은 제가 설명하겠습니다, 전하. 맹가장은 평여(平輿) 동북쪽 여남(汝南)의 동쪽에 위치한 곳입니다. 지리적으로 병력을 매복시키기 좋은 곳입니다."

"호~"

이자성은 우군사의 부연 설명에 고개를 끄덕였다. 맹가장이 어디에 있는지 정확히 모르지만, 매복하기 좋은 곳이라면 기습을 노릴 수 있었기 때문이다.

"매복을 하는 데 앞서서 우리는 군대를 두 개로 나눠야 합니다. 하나는 물론 맹가장 부근의 숲에 정예 병력들을 매복시켜 두고 나머지 병력은 강을 건너게 하여 서쪽의 여남으로 진군하는 것처럼 보이게 해야 합니다. 우리는 지금까지 유격전을 했습니다. 아쉽게도 개봉을 점령하지 못했기에 지금은 우리에게 거점이라고 할 것도 없습니다. 딱히 하남성에 머물 이유가 없는 것입니다. 그렇기에 부종용은 우리가 자신들을 피하기위해 호북성이나 안휘성으로 남진한다고 생각할 것이고, 따라서 그들로서는 다급히 우리의 뒤를 쫓을 수밖에 없을 것입니다."

"옳지. 그렇겠군."

"맞습니다. 그들에겐 가히 낭패라 할 수 있는 상황일 것입니다. 만약 우리가 호북성이나 안휘성으로 진군하여 거점을 확보할 경우, 그들은 시간과 보급에서 큰 낭패를 볼 수밖에 없기 때문입니다. 북쪽의 청나라와 서쪽의 장헌충이 점점 세력을 키우며 공세를 강화하고 있는데 우리를 마냥 쫓고 있을 수가 없기 때문입니다."

"그렇다면 준비를 할 시간도 없이 쫓아오겠군. 그렇지 않은가, 우군사?"

"그렇기에 부종용을 비롯한 동창의 이목을 필히 속여야 합니다. 우리가 허창을 지나치고 남진한다면 부종용은 섬서성에서 진군하지 않고 아마도 개봉과 가까운 곳에 머물며 우리의 동향을 주시할 것입니다. 혹시 함정일지도 모른다고 생각할 것이니 틀림없을 것입니다. 그러나 우리가 남진을 멈추지 않는다면 부종용으로서는 움직이지 않을 수 없습니다. 따라서 순식간에 황하를 건넌 후 개봉이나 기현(杞縣)을 지나 항성(項城)으로 이동할 것입니다. 항성에서 맹가장까지는 약 백오십리 거리입니다. 강행군을 한다면 이틀이면 충분한 거리입니다."

"그렇군. 병사들이 강행군을 한다면 지쳐 있을 것이니 그때 기습을 하면 더할 나위 없겠군."

"그렇습니다. 그리고 만약 이대로 계획이 성공한다면 하남성은 전하의 땅이 될 것입니다. 더욱이 조정에서도 이번처럼 쉽게 군사를 일으킬 생각을 하지 못할 것입니다."

"하하, 좋군. 송 대군사, 이번 계획을 전적으로 책임지고 완수하시길 바랍니다. 우리의 앞날을 위해 꼭 성공했으면 좋겠습니다."

"염려하지 마십시오, 전하. 꼭 성공하겠습니다."

이자성은 송 대군사를 향해 힘차게 고개를 끄덕여 보인 후 좌중을 직시했다. 지금까지 개봉을 제외한 모든 전투에서 대승을 거두었다. 그러나 가장 중요한 전투를 앞두고 있는 상황이다. 이번 승리를 통해서 이자성은 지난날 쓰라린 패배를 안겨주었던 명 조정에 복수를 할 생각이었다. 아니, 복수로 끝나는 것이 아니라 재동에서의 패배보다 몇 배 이상의 피해를 입히고 싶었다.

第九章
앞으로 광우(狂牛)라고 불러야겠어

언릉을 점령한 이후 이자성은 계획대로 허창으로 진군하지
않고 모든 병사를 이끌고 남진하기 시작했다. 물론 목표는 여
남 부근이었다. 바로 맹가장. 우선은 그곳을 경유하여 호북성
으로 들어간다고 병사들에게 알렸다. 혹시라도 병사들 중에
동창의 첩자가 있을지도 모르기 때문에 슬쩍 정보를 흘리는
것이었다.
  다행히 봉구(封丘)에 주둔하고 있던 부종용에게 정보가 흘
러갔는지 구월에 들어서자마자 부랴부랴 군대를 정비한 후
황하를 건넜다. 그동안 평정산을 지나 서평(西平)에 머물러
있다가 이자성의 소식을 접한 후 바로 항성을 향하여 진군을
개시한 것이다. 물론 송 대군사의 예측대로 중간에 기현을 거

쳐 갔다.

　이자성은 부종용이 움직였다는 정보를 입수한 후, 몰래 별동대 삼만 명과 일반 병사 오만 명을 매복 장소에 대기시켜 놓고 최회민 부장으로 하여금 나머지 병사들을 이끌고 강을 건너도록 지시를 내렸다. 물론 빠져나간 병사들을 최대한 들키지 않게 하도록 지시를 내렸는데, 그것은 병사들의 간격을 다소 넓히는 것으로 했다. 또한 너무 빠르지도 않으면서 그렇다고 늦지도 않도록 속도를 조절하게끔 했는데, 물론 강을 건너자마자 다시 돌아오도록 지시하는 것도 잊지 않았다.

　양면 협공.

　이자성과 송 대군사는 부종용의 군대를 기습한 한 후 최 부장의 군대가 도착하자마자 북쪽으로 밀어붙일 생각이었다. 마치 사냥꾼이 사냥감을 몰이하듯 철저하게 패배시킬 작전을 준비한 것이다.

　이자성은 병사들이 매복한 곳을 바라보면서 수건으로 이마의 땀을 닦았다. 하늘은 가을의 문턱에 들어선 것 같지 않게 숨이 막힐 정도로 더웠다. 마치 조만간 큰비라도 내릴 것 같았다. 그렇지 않아도 하남성의 여름은 비가 많이 오고 무더웠다. 겨울 역시 길고 추웠지만 겨울보다 여름을 지내는 것이 더욱 곤혹스러웠다. 그렇기에 빨리 여름이 지나가고 가을이 오기만을 바랐는데, 아직 완전한 가을 날씨는 아닌 것 같았다. 그러나 부산하게 움직이는 병사들을 보고 있노라니 기분은 그럭저럭 나쁘지 않았다. 병사들이 매복하고 있다는 것을 모른다면 결코 쉽게 알아낼 수 없을 정도로 완벽한 위장을 한 것이다. 이제 하늘의 뜻을 기다리는 일만 남았다. 만약 하늘이 자신의 성공을 바란다면 전투에서 승리를 거둘 것이고, 그렇지 않고 명 황실의 존속을 원한다면 패배를 할 것이기 때문이다.

'하늘이 나를 원하는가, 아니면 숭정제를 원하는가는 이번 전투에서 알 수 있겠지.'

조금씩 어두워지는 하늘을 보며 이자성은 지그시 두 눈을 감았다. 정확히 이틀 후면 결과를 알 수 있었다. 부종용의 군대가 그 정도의 거리에서 이동하는 것을 알고 있었기 때문이다.

"제길! 내가 왜 이곳에 남아야 하는 거야? 영도 형, 말 좀 해 봐."

"네가 남지 않으면 그럼 누가 남아야 하냐? 꿰 아저씨냐, 아니면 송 아저씨냐? 그 노인네들이 남았다면 네 맘이 편하겠냐?"

"누가 그렇데? 아저씨들이야 나이도 있으니까 최 부장을 따라가는 것은 당연하지만, 그렇다고 내가 남을 필요는 없었잖아?"

"너, 별동대에 속한 녀석들보다 창을 잘 쓰고 싸움도 잘한다며? 그 녀석들보다 실력이 좋다고 하던데 사실이 아니냐?"

"웅? 누가 그래? 어떤 미친놈이 삼류 소리조차 듣지 못하는

내게 그런 말도 안 되는 허무맹랑한 누명을 씌우며 거짓말을
하고 다녀?'

"그 미친놈, 네 뒤에 있잖아."

"응? 정말? 누구… 명규? 설마 너 혹시……!"

"맞다, 명규. 네가 말한 미친놈이 바로 명규야."

"이… 야, 이 개자식아! 바로 너였어?'

"아, 아냐! 난 정말 아니라고! 난 그저…….'

명규는 영인의 날카로운 시선을 받자마자 손사래를 치며 뒷
걸음을 쳤다. 만약 영인의 경지가 살기만으로 상대를 죽일 수
있다는 의기상인에 올라 있었다면 눈빛만으로 명규의 숨통이
끊어졌을 정도로 매서웠다. 물론 그러기 위해선 영인이 전설
로만 전해지는 신화경, 즉 출신입화지경에 이르렀어야 했지
만.

영인에게 있어서 열 살의 나이 차이에도 불구하고 존대를
하지 않는 유일한 인물이 바로 명규였다. 그만큼 영인으로서
는 명규의 모든 것이 마음에 들지 않았다. 자신을 따라다니는
것에서부터 시작해서 사사건건 참견을 하는 것도 싫었다. 그
리고 명규의 단짝으로 다른 사람들의 입에 오르내리는 것도
어이가 없을 정도였는데, 이제는 자신의 생명까지 위협하는
짓을 서슴없이 저지르고 있으니 속에서 열화가 올라온 것이
다.

"왜 나를 못 잡아먹어서 안달인데? 내가 원수라도 돼? 지금
에 와서 이런 말 하긴 뭐하지만, 나 때문에 죽을 목숨 살아난

거잖아. 안 그래? 그러면 고마워서라도 이렇게 하진 않겠다. 왜 내가 너와 함께 이곳에 있어야 하는데? 만약 오늘 합당한 이유를 대지 못하면… 죽여 버릴 거야. 직접 네 목 위에 있는 물건, 그 쓸모없는 물건이 땅바닥에 굴러다니도록 해줄게. 기 대해도 좋아."

"하, 하하……!"

"…지금 바로 해줄까?"

"난 그냥……."

"……."

영인의 손이 살짝 움직였다. 순식간에 명규의 목으로 창이 쇄도했는데, 명규는 비명과 함께 뒤로 넘어졌다.

"자, 잠깐! 말할게! 말하면 되잖아!"

"……."

"휴~ 사실 네게 좀 심술이 나 있었는데, 이번에 복수를 할 수 있겠다는 생각에 그만……."

"복수? 나한테? 허! 이거 참, 이거 정말 미친 새끼잖아? 도대체 나한테 무슨 복수……?"

"일전에 나한테 한 일을 잊었냐? 상구에서 내가 사다리를 타다가 떨어질 때 나는 잡아주지 않고 병 아저씨만 잡아줬잖아?"

"상구에서?"

"그래! 그때 떨어진 상처 때문에 아직까지 다리가 시큰거리는데 그럼 너 같으면 복수하고 싶은 마음이 없겠냐? 가뜩이나 난 예전 관군이었다는 이유로 정예 훈련을 받았네 뭐네 하면서 무조건 위험한 일에만 투입되고 있는데."

"하……."

영인은 명규의 설명에 할 말을 잃었다. 바로 며칠 전의 일이라면 모르겠지만, 몇 달이 흐른 일을 가지고 지금까지 앙심을 품고 있었다는 것에 황당함을 느꼈다. 아니, 어처구니가 없었다. 당시엔 자기가 누구를 구하든 명규가 상관할 바가 아니었다. 더욱이 그 상황이라면 조금이라도 젊은 명규보다 병궁우를 구하는 것이 당연했다. 젊은 사람이 떨어지는 것이 조금이라도 나았기 때문이다. 그런데 그런 얼토당토않은 이유를 가지고 복수 운운하고 있으니 더 이상 할 말도 없을뿐더러 다리에서 힘이 빠져 서 있을 기운도 없을 정도였다.

털썩.

"휴~"

"저……."

"……."

"미안하다. 하지만 난 정말 그때 무지 서운했다고. 그동안 너와 내가 어디 그런 사이였냐? 서로 고난과 숨 막히는 위험들을 함께 극복했던 사이 아니냐? 당연히 배신감을 느꼈지. 만약 너 같았으면 바로 창을 찔렀을 거다. 안 그래? 하지만 이번 일은 솔직히 내 잘못임을 시인한다. 아무래도 이번 전투는 꽤 심각할 것 같은데 내가 생각이 없었다. 미안해. 그러니 그만 화 풀어."

"내가 이 상황에서 무슨 말을 하겠냐. 그냥 그때… 무슨 짓

을 해서라도 널 죽였어야 했는데 왜 항복했다고 끌고 왔는지
모르겠다. 휴~"

"그런 소리 하지 마라. 만약 그때 내가 투항하지 않았다면
그 이후 지금 네가 이곳에 있겠냐? 벌써 죽어도 백번은 더 죽
었겠다."

"……."

영인은 명규의 말에 침묵으로 일관했다. 대꾸할 가치를 느
끼지 못했기 때문이 아니라, 일부 어쩔 수 없이 인정해야 하는
사실들에 대하여 대답하기 싫었던 것이다. 앞으로는 모르겠지
만 지금까지 전장에서 명규가 곁에 없었다면 많이 힘들었을
것은 틀림없었기 때문이다.

"그리고 내가 네 실력을 가장 잘 알고 있잖냐. 나도 죽고 싶은
마음 없어. 그러니까 누구보다 네가 먼저 생각나더라고. 비록
무림에서 날고 기는 새끼들이 볼 때는 땅바닥을 기어다니는 지
렁이겠지만, 삼류 소리는 듣지 않을 정도는 되잖아. 안 그래?"

"지렁이?"

"오~ 명규, 정말 영인의 실력이 그 정도냐?"

"맞아. 내가 보증해. 내가 이래도 관군에 있으면서 무림인
들과 꽤 친했거든. 그들 중에는 일류라 불리는 새끼들도 있었
는데, 영인이 비록 일류 소리는 못 들어도 충분히 이류는 될 거
야. 아마 웬만한 무관에서 배웠다고 깝죽대는 새끼들과 싸워
도 쉽게 지지 않을걸."

"미친놈, 내가 그 정도 실력이면 벌써 이곳을 떠났겠다."

"하하, 말이 그렇다는 거지. 그래도 삼류는 벗어났다고 저번에 궤 아저씨가 그랬잖아."

"오~ 궤 아저씨가 그런 말까지 했단 말이지? 그동안 정말로 몰라보게 성장했구나. 굴비가 의술을 가르쳐 준다는 것은 알고 있었는데 정말 궤 아저씨 말고 다른 아저씨들한테도 무공을 배우고 있었던 거냐?"

"형은 명규 새끼 말을 믿어? 명규가 헛소리를 하는 거야. 아까 말했듯이 간신히 삼류 소리를 들을 정도밖에 안 돼. 그러니까 이상한 일에 괜히 나를 끌어들일 생각은 하지 마."

"하하, 설마 내가 널……."

영도의 머리가 순식간에 빠른 속도로 회전하기 시작했다. 그렇지 않아도 다른 조에 비해 실력이 형편없다는 소리를 듣고 있었는데, 잘하면 그 소리를 듣지 않아도 될 것 같은 예감이 팍 하고 뇌리를 스쳐 지나간 것이다. 그러나 최대한 표정을 관리하며 영인에게 미소를 지어 보였다.

"자, 그건 그렇고… 여하튼 이제 왜 네가 여기에 있어야 하는지 알았지? 그러니 딴생각 하지 말고 명규하고 꼭 붙어 있어. 그리고 네가 이곳에 남았기에 다른 아저씨들이 모두 최 부장을 따라갈 수 있었던 거다. 그렇지 않았다면 조장인 내가 이곳에 남았는데 모두 따라갈 수 있었겠냐? 네가 아저씨들을 위해 희생했다고 생각해."

"명규가 남았잖아. 그리고 형 밑에 나와 아저씨들 말고도 오십 명이 더 있지 않아? 지금 이곳에 그들이 전부 남은 것으로 알고 있는데?"

"그건… 하하, 여하튼 아저씨들한테 배운 무공… 그러니까 그 무공을 이번 기회에 써먹는다 생각해. 실력 한번 발휘해 보라고. 아마 네가 제대로 실력을 발휘하면 이 부장님도 그렇고 수뇌부에서도 달리 볼걸. 좋잖아. 승진도 할 수 있고. 그럼 너도 좋고 나도 좋고, 서로 편해질 수 있는 길을 찾아보자고."

"난 좋은 거 하나도 없어. 그러니까 그런 쓸데없는 잡생각은 버리고 형 혼자 편하게 살아. 그리고 다시 한 번 말하는데, 절대 날 형의 일에 끌어들이지 마. 난 그냥 이대로가 좋아. 아직 배울 것도 많고. 무슨 말인지 알겠지? 아니면 궤 아저씨한테 형이 귀찮게 군다고 말할 거야."

"젠장할 새끼! 왜 이 얘기에서 궤 아저씨가 튀어나와? 험! 여하튼 그 얘기는 다음에 하기로 하고, 난 이만 조장들 회의가 있어서 가봐야겠다. 그럼 푹 쉬면서 기다려라. 명규도 잘 쉬고. 난 이만 바빠서……."

영도는 더 이상 영인이 뭐라고 하기 전에 휑하고 가버렸다. 어찌 되었든 중요한 정보를 입수했으니 오늘은 더 이상 귀찮게 하고 싶은 마음이 없었던 것이다. 그리고 정말 중요한 회의도 있었기에 눈썹을 휘날리며 회의 장소로 뛰어갔다.

영인은 영도가 떠나자마자 앉아 있던 자세 그대로 뒤로 넘어졌다. 아니, 쓰러지듯 땅바닥에 몸을 뉘었다. 어차피 지금 있는 곳이 자신이 있어야 하는 곳이기에 달리 이동할 곳도 마땅치 않았던 것이다.

"조금 있으면 저녁이다. 그렇게 서 있지 말고 배식이나 받아와."

"물론! 그럼 오늘 일, 용서해 주는 거냐?"

"용서? 용서 같은 소리 하고 있네. 물귀신 같은 놈."

"내가 좀 물귀신 같은 끈질긴 면은 있지. 큭큭~"

"미친놈, 벼락이나 맞아 뒈져라!"

"크큭, 알았다. 나중에 벼락이 떨어지면 생각해 보지. 그런데 말이야, 말이 씨가 된다고, 혹시 네가 벼락에 맞아도 난 모른다?"

"이…….."

"아! 난 지금 배식 받으러 갈게. 그럼 푹 쉬고 있어라."

"휴~ 저 새끼, 정말 서른 살이 맞나? 그나저나 이번엔 정말 힘든 전투가 될 것 같은데……."

배식을 받으러 달려가는 명규의 뒷모습을 보면서 영인은 딴 생각을 하였다. 왠지 기분이 찜찜했던 것이다. 이런 기분, 상당히 생소했다. 그렇기에 더욱 화를 냈던 것일지도 모른다는 생각에 영인은 얼른 고개를 저으며 스스로의 생각을 부정했다. 애써 평정심을 유지하고자 몸부림을 치고 있었지만, 그것이 생각보다 쉽게 되지 않았다. 그에 더 이상 고뇌하기보단 조금이라도 쉴 수 있을 때 쉬어야겠다는 생각이 들었다. 영인은 금방 잠이 들었다.

*   *   *

부종용은 아침이 밝자마자 부장들과 병사들을 다그쳤다. 동창이 전해준 정보에 유적군(流賊軍)이 강을 건너고 있음을 전해 들은 것이다. 조정에서는 이자성이 벌이는 유격전을 빗대어 유적군으로 부르고 있었는데, 그만큼 도적의 무리로 간주하고 있었던 것이다. 그러나 이자성의 군대가 모두 강을 건너기 전에 일망타진을 해야 했다. 그렇지 않고 자신의 부대도 강을 건너게 되면 이틀 거리가 오 일이나 십 일까지도 벌어질 수가 있었기 때문이다.

화포.

부종용이 혹시나 해서 준비한 것인데, 언제라도 써먹을 수 있기에 놔두고 강을 건널 수는 없었기 때문이다. 그렇기에 빨리 움직여야 했다. 마음은 다급한데 병사들의 움직임은 마치 굼벵이보다 더 느리게 느껴지고 있었다. 이에 부종용이 직접 막사를 나와 부장들과 병사들을 다그치자 진영이 금세 자리를 잡았다. 그에 만족한 미소를 띠고는 이자성의 군대를 잡기 위해 힘찬 목소리로 진군을 명했다.

항성을 떠난 후 이틀을 강행군했다. 몸도 마음도 모두 지친 상태였다. 그러나 아직 더 가야만 했다. 하루가 아닌 반나절에 사십삼 리가 조금 넘는 거리를 이동해야만 하는 것이다. 그것도 일반 관도가 아니라 천중산(天中山)을 돌아서 가야 하는데, 길이 험할 뿐만 아니라 대부분 산길과 소로였다. 병사들에겐 정말 힘든 강행군이었다. 말을 타고 움직이는 것도 강행군이라 할 수 있는데, 거의 속보로 움직여야 하는 병사들에겐 더 이상 말이 필요없을 정도로 힘든 행군인 것이다.

물론 사십삼 리가 하루에 움직이지 못할 거리는 아니었다. 아니, 피로가 누적되지 않았다면 충분히 반나절 만에도 가능한 거리였다. 그만큼 충분히 병사들이 진군하는 데 지장이 없는 거리인 것이다. 그러나 상황이 좋지 못했다. 가뜩이나 푹푹 찌는 날씨에 갑옷과 무거운 병기를 들고 움직이는 있는 것이다. 조금만 걸어도 땀으로 온몸이 홍건해지는데, 하루를 쉬지 않고 걷는 것이기에 병사들의 불만이 커질 수밖에 없었다. 그러나 서슬 퍼런 부종용의 눈과 마주치고 싶은 병사는 없었다. 그저 오늘 하루가 빨리 지나가기를 바랄 뿐이었다.

"총도독님, 이곳이 맹가장입니다."

"그렇소이까, 양 총독? 그럼 이곳에서 잠시 쉬었다 가도 되겠구먼."

"그래도 충분할 것입니다. 병사들이 많이 지쳐 있으니 공격하기 전에 휴식 시간을 주는 것이 좋을 것입니다."

"알겠소. 워~ 장 부장, 이곳에서 잠시 쉴 것이다. 그러니 총병관들과 각 부장들에게 일러줘라."

"예!"

"그리고… 부장들에게 주변을 정리하도록 명하고, 음식도 함께 준비시켜라. 양 총독의 말대로 지금까지 강행군을 하느라 피곤하고 지쳐 있을 것이다. 최대한 병사들이 배불리 먹을 수 있도록 조치하고 편하게 휴식을 취하도록 해라. 강이 얼마 멀지 않았다. 정확히 한 시진을 쉰 후 적을 향해 진군할 것이다."

"알겠습니다, 총도독. 명을 시행하겠습니다."

"양 총독과 전 총독은 저쪽으로 함께 가십시다. 그나마 그늘이라 좀 쉴 수 있겠소이다."

"그렇게 하겠습니다, 총도독. 가시지요."

부 총도독의 명을 받은 장 부장이 빠르게 움직이며 총병관과 부장들에게 전달했다. 언제나 쉴 수 있을까 하며 기다리고 있던 참이라 모든 일사불란하게 움직이며 병사들이 쉴 수 있도록 조치를 취하였다. 병사들이 휴식을 취해야 자신들도 그 대열에 합류할 수 있었기 때문이다.

병사들은 휴식이란 말을 듣자마자 최대한 대열을 흐트러지지 않는 범위 내에서 자리를 잡고 앉았는데, 온몸이 땀이라 잠시라도 편하게 쉬기 위해서 갑주(甲冑)를 벗고 드러눕는 병사들이 많았다. 부장들은 그런 병사들을 보고 인상을 찡그렸으나 어찌 되었든 총도독 부종용이 최대한 편하게 휴식을 취하라 했기에 뭐라고 하지 않았다.

"저 새끼들, 조금 있으면 혼비백산하겠지?"

"아마도 그렇겠지?"

"그런데 왜 공격 명령이 없는 거야?"

"좀 조용히 해. 가뜩이나 심란한데 시끄러우니까 더 심란하잖아."

"뭐가 그렇게 심란해? 아까부터 계속 그러고 있던데."

"휴~ 생각 좀 하자. 계속 떠드니까 집중이 안 되잖아."

"알았다, 알았어."

영인의 눈빛에서 짜증을 발견한 명규가 얼른 자신의 손으로 입을 가리며 고개를 돌렸다. 더 이상 대꾸를 하다가는 좋지 않다는 것을 직감으로 느낄 수 있었다.

영인은 자꾸만 영도의 표정이 신경 쓰였다. 무언가 기분 좋은 일이 아닐 것 같은데, 그것이 무엇인지 짐작할 수가 없었던 것이다. 더구나 원인을 제공한 당사자까지 옆에 있어서 그런지 짜증만 났다. 모든 것이 귀찮았던 것이다. 그러나 조금씩 공격 명령이 내려올 시간이 다가오자 영인도 생각을 접을 수밖에 없었다. 전투 중에 생각한다는 것은 여유있는 자들의 특권이었기 때문이다. 아직 영인은 전투 중에 신경을 분산할 정도로 실력이 월등하지 못했다.

적은 이미 푸짐한 식사를 한 후 느긋하게 쉬고 있었다. 간만의 휴식인지 자신의 생명과도 같은 갑주조차 벗어 던지고 누워 있는 자들이 태반이었다. 아무리 풀어준다고 해도 좀 너무한 것 같다는 생각까지 들 정도였다. 물론 적을 위해 하는 생각은 아니었다. 다만 적장(敵將)의 행동을 이해할 수 없었던 것이다. 아무리 주변에 적이 없다고 생각한다지만 곧 전투를 벌일 병사들을 너무 풀어주는 것은 좋지 않다는 것은 잘 알고 있었기 때문이다.

'뭐, 내가 상관할 바는 아니니까. 그나저나 저런 상태라면 오늘도 무사하겠군.'

탁탁.

"이 새끼가 정말! 어? 형이 왜……?"

영인은 사색에 잠겨 있다가 옆에서 살짝 건드리는 바람에 현실로 돌아와야 했다. 그에 명규가 건드렸단 생각에 거친 욕설이 튀어나가려다가 영도가 자신을 쳐다보고 있는 것이 보여 얼른 입을 다물었다.

"왜긴, 너를 보려고 왔지."

"나를? 무슨 일로……?"

"그런 눈으로 보지 마라. 여기가 내 구역이라서 왔으니까. 명색이 내가 조장 아니냐."

"조장인 거 잘 알지. 그러니까 형이 있어야 할 곳은 이곳이 아니라 앞쪽 아니었어? 조장이 앞장을 서야지 이렇게 뒤에 있어도 되나?"

"맞네. 조장이 앞장을 서야 우리가 따라가지."

"명규 너는 조용히 해라. 떠들고 싶으면 앞으로 가든가?"

"아니… 그냥 조용히 할게, 조장."

"흠! 그리고 이렇게 올 수 있으니까 왔지, 아니면 너랑 전투 중에 농담이나 하려고 왔겠냐?"

"참나, 누가 뭐라고 했어? 지금까지 앞장만 서던 형이 뒤로 빠지니까 물어본 거지. 알아서 해."

영도가 정색을 하며 말하자 영인도 한발 뒤로 물러설 수밖에 없었다. 기분이 찜찜했지만 기분 때문에 괜히 영도와 말싸움하기 싫었던 것이다. 어차피 전투가 벌어지면 앞쪽이나 뒤쪽이나 모두 같은 상황이었기에 도와줄 수 있는 사람이 한 명

더 늘어난 것이 싫지도 않았다.

"그럼 됐다. 그나저나 너도 슬슬 준비해. 저 녀석들, 먹을 만큼 먹어서 배도 부를 것이니 최소한 이각 정도는 더 쉴 거다. 아마 조만간 공격 명령이 떨어지겠지."

"나도 그 정도는 예상하고 있어."

"그러냐? 그럼 됐네. 우리 잘~해보자. 알았지? 이참에 대가리를 확 잡는 거야. 아무 문제 없으니까 넌 내 뒤만 따라와라."

"뭐? 대가리를 잡아?"

"그렇지. 이런 기회가 어디 있냐? 눈앞에 대어가 있는데 못 잡으면 병신이지. 자, 힘내자고."

영도는 멍한 표정으로 자신을 바라보고 있는 영인의 어깨를 툭툭 치면서 환한 미소를 지었다. 마치 자신만 따라오면 아무 문제 없다는 표정이었는데, 이런 영도를 바라보는 영인과 명규의 표정이 조금씩 굳어져 갔다.

"하……."

'젠장, 이거였군. 왜 기분이 찜찜한가 했더니 바로 이거였던 거야. 뭐? 대가리를 잡자고? 미쳤어. 형이 미친 거야.'

"흐음."

'저 새끼 정말 미쳤네. 자기가 무슨 수로 부종용 총도독을 잡아? 잡기는커녕 오히려 개죽음이나 당하지 않으면 하늘이 도운 거지.'

영인과 명규가 영도의 정신세계에 대하여 생각하고 있을 때, 옆에 대기하고 있던 병사들이 천천히 움직이기 시작했다.

앞쪽에서 명령이 떨어진 것인데, 최대한 조용히 하면서 관군들에게 접근하기 위한 움직임이었다. 최대한 접근하여 준비할 시간조차 주지 않겠다는 의도였다. 이에 영도도 조원들에게 신호를 했고, 앞쪽부터 조심스럽게 전진했다.

"자, 우리도 가자. 그리고 내가 한 말, 잘 알았지? 무조건 나만 따라와라. 괜히 전장에 휩쓸리지 말고 나만 따라오면 살 수 있어."

"……."

영도는 영인의 대답도 듣지 않고 앞으로 전진했다. 마치 자신이 앞장서면 영인과 명규가 알아서 따라올 것이라 짐작하고 있는 것 같았다. 그렇기에 뒤도 돌아보지 않았다.

영인과 명규는 영도의 행동을 보면서 고개를 좌우로 저었다. 둘 다 서로 말은 하지 않았지만 오늘 영도와 함께하면 왠지 위험해질 것만 같았다. 그러나 따라가지 않을 수도 없었다. 어찌 되었든 조장은 영도였기 때문이다.

영인과 명규가 영도의 뒤를 따르기 시작했을 때, 가장 선두에 있던 병사들이 순식간에 앞으로 뛰어가기 시작했다.

"전원, 공격하라!"

"와~!"

"죽여라! 관병들을 모두 죽여라!"

"하나도 남김없이 모두 주살하라!"

"뭐, 뭐야? 어~!"

"컥! 끄어어!"

"장 부장, 무슨 일인가?"

"기습입니다. 유적군의 매복이 있었던 것 같습니다."

"뭐라? 이, 이런!"

부종용과 병사들에겐 마른하늘에 날벼락이었다. 자신이 온다는 것을 알고 도망치기에 바쁘다는 생각만 했지 이자성이 매복하고 있을 줄은 생각도 못한 일이었다. 그렇기에 충격이 더욱 클 수밖에 없었다. 하지만 멍청하게 넋 놓고 당하고만 있을 수는 없었다. 어떻게든 수습을 해야 했기에 참월도를 힘껏 꺼내 들고는 난장판이나 다름없는 전장으로 뛰어갔다.

"총병관들과 부장들은 무엇을 하고 있느냐! 어서 병사들을 정비하고 적들을 섬멸하라!"

"부 총도독님께서 오셨다! 어서 대열을 정비하라!"

"대열을 정비하라!"

"죽어라! 죽어!"

"커어억!"

"안 돼! 아악!"

"컥, 끄어어억!"

부종용은 자신의 앞을 가로막는 적들을 향해 참월도를 휘두르며 반전을 노렸지만, 워낙 갑자기 당한 기습이라 쓰러지는 것은 관병들뿐이었다. 더욱이 병사들이 갑주까지 벗어놓고 쉬던 상황이라 시간이 지날수록 점점 더 최악의 상황으로 치달았다.

"휴~ 잠시만 주변을 경계하거라."

"옛, 철통같이 경계하겠습니다."

"흐음."

부종용은 침착하게 상황을 점검하기 시작했다. 자신의 주변엔 장 부장과 호위 병사들이 철통같이 지키고 있기에 주변을 둘러볼 수 있는 여유가 생긴 것이다. 그렇지만 주변을 둘러본 부종용의 얼굴이 급격히 구겨졌다. 상황이 불리하다는 것을 인지한 총병관 하인용과 호대위가 자신의 병사들을 대동하고 도주를 시도하고 있었기 때문이다. 겨우 삼각 정도의 시간이 흐른 것뿐인데 이십만 명의 병사 중 서 있는 병사의 수가 적보다 적어 보였다. 그나마 이국기 총병관이 병사들을 수습하고 적들을 상대하고 있었지만 그리 큰 기대를 걸 정도는 아니었다. 조만간 포위당하여 죽을 것만 같이 위태위태해 보였다.

"부 총도독, 아무래도 힘들 것 같습니다."

"본인의 생각도 그렇지만……."

"이렇게 퇴각할 수는 없습니다. 조금이라도 병사들을 정비할 수 있다면 충분히 막아낼 수 있습니다."

"양 총독, 지금 병사들을 정비한다는 것이 얼마나 어려운 상황인지 알고 있지 않습니까? 더 이상 시간을 끌다가는 오히려 전멸을 당할 수도 있습니다."

"흠, 그건 전 총독의 말이 옳은 것 같습니다. 양 총독, 그만 퇴각합시다."

"하지만……."

"양 총독, 본인도 퇴각하고 싶은 마음은 없소이다. 오히려 이곳에서 병사들과 함께 최후까지 싸우고 싶소. 하지만 패배가 뻔한 상황에서 그것은 무모한 발악일 뿐이오."

"와~!"

"응? 저들은……?"

부종용은 양문악에게 퇴각하도록 종용하다가 갑자기 병사들의 뒤쪽에서 우렁찬 함성 소리가 들려오자 깜짝 놀랐다. 바로 강을 건너기 위해 도주하고 있다던 이자성의 병사들이었기 때문이다.

최 부장은 동창의 이목을 속이기 위해 반 정도의 병력을 도하시켰다. 그러다가 시간이 되었다는 전갈을 받고는 바로 병력을 돌려 맹가장으로 달려온 것이다. 회군한다는 것을 동창의 간자가 알고 있다고 해도 이미 전투가 벌어지고 있기에 신경 쓸 필요가 없었다.

"허, 완전히 당했군."

"양 총독."

"아, 저들까지 왔다니……."

"부 총도독, 어쩔 수 없겠습니다. 어서 퇴각 명령을 내려주시지요."

"휴~ 저도 따르겠습니다."

"잘 생각했소, 양 총독. 장 부장, 어서 퇴각을 명하도록 하라. 어서!"

"옛, 알겠습니다. 전원~ 퇴각하라~!"

부종용의 명을 받은 장 부장이 전장을 향해 목청을 높였다. 그에 병사들은 빠르게 부종용의 뒤를 따라 퇴각을 시도하였다.

그러나 이미 하인용과 호대위는 도주를 한 후였다. 또한 이국기는 최 장군과 접전을 벌이다가 패배하여 거의 사로잡힐 뻔하였는데 간신히 호위병들의 희생으로 퇴각로를 확보하여 도주할 수 있었다. 이에 장 부장의 명을 받고 퇴각하기 시작한 병사들은 부종용과 양문악, 그리고 전종용의 직속 병력밖에 없었다. 합쳐 보았자 겨우 칠만 명도 안 될 정도였다. 완전히 대패였다.

"이렇게 가다가는 안 되겠습니다. 부 총도독, 어디로 퇴각하실 생각이십니까?"

"장 부장, 근처에 화포를 배치하고 적들을 맞이할 만한 곳이 있는가?"

"이 근처라면 화소점(火燒店)이 있습니다."

"화소점이라……. 좋다, 모두 화소점으로 퇴각한다."

"예, 알겠습니다!"

"그리고 장 부장은 먼저 가서 화포를 설치하도록 하라. 그동안 우리가 막아줄 것이다."

"부 총도독님, 그건 너무 위험합니다. 차라리 제가 남겠습니다."

"안 될 말! 더 이상 거론할 것 없다! 빨리 움직여라!"

"아… 알겠습니다. 모두 퇴각하라!"

"빨리빨리 움직여라! 우리가 얼마나 빨리 움직이느냐에 따라 총도독님의 목숨이 달려 있다. 어서!"

"알겠습니다."

장 부장은 병사들을 독촉하며 힘차게 말을 몰았다. 후방을 막아준다고 해도 얼마 가지 못할 것이 뻔했다. 그렇기에 서둘러 화소점에 도착해 화포를 배치 완료해야 하는 것이다. 조금이라도 살아날 확률을 높일 수 있는 대안은 이제 자신이 얼마나 빨리 움직이느냐에 달려 있었다.

"적들이 퇴각한다!"

"와~!"

"뭐 하나! 어서 쫓아라! 적은 한 명도 도망치지 못하게 하라!"

"모두 죽여라!"

"적이 도망간다! 죽여라!"

최 장군은 부종용이 병사들을 이끌고 퇴각을 시작하자 병사들을 독촉하며 추격하기 시작했다. 그러나 아직 퇴각 대열에 합류하지 못한 병사들이 상당수 있었는데, 그들의 발악이 만만치 않아 쉽게 추격할 수가 없었다.

"무엇을 하느냐! 어서 적을 쫓아라! 부종용을 잡아야 한다!"

"적장을 잡아라! 어서!"

"와~!"

"컥! 끄어억!"

"으아악!"

"야! 빨리 따라오지 않고 뭐 해! 명규, 너 계속 뒤처질 거냐?"

"젠장! 내가 언제 뒤처졌다고 그래? 나도 지금 최선을 다하고 있다고!"

"형, 왜 자꾸만 위험한 곳으로 가? 이곳도 충분히 위험하다고."

"넌 최 장군님 말도 못 들었냐? 적장을 잡아야 한다잖아! 잔말 말고 어서 따라와! 지금 따라오지 않으면 나중에 국물도 없어!"

"씨팔! 알았어! 알았다고! 따라가면 되잖아!"

'개새끼! 가고 싶으면 자기나 혼자 갈 것이지 왜 나까지 끌어들여? 저 새끼는 형도 아니야! 앞으로 형이라 부르지도 않을 거야. 쩝, 이건 좀 그런가? 그래도 굴비 형이 있으니 이 문제는 재고해야겠군. 제길! 그나저나 앞으로 정말 힘들어지겠어. 웬수가 하나 더 늘은 것 같으니.'

영인은 영도의 뒤를 따라가면서도 연신 투덜거렸다. 비록 어쩔 수 없어 따라가고 있지만 그에 따라 영도에 대한 반감이 커져 갔다. 자신의 공을 위해 끌어들이는 것 같아 기분이 상당히 나빴던 것이다.

영도는 어느새 가장 선두에 서서 추격하고 있었다. 가끔 뒤에 처져서 도망가는 병사들을 베기도 하면서 무작정 정면을 향해 돌진하고 있었던 것이다. 마치 공을 세울 수 없으면 죽어도 좋다고 미리 각오하고 온 것처럼 그 행동에 아무런 거리낌이 없었다. 미친 소. 영도의 모습은 마치 미친 소가 발광하는 것 같았다.

"앞으로 광우(狂牛)라고 불러야겠어."

"응? 지금 뭐라고 했어?"

"광우. 미친 소 말이야."

"미친 소? 설마 나를 말하는 거… 아니지?"

"그래, 저기~ 저쪽에 광우가 뛰어가고 있잖아."

영인은 명규의 반문에 턱으로 앞쪽을 가리켰다. 그곳엔 영도가 막 적을 향해 칼을 휘두르고 있었다.

"어디? 조장? 큭큭! 그러고 보니 정말 어울리네."

"그래, 어울리지. 지금부터 영도 형은 광우다!"

영인은 땅을 힘껏 박차며 영도를 향해 뛰어갔다. 아무리 영도가 적의 뒤를 공격하고 있다 해도 상황이 유리할 뿐 실력이 위에 있는 것은 아니었다. 두 명 이상이 한꺼번에 공격하면 죽을 수도 있었던 것이다. 그런데 이런 것은 생각지도 않고 돌진만 하다가 정말로 위급한 상황에 직면하게 되었다.

창! 차창!

"으아, 영인아!"

"제길! 알았으니까 입 좀 다물어!"

"죽어라!"

"너나 죽어라, 개새끼야! 죽어!"

창창! 차창! 차차창!

푹!

"크윽! 끄으."

"컥, 크어억~!"

털썩!

"휴, 하마터면 저승에 갈 뻔했네."

"이제 미친 짓 그만 하고 뒤로 빠져. 계속 그렇게 날뛰면 정말 죽을 수도 있어."

"뭐? 날뛰어?"

"그래. 지금까지 어떤 모습이었는지 알아? 꼭 광우 같았어,

광!우!"

"미친 소? 야! 위험할 때 도와준 건 고마운데 그게 조장한테 할 소리냐? 형한테 할 소리냐고!"

"못할 것도 없지. 사실은 사실이니까."

"야! 미친 소가 이렇게 잘생겼냐?"

"뭐? 형, 나 지금 농담하고 있는 거 아니야."

"훗, 정색하기는. 여하튼 도와준 건 고맙다. 하지만 적장이 도주하는 것은 두고 볼 수 없으니까 빨리 따라와. 너를 왜 따라오라고 했겠냐? 다 이런 일을 대비해서가 아니겠어? 나 먼저 간다."

"제길, 이젠 그만 하자니까!"

휘이이잉~

영인이 소리를 질렀어도 영도는 뒤도 돌아보지 않고 뛰어갔다. 마치 영인에게 '너는 짖어라. 나는 뛴다' 라고 온몸으로 말하는 것 같았다.

"뭐야? 왜 그냥 보내?"

"그럼 어떻게 하라고?"

"못 가게 했어야지. 그나저나 저 새끼, 오늘 완전히 날 잡았구먼. 엉덩이에 가시라도 박혔나? 완전히 지랄을 하고 다니잖아."

"그러게 말이다."

"갈 거냐? 따라갈 거냐고?"

"휴~ 가야지 어쩌겠어. 아무래도 내 인생에 너 말고 웬수가 한 명 더 추가된 것 같다."

"큭, 내가 볼 때도 그런 것 같다. 넌 좋겠다. 널 필요로 하는 웬수가 늘어서. 이거 잘하면 동료가 생기는 게 아닌가 모르겠네."

"미친! 생각 바꿨다."

"……?"

"그만 떠들고 네가 따라가 봐. 난 천천히 갈 테니까."

"응? 무슨 소리야? 내가 가라니?"

명규는 영인의 말이 무슨 뜻인지 모르겠다는 듯 쳐다보았다. 하지만 영인의 입가에 걸려 있는 기분 나쁜 미소를 보고서 대충 짐작할 수 있었다.

"무슨 소리인지 못 들었어? 동료가 생기면 좋잖아. 어서 가봐. 오랜만에 생긴 동료인데 이러다가 놓치면 어떡해? 안 그래?"

"동료라니, 그 무슨 개뼈다귀 뜯어 먹는 소리야? 내가 너 말고 동료가 어디 있겠냐. 그냥 우리 같이 가자. 응?"

"난 네 동료가 아니거든? 그나마 지금 이 자리에서 죽고 싶으면……."

척.

영인은 부드러운 말과는 달리 시뻘건 핏물이 뚝뚝 떨어지는 창을 힘껏 땅에 박았다. 명규를 압박하기 위해 곧잘 하는 행동이었지만, 분명한 것은 영인의 진실한 마음이 담겨진 행동이기에 무게가 있었다. 결코 말만으로 끝나는 가벼운 위협적인 행동이 아니었던 것이다. 따라서 명규는 영인의 위협에서 벗어나기 위한 몸부림을 치지 않을 수가 없었다. 어찌 되었든 자신의 목숨이 달린 일이었기 때문이다.

"무게 좀 잡지 마라. 그리고 왜 내가 저 광우를 따라가냐? 내
가 저 새끼처럼 출세에 미친 것 같아? 나, 아주 정상이거든? 그
리고 분명 너한테 따라오라고 했잖아."

"잔말 말고 따라가. 아니면 정말 너한테 화풀이할 수도 있어."

"젠장! 알았다. 따라가면 되잖아. 이거야 원, 내가 동네북인
가? 나도 무공이나 배우든가 해야지."

명규는 더 이상 영인의 위협을 무시할 수가 없었다. 어차피
가야 할 것을 알고 있었기에 찔러나 보자는 심정으로 한 말에
불과했던 것이다. 그렇기에 영인의 말에 별다른 대꾸조차 하
지 못하고 영도의 뒤를 따르기 위해 뛰어갔다.

하지만 조금 전과는 달리 여유가 있었다. 비록 영도가 상당
히 앞서 가고 있었지만 그의 옆에는 어느새 달려온 동료들이
있었던 것이다. 역시 먼저 공을 세워 출세를 하고 싶은 부류인
지 적을 향해 인정사정없이 칼을 휘두르고 있었다. 그렇지만
적을 추격하는 것도 화소점에 이르기 전까지였다. 이미 먼저
도착한 부종용이 병사들을 재정비하고 화포의 배치를 마무리
한 상태였기 때문이다.

"쏴라!"

펑! 퍼펑! 퍼어엉~!

슈우웅웅~!

"응? 무슨……?"

쾅! 콰아앙! 콰앙!

"으악!"

"크아아!"

"끄어억, 크으~"

"적들을 주살하라! 화포를 쏴라!"

"우리가 아직 살아 있음을 보여줘라!"

펑! 퍼펑! 퍼어엉~!

슈우웅웅~!

쾅! 콰아앙! 콰앙~!

화소점엔 한동안 화포 소리와 함께 병사들의 비명 소리가 계속해서 울려 퍼졌다. 어느새 장 부장이 화포의 배치를 마쳤는데, 마침 부종용까지 도착한 상황이라 더 이상 기다리지 않고 포격을 지시한 것이다. 비록 뒤처져 있던 상당수의 병사들이 목숨을 잃겠지만 적들이 뛰어드는 것을 막을 수밖에 없었다.

이자성이 병사들을 대동하고 왔을 때는 이미 수많은 사상자가 발생한 후였다. 적군과 아군의 구분이 없었다. 한 편의 지옥도가 눈앞에 펼쳐져 있는데, 화포의 위력을 실감할 수 있었다.

"흠, 정말 대단하군."

"오셨습니까?"

"최 장군, 수고했습니다."

"아닙니다. 그러나 부종용을 이곳까지 몰아붙이긴 했지만 퇴각하면서도 이곳에 미리 선발대를 보내 화포를 설치하고 기다린 것 같습니다. 때문에 지금 보시는 것과 같이 병사들이 쉽게 접근하지 못하고 있습니다."

"우리에게 기습을 받았지만 역시 부종용은 송 대군사의 말대로 쉽게 볼 수 없는 장수인 것은 인정해야 할 것 같습니다. 이런 상황에서도 저런 생각을 하다니 말입니다."

"그렇습니다, 전하. 하지만 덫에 걸린 사냥감이나 다름없습니다. 우선은 도망치지 못하도록 하고 재차 공격하다 보면 분명히 전하께 항복할 것입니다."

"그렇다면 좋겠는데… 송 대군사, 저 화포 때문에 쉽지 않겠습니다."

"전하의 말대로 쉽지는 않을 것입니다. 그러나 보급을 받을 수 없는 상황에서 저들이 무한정 화포를 쏘아댈 수는 없을 것입니다."

"시간이 해결해 준다는 말이군요. 좋습니다. 오늘은 여기까지 하도록 하지요. 최 장군, 이만 병사들을 물리도록 하십시다."

"옳으신 생각입니다, 전하. 하지만 적들이 퇴각로를 확보하기 위해 공격할 수도 있으니 그에 대한 대비를 해야 할 것입니다. 오늘은 대승을 거두었지만 부종용은 만만한 장수가 아닙니다. 그러니 저들을 완전히 섬멸하기 전까지 우리는 긴장을 늦추지 말아야 할 것입니다."

"무슨 말인지 알겠습니다. 최 장군, 송 대군사의 말대로 철저히 경계하도록 하십시오."

"알겠습니다, 전하."

이자성은 최 장군에게 지시를 내린 후 송 대군사 등과 함께 후방으로 물러났다. 어차피 독 안에 든 사냥감이었고, 보급만 차단

한다면 피해를 최소화하면서 승리를 취할 수 있었기 때문이다.

"부 총도독님, 적들이 물러나고 있습니다."

"그렇군. 어찌 되었든 시간을 번 것인가?"

"하지만 그리 오래 버티지는 못할 것입니다. 보급을 받아야 하는데 상황을 보니 이곳에 고립된 것 같습니다."

"전 총독의 말이 맞습니다. 어떻게 하든 이곳을 뚫고 항성으로 가야 할 것입니다."

"맞습니다. 하지만 지금은 퇴각보다 저들을 저지할 거점과 방어진을 만드는 것이 우선 아니겠습니까?"

"흠! 혹여 적들이 밤에 기습을 할 수도 있으니 양 총독의 말대로 준비하도록 합시다. 본인이 서북쪽을 맞을 것이니 양 총독은 동남쪽에, 그리고 전 총독은 남서쪽을 맡으십시오. 자, 그럼 해가 떨어지기 전에 준비를 서두르도록 하십시다. 장 부장, 자네가 알아서 하게."

"옛, 부 총도독님."

장 부장은 부종용의 명에 따라 빠르게 병사들이 있는 곳으로 달려갔다. 조금 있으면 해가 떨어지기 때문에 주요 거점에 통나무 벽을 세우는 등 병사들을 재배치하려면 시간이 넉넉한 것이 아니었다.

양 총독과 전 총독은 장 부장의 뒷모습을 보면서 입맛을 다셨다. 부종용의 지시가 마음에 들지 않았던 것이다. 지금의 상황에서 적들의 직접적인 도발을 막아야 하는 방향이 바로 양 총독과 전 총독이 책임지는 방향이었다. 서북쪽은 혹시 적들이 배후를 돌아서 공격할 것을 염두에 둔 조치에 불과한 것이다. 그렇기에 부종용이 지체없이 장 부장에게 명을 내린 것이었고, 장 부장 역시 상관의 의중을 파악하고 뒤도 돌아보지 않고 뛰어간 것이었다. 하지만 이미 내려진 명이었기에 두 사람은 불만을 표하지도 못하고 따를 수밖에 없었다.

이자성은 적들이 방어진을 준비한다는 전갈을 듣고는 미간을 찡그렸다. 오히려 전면적으로 공격해 오는 것이 좋은데 그렇지 않고 장기전으로 갈 생각을 굳힌 것 같았기 때문이다. 이제 가을이었다. 그것은 얼마 후면 겨울이라는 소리였는데, 겨울이 오기 전에 이들을 섬멸하고 개봉을 함락하든가, 아니면 목적했던 등주까지 진군해야 하는 것이다. 만약 대치하고 있는 상황에서 지원군이라도 오게 된다면 그때는 정말로 호북성이나 안휘성으로 퇴각해야 하는 최악의 상황이 벌어질 수밖에 없었다.

"너무 초조해하지 마십시오. 지원군은 오지 않을 것입니다."

"송 대군사, 어째서 지원군이 오지 않는다는 것을 확신하는 것입니까?"

"그것은 당연한 것입니다, 전하. 별기군의 추적을 뿌리치고 도주한 적들의 수장이 바로 총병관인 하인용과 호대위, 그리고 이국기입니다. 그들이 항성으로 갔는지, 아니면 침구(沈丘)로 향했는지는 아직 파악이 되지 않지만, 부종용을 돕기 위해 지원군을 이끌고 오기에는 자신들이 저지른 짓이 너무도 큽니다. 아무리 위급한 상황이지만 상관을 버리고 혼자 도주한 것이기 때문이지요."

"그렇군. 아무리 부종용을 돕기 위해 온다고 해도 나중에 문책을 당할 수밖에 없겠군."

"맞습니다. 그렇기에 지원군을 걱정할 필요가 없다고 말한 것입니다."

"하하, 좋습니다. 그럼 이제 정말 부종용을 잡기만 하면 되겠습니다."

"허허허."

"맡겨주십시오. 제가 부종용의 머리를 전하의 앞에 바치겠습니다."

"하하하!"

이자성과 송 대군사가 서로를 보며 호탕하게 웃자 이 부장과 최 장군 등도 환한 웃음을 터뜨렸다. 대승이 눈앞에 보이니 기분이 절로 좋아진 것이다. 더구나 이번 승리로 인해 자신들의 입지가 욱일승천할 것이니 마치 세상의 중심에 서 있는 것 같은 기분도 들었다.

세상의 중심.

그것은 바로 중원을 다스리고 있는 명 황실에 대한 도전이었고, 자신들의 꿈이었다. 자신과 백성들을 위해 반드시 이루어야만 하는.

第十章
지렁이도 꿈을 꿀 수 있거든

낮과 밤의 온도 차가 나서 그런지 자욱한 안개가 끼기 시작
했다. 더구나 낮에 화포의 포탄이 헤집어놓았던 땅에 화약 냄
새가 남았는지 안개에 매캐한 냄새까지 섞여 있었다. 그리 기
분 좋은 냄새는 아니었다. 치열했던 전장의 여운이 느껴졌기
때문이다. 그러나 기분을 떠나서 이런 모든 상황을 치욕처럼
느끼는 사람이 있었는데, 바로 양문악이었다.

　지금 양문악은 부장들에 둘러싸여 전장의 여운을 온몸으로
느끼고 있었다. 가뜩이나 생각지도 못한 패전으로 인해 퇴각
한 것을 일생일대의 치욕으로 생각하고 있었는데, 절치부심하
려는 자신의 결심에 도움을 주지는 못할망정 가장 아끼는 부
장들이 떼로 몰려와 도주를 종용하고 있었던 것이다.

"총독님, 이 상태로는 전멸일 뿐입니다."

"그렇습니다, 총독님. 차라리 이곳을 빠져나간 후 지원군을 구성하여 다시 돌아오는 것이 옳습니다. 아무리 부 총도독님이 침구로 도주한 하인용과 이국기 총병관에게 지원을 요청한다고 하지만 그들은 절대 이곳으로 지원군을 보내지 않을 것입니다."

"맞습니다. 그들은 지원병을 보내기는커녕 오히려 우리가 이곳에서 전멸하는 것을 바라고 있을 것입니다. 그것은 저희 뿐만 아니라 총독님도 잘 아시지 않습니까."

"흐으음."

"총독님, 전장에서 도주한 그들의 도움을 바란다는 것은 어렵습니다. 그러니 제발 이곳에서 퇴각해야 합니다. 오늘 밤이 아니면 퇴각할 기회마저 놓칩니다."

"……."

양문악은 부장들의 말에 옳다는 것을 알면서도 고개를 끄덕일 수가 없었다. 자존심이 허락을 하지 않았던 것이다. 지금까지 군에 몸을 담고 수많은 전장을 누볐지만 상관까지 속이면서 치졸한 퇴각을 할 생각은 없었다. 아니, 그런 결정을 자신의 입으로 할 수가 없었다. 자신이 용납을 할 수 없었던 것이다.

"총독님, 이제 결정을 내리셔야 합니다. 더 이상 시간을 허비하고 있을 여유가 없습니다."

"그렇습니다, 총독님. 부 총도독의 행태를 보시고서도 의리를 지키려 하십니까? 지금 우리가 있는 곳이 어디입니까? 바로 적의 코앞입니다. 적들이 공격을 시작하면 가장 먼저 맞이해야 하는 것은 우리란 말입니다."

"전장에서 전방과 후방이 따로 있었던가? 어차피 적들이 공격하면 모든 곳이 전장이라는 것은 자네들도 잘 알고 있는 사항이 아닌가."

"총독님, 아무리 그렇다고 해도 부 총도독의 명은 이치에 맞지 않습니다. 저희가 원하는 것은 언제든지 퇴각할 수 있는 곳이 아니라 모든 병사들이 함께 싸울 수 있는 배치를 원했던 것입니다. 이런 배치는 아니란 말입니다."

"퇴각 명령을 내려주십시오, 총독님."

"명을 내려주십시오. 그럼 뒤처리는 저희들이 알아서 하겠습니다."

"총독님."

"허, 자네들의 불만은 잘 알겠네. 하지만 배신할 수는 없지 않겠는가? 지금 이곳에서 우리만 살겠다고 퇴각을 한다면 그것은 부 총도독에 대한 배신뿐만 아니라 폐하에 대한 배신이네. 더욱이 자네들이나 나에 대한 배신이기도 하고. 그런데 지금 나보고 그런 명령을 내리란 말인가? 흐음, 그렇게는 할 수 없네. 오늘 자네들과 있었던 일은 기억에서 지우겠으니 그만 물러나도록 하게."

양문악은 좌중을 일일이 쳐다보며 무겁게 입을 열었다. 마음이 무겁기에 몸도 무겁게 느껴졌다. 물러가라는 말은 저들에게 죽으라고 말하는 것이나 진배없었기 때문이다. 자신의 자존심 때문에 함께 죽자는 그런 말밖에 안 되었다. 아무리 자신을 미화시킨다고 해도 듣는 이들이 받아들이는 것은 그것이 전부일 것이 분명했다.

"총독님, 다시 한 번 재고해 주십시오."

"부탁드립니다, 총독님."

"휴~ 이건 상관으로서 내리는 명령이네. 그러니 이만 하세. 더 이상 듣고 싶지 않네."

"알겠습니다, 총독님. 하지만 저희들은 이미 모든 것을 걸고 왔습니다."

"응? 그것이 무슨 말인가?"

"저희들이 어디 한두 해 총독님을 모셨습니까? 총독님을 누구보다 잘 알고 있다 자부하는 저희들입니다. 그렇기에 총독님이 거절할 것도 알고 있었습니다. 하지만 저희들을 막을 수는 없을 것입니다."

"그 무슨……?"

"총독님, 죄송합니다. 불쾌하시더라도 오늘은 저희들을 따라주십시오. 오늘의 일은 추후에 죄를 청하겠으니 병사들의 목숨을 생각해서라도 조용히 도와주십시오. 뭐 하는가! 어서 총독님을 모시도록 하게."

"알겠네. 총독님, 저희들을 따라와 주십시오. 저희들이 항성까지 모시겠습니다."

"자, 자네들이 정녕……."

부장들의 돌변한 행동에 양문악의 입이 크게 벌어졌다. 상황이 이렇게 흘러갈 줄은 정말 생각지도 못했던 것이다.

이렇게…….

양문악이 이끌던 보정의 병사들은 부장들의 명령하에 조용히 화소점에서 퇴각했다. 이러한 퇴각 사실이 부종용 총도독에게 전달된 것은 거의 새벽이 다 되었을 무렵이었는데, 이러한 소리없는 퇴각의 성공은 짙게 낀 안개가 큰 역할을 했다.

부종용은 양문악의 병사들이 빠져나간 공백을 메우기 위해 자신의 병사들을 동남쪽에 부랴부랴 분산 배치할 수밖에 없었다. 또한 적의 도발을 최대한 억지하기 위해 축성까지 쌓아야만 했다. 그러나 양문악과 보정군의 소리없는 도주는 부종용뿐만 아니라 일반 병사들에게까지 그 악영향을 미쳤다. 패배보다는 죽음에 대한 공포가 빠르게 자리 잡게 된 것이다. 걷잡을 수가 없었다. 너무나 빠르게 파급되었는데, 그 대상엔 부장들도 포함되어 있어 쉽게 가라앉지 않았다.

더욱이 양문악이 도주를 한 후 삼 일이 지났을 때, 하인용과 이국기에게 지원군을 청하러 갔던 부장이 거절당하고 돌아왔다. 이미 어느 정도는 예상하고 있었던 일이지만 비참한 결과가 아닐 수 없었다. 거기다 양문악의 도주 사실을 어떻게 알았는지 이자성이 주변을 철통같이 지키기 위해 병사들을 이중으로 배치하고 거점을 늘리면서 경계를 강화했다. 이로써 더 이상 도주하고 싶어도 도주할 수 없게 되었고, 부종용의 군대는 완전히 이자성의 병사들에 의해 포위되었다.

하지만 가장 심각한 문제는 바로 보급의 단절이었다. 화소점에 몰린 후 오 일이 지나면서 문제가 불거졌는데, 식량이 바닥나기 시작하면서 말을 비롯한 가축들을 잡아 식량을 삼을 수밖에 없었던 것이다. 그러나 먹을 수 있는 가축이 무한정 있는 것도 아닌지라 이 모든 것이 떨어졌을 땐 전투로 죽거나 다친 병사들을 식량으로 삼아야만 했다.

이자성의 거듭된 공격.

그로 인해 죽어가는 병사들.

하지만 더 이상 쏠 화약이나 포탄도 없었다. 화살이라도 남아 있다면 다행이겠지만 이제는 화살마저도 남아 있지 않았다. 시간이 지날수록 최악의 상황으로 치닫고 있었던 것이다.

"부 총도독, 더 이상 버틸 수가 없을 것 같습니다. 이제 살아남은 병사라 해봐야 겨우 이만 명 정도뿐입니다. 이렇게 며칠만 더 있다가는 한 명도 살아남지 못할 것입니다."

"흐음……."

"이제 결단을 내려야 할 시점입니다. 항성으로 가십시다. 비록 양 총독이 도주를 하였지만 그것이 양 총독의 결단이 아니란 것을 알았지 않습니까. 부장들에 이끌려 간 것이니 분명 우리들이 항성까지 간다면 박대하지 않을 것입니다."

"휴~ 알았습니다. 그렇게 하십시다, 전 총독."

"옳은 결단입니다."

"장 부장, 병사들을 준비시키도록 하게. 탈출로를 뚫을 수 있도록 정병들을 선두에 세우게. 어차피 타고 갈 말도 없으니 따라오는 적을 막을 준비도 철저히 해야 할 것이네. 오늘 밤이

네. 알겠는가?"

"알겠습니다. 반드시 탈출로를 만들겠습니다."

사람들이 가장 단잠에 빠져 있을 시간인 축시 말에서 인시 초.

단잠에 빠져 있을 시간이란, 경계가 가장 느슨해지는 시간 이란 말과 일맥상통한다 할 수 있다. 그만큼 피로가 누적된 경 계병들의 주의력이 떨어진다는 말이었고, 실낱같은 기회라도 생길 수 있는 여지가 있는 시간인 것이다.

부종용은 지장답게 이때를 노렸다. 역시 부종용의 판단이 옳았는지 요소요소에 잠복해 있던 경계병들을 소리없이 제거 하면서 포위를 구축하는 거점까지 접근할 수 있었다. 하지만 문제는 거점의 통과에 있었다. 더구나 사방을 쭉 돌아가며 중 요한 지점에 만들어진 거점은 하나가 아니었다. 비록 통나무 몇 개를 연결하고 쌓아 올려서 만들어진 것이라 넘지 못할 정 도는 아니지만, 문제는 병사들이 경계를 서는 거점과 거점의 거리가 겨우 사십 보 정도밖에 되지 않았다. 아무리 어둠이 짙 게 깔린 밤이라고 해도 달빛에 노출될 경우 경계병의 시선에 띄지 않는다고 장담할 순 없는 것이다. 그러나 어렵게 목표했 던 곳을 눈앞에 두고서 돌아갈 생각이 아니라면 무조건 돌파 밖에 대안이 없는 것이다.

"장 부장, 지금까지 한 것처럼 하되 적들에게 발각될 경우 최대한 빠르게 탈출로를 만들도록 하게."

"알겠습니다. 그럼 전 총독님과 함께 제 뒤를 따르십시오."

"그렇게 하겠네."

사삭, 사사삭……

낙엽 밟는 소리를 최대한 죽이며 장 부장의 뒤를 병사들이 따르기 시작했다. 겨우 들키지 않고 처음 목표로 했던 거점 십 보 앞까지 도착할 수 있었는데, 주변이 조용해서 그런지 경계 병들의 대화 소리가 들렸다.

"씨팔, 벌써 며칠이야? 잠도 제대로 못 자고 마지막에 씻었던 것이 언제인지 기억도 못하겠다."

"조용히 하자. 너 때문에 집중할 수가 없잖아."

"야! 이게 모두 너 때문이잖아. 왜 조장한테 광우라고 놀려? 그것만 아니었으면 십 일 내내 이 야심한 시간에 눈뜨고 있었겠냐? 다른 녀석들은 뒤에서 편하게 잘도 자는데."

"나도 지금 무지하게 후회하고 있으니까 제발 입 좀 닫아라. 이제 조금만 있으면 교대하잖아."

"교대고 나발이고 난 더 이상 졸려서 못 참겠다. 그러니 교대조가 오면 깨워."

털썩.

"야, 안 일어나?"

"싫어. 저쪽에 있는 새끼들은 벌써 곯아떨어졌는데 이 새벽에 누가 온다고 시퍼렇게 눈뜨고 경계를 서냐? 그리고 우리가 언제 경계에 충실했다고 그렇게 눈에 힘주고 있냐. 그러니 너도 그만 여기 앉아라."

"이런 미친 새끼! 내가 언제……."

"괜찮아. 다 그런 거야."

"뭐?"

"너도 알잖아. 내가 경계병 생활을 해보지 않은 것도 아니고, 세상의 이치가 다 그렇고 그래. 최대한 편하게 사는 것이 좋아."

"그렇기는 하지."

"당연하지. 크크."

"에잇, 나도 모르겠다. 그러고 보니 저 새끼들, 누가 업어가도 모르겠다."

"큭큭, 그렇지? 너와 나 정도 되니까 이 정도로 임무에 충실한 거야. 누가 우리처럼 하겠냐? 어림도 없지."

"알았으니까 넌 교대조가 오는지 잘 봐. 혹시 광우 새끼가 함께 올지도 모르니까."

"제길! 또 나냐? 휴~ 그러고 보니까 정말 오늘은 올지도 모르겠네. 아까 너 때문에 꿰 아저씨한테 무진장 욕먹었거든. 큭큭."

"훗."

명규의 말대로 영도의 처사에 불만이 많았던 도길이 점심을 먹으면서 한바탕 난리를 쳤었다. 가뜩이나 수련으로 밤낮이 없는데 의형으로서 경계에서 빼주지는 못할망정 오히려 더 못살게 군다고 있는 욕이란 욕은 다 해댔던 것이다. 당시 영도의 얼굴이 얼마나 붉어졌는지 마치 지금이라도 눈만 뜨면 보일 것 같다는 생각이 들 정도로 생생했다. 웃음이 절로 나왔다. 자신이 놀려서 붉어지고 도길의 욕을 먹어서 붉어지니 아무래도 그냥 광우라 부르기보다는 적광우(赤狂牛)라 해야 할 것 같았다.

'그래, 적광우도 꽤 괜찮은 것 같다. 내일은 적광우라고 불러봐야지.'

"크크."

"응? 뭐야?"

"아니다. 넌 몰라도 돼."

영인은 내일 영도와 대면할 때의 상황을 떠올려 보며 살짝 눈을 감았다. 하지만 계속해서 키득거리는 소리가 입 밖으로 새어 나왔다. 옆에 앉아 있던 명규가 이상한 눈빛으로 쳐다보고 있었지만 그런 것은 아무런 장애가 되지 않았다. 당장 미친 놈이란 소리를 들어도 그리 기분이 나쁘지 않을 것 같았다.

하지만 이때 장 부장은 심한 갈등을 겪고 있었다. 자신의 앞에 있는 경계병 둘이 비록 잡담을 나누고 있지만 멀쩡한 정신으로 깨어 있었던 것이다. 지금 당장 안으로 뛰어들면 소리를 지르기 전에 충분히 목을 딸 수 있을 것 같았지만, 만약이란 것이 있기에 요행을 바라고 무작정 뛰어들 수는 없었다. 혹시라도 재수없이 비명 소리 때문에 퇴각하는 것이 발각된다면 자신뿐만 아니라 뒤에 따라오는 이만의 목숨까지 끝이기 때문이다.

'쳇, 안 되겠군. 차라리 저 녀석들이 얘기한 곳으로 가야겠다. 저 녀석들, 운이 좋군. 아니지. 오히려 내가 운이 좋은 것인가?

빠르게 결단을 내린 장 부장은 슬쩍 자신을 따라온 병사들에게 다른 방향으로 이동할 것을 명했다. 그리고 난 후 최대한 소리를 죽이며 목표로 한 곳으로 움직였다.

정말 적들의 대화대로 경계병들은 잠에 푹 취해 있었다. 정말로 누가 업어가도 모를 정도로 단잠에 빠져 있었는데, 살짝 건드려 보아도 일어날 기미조차 보이지 않았다.

"홋, 잘 가거라. 자면서 죽는 것도 하나의 복이지."

푹! 푸욱~!

"흑, 끄으으~"

장 부장의 검은 거침없이 졸고 있던 병사의 목에 박혔다. 물론 소리가 입 밖으로 새어나가지 못하도록 미리 입을 단단히 막았는데, 갑작스러운 고통에 놀랐는지 부릅떠진 눈에 핏발이 서 있었다. 그러나 얼마 지나지 않아 버둥대던 움직임도 멈추었다.

장 부장을 비롯한 선두의 병사들이 경계병들을 모두 처리하자 다시 앞으로 전진하기 시작했다. 물론 그 뒤를 따라 부종용 등이 따랐다. 하지만 이만 명이 한꺼번에 움직이는 것이라 움직임은 보이지 않아도 낙엽이 밟히는 소리까지 완벽하게 차단할 수는 없었다.

사각, 사가악~

"응? 무슨 소리지?"

"무슨 소리? 난 아무 소리도 안 들리는데?"

"잘 들어봐. 이 소리가 안 들려? 마치 낙엽 밟는 소리 같잖아."

"낙엽? 어디… 아무 소리도 안 들리잖아. 자는데 괜히 깨우고 있어."

"정말 안 들려?"

"그래, 끄응~ 그나저나 이거 날씨가 좋지 않은데? 꼭 비가 올 것 같잖아?"

명규는 곤히 자고 있는 자신을 영인이 일부러 깨웠다는 생각이 들었다. 그러나 딱히 뭐라고 할 기운도 없어 눈만 깜박거렸다. 하지만 차가운 맨땅에 누워 있어서 그런지 어깨와 다리가 결리지 않는 곳이 없었다. 마치 신경통에 걸린 것처럼 팔다리 마디마디가 모두 쑤셨던 것이다. 그에 팔과 어깨 등을 두드리며 하늘을 쳐다보았다. 이런 아픔이 있은 후로는 꼭 장대비가 내렸던 것이다.

"또 그 신경통 예보냐?"

"너도 나이 들어봐라. 이것보다 더 정확한 날씨 예보도 없다. 에구, 허리야!"

"젠장! 그래, 나이 많이 처먹어서 좋겠다."

사각! 턱!

"응? 들었어?"

"너도?"

끄덕끄덕.

"그럼 혹시 이건……?"

영인과 명규는 동시에 고개를 끄덕이고 서로를 바라보며 조용히 자신의 생각을 말했다. 한 치의 오차도 없이 대답이 일치했다.

탈출.

아니면 기습.

영인과 명규의 시선이 교차했다. 그런 후 조심스럽게 소리가 들린 곳으로 이목을 집중한 후 나무 위로 고개를 살짝 드러냈다.

'역시……'

정확히 보이지는 않았지만 확실히 좋지 않은 움직임이 있다는 것을 알 수 있었다. 어둠이 짙게 깔려 시야로 확인이 불가능한 것이 아쉬웠지만, 그렇다고 대담하게 확인하러 갈 생각은 없었다. 그저 두 사람이 동시에 목청을 높이기만 하면 만사형통이기 때문이다.

영인과 명규의 생각이 오랜만에 일치를 보았는지 누가 먼저라 할 것 없이 사방을 향해 목청을 높였다.

"탈출이다! 적들이 탈출한다!"

"기습이다! 적들의 기습이다!"

"호오~"

"응?"

사방을 향해 소리를 지른 후 영인과 명규는 순간적으로 서로의 얼굴을 향해 시선을 돌렸다. 소리를 지르는 것이 장땡이

라는 판단은 같았는데 생각은 서로 달랐던 것을 확인한 것이
다.

"훗, 역시… 너하고는 안 맞아."

"언젠가는 맞겠지. 안 그래?"

"꿈 깨라."

영인은 옆에 놓여 있던 창을 집어 들고는 빠르게 뛰어갔다.
물론 적들의 움직임이 감지된 곳이 아니라 완전히 다른 방향
이었다.

"훗, 역시 내가 저 모습에 반한다니까. 자, 나도 따라가야겠
지? 기습이다!"

"뭐, 뭐야?"

"기습?"

"어, 어디?"

영인과 명규의 소리에 잠들어 있던 경계병들이 소스라치게
놀라 일어섰다. 그런 후 사방을 두리번거렸는데, 정말로 적들
의 모습이 눈에 들어왔다.

"적, 적이다!"

"적들의 기습이다! 기습이다!"

"제길! 어쩔 수 없다. 최대한 탈출로를 확보해라!"

"옛, 알겠습니다!"

"죽여라!"

"컥! 끄어억!"

"크으윽!"

"와~ 죽여라!"

창, 차창! 차차차창!

장 부장을 선두로 하여 병사들이 자신들의 앞을 가로막는 경계병들을 주살하면서 빠르게 전진했다. 물론 장 부장이 만들어놓은 탈출로를 따르는 병사들도 빠른 시간에 통과할 수 있었다. 아직 적들이 모두 깨어난 것이 아니었기에 빨리만 통과한다면 앞을 가로막는 적은 없을 것 같았다. 그에 장 부장은 뒤를 따르는 부종용 등에게 빨리 오도록 재촉했다.

"빨리 오십시오. 이곳만 빠져나가면 승산이 있습니다. 어서요!"

"알았네. 빨리 가세나."

"모두 움직여라! 빨리!"

"옛, 알겠습니다."

타타탁, 타타타아악!

"헉! 헉!"

"어서 뛰어라! 어서!"

"부 총도독님, 힘을 내십시오. 이제 다 빠져나왔습니다."

"알았네. 어서 가십시다, 전 총독."

"헉! 헉! 같이……."

숨이 턱 밑까지 차올라 심장이 멈출 것 같았지만, 전종용은 부종용의 뒤를 악착같이 따라 뛰었다. 적들이 뒤에서 따라오는 소리가 들리고, 뒤에 오던 병사들의 병장기 부딪치는 소리와 비명 소리가 들렸다. 뒷골이 서늘했다.

　　　　*　　　　*　　　　*

　아침이 밝았다.

　하지만 날이 밝아지기 시작할 때부터 내리기 시작한 빗방울 때문에 추격이 상당히 어려웠다. 물론 도주하고 있는 부종용과 병사들도 힘들기는 마찬가지겠지만, 생각지 못한 탈출로 인해 비를 맞아야 하는 이자성의 미간은 짜증으로 잔뜩 찡그려져 있었다. 가뜩이나 내리는 비는 장대비였다. 바람도 조금씩 거칠어지고 있었고, 그와 함께 쏟아지는 비의 양도 많아지고 있었다.

　"날씨가 애를 먹이는구먼."

　"예상 밖의 악재입니다. 폭우 때문에 말을 타고 추격할 수 없으니 실로 난감할 뿐입니다. 탈출할 수도 있다는 것을 예상했었는데 대비가 소홀했습니다."

　"어쩔 수 없는 일이 아닙니까. 그리고 우리는 대비를 충분히 했습니다. 다만 이런 악천후는 예상하지 못했던 일이니 부종용에게 하늘이 기회를 주는가 봅니다. 조용히 탈출하려면 말을 놓고 가야 했을 것이 분명하니 멀리 가지는 못했을 텐데 이렇게 하늘이 우리의 발목을 잡고 있으니."

　"그렇군. 하늘이 시샘을 하는가, 아니면 시련을 주는 것인가? 허~ 이 모든 것이 하늘이 본인을 돕지 않고 있음이오. 그러니 송 대군사는 그리 자책할 것 없습니다."

"아닙니다. 본래 군사란 이런 상황까지 예상을 해야만 하는 자리입니다. 하늘의 기운을 움직이지는 못해도 그 움직임은 알아볼 순 있었어야 하는데 그렇게 하지 못했습니다."

"흐음……."

이자성은 송 대군사의 자책에 더 이상 뭐라고 하지 않았다. 송 대군사를 상대하기보다는 지금으로서는 그저 부종용을 빨리 잡아야겠다는 생각이 먼저였기 때문이다.

"송 대군사, 부종용이 어디로 향할 것 같습니까?"

"휴~ 아마도 항성이나 침구가 아닐까 합니다. 그러나 가능성이 있는 곳은 아무래도 양문악이 도주한 항성일 것입니다."

"그렇군요. 그렇다면 미리 길목을 차단하는 것도 좋겠습니다."

"옳은 결정입니다, 전하. 항성으로 가려면 노성(老城)을 거쳐 영천(永千)을 통과하는 것이 가장 빠른 길입니다. 아무래도 노성보다는 영천에서 부종용을 맞는 것이 좋을 것 같습니다."

"그렇군. 알겠습니다. 그럼 별동대를 영천으로 먼저 보내도록 하지요. 최 부장은 지금 즉시 이 부장에게 별동대를 거느리고 영천으로 가라 하게. 그곳에서 필히 부종용을 잡아야 할 것이네."

"알겠습니다, 전하. 그리 전하겠습니다."

이자성의 명을 받은 최 부장이 쏜살같이 앞으로 달려갔다. 밑에 있는 부하를 시켜도 되지만 중요한 상황이기에 직접 움직인 것이다. 거기다 예전부터 무림에서 명성을 날렸던 사촌

형 최추산으로부터 무공을 배웠기에 경신술도 제법 뛰어났다. 당연히 최선을 다해 달린다면 다른 사람보다 족히 세 배 이상은 빨랐다.

"흠… 무공이란 것이 어찌 생각하면 꽤 유용한 것 같습니다. 이런 악천후에도 저런 빠른 움직임을 보일 수 있다니 정말 대단하군요."

"무공이 대단한 것은 맞습니다. 그러나 모두 사람 나름이 아니겠습니까? 비록 제가 배운 것은 없어 잘 알지는 못하지만 아마 저런 움직임을 보일 수 있는 무림인은 별로 없을 것입니다."

"그렇겠군요. 역시 모든 것이 익힌 사람의 능력에 따라 다르겠지요. 자, 우리도 빨리 가십시다. 최소한 부종용의 얼굴은 직접 봐야 하지 않겠습니까?"

"예, 전하. 당연히 그렇게 해야지요."

따각따각!

이자성과 송 대군사 등은 최대한 말이 빗길에 미끄러지지 않을 정도의 속도를 내면서 영천을 향해 몰았다. 그러나 하늘에 구멍이라도 뚫린 것처럼 쏟아지는 비에 시야가 가려 병사들이 걷는 것보다 조금 빠를 뿐이었다. 마음이 답답했지만 그렇다고 왕의 체면에 병사들과 같이 걸을 수는 없었다. 그저 답답한 마음을 빗물이 시원하게 씻어주길 바랐지만 씻어주기는커녕 가리지도 못했다. 답답한 마음이 고스란히 이자성의 얼굴에 드러나 있었던 것이다.

다른 병사들이 빠른 속도로 뛰어가는 것과는 별개로 영인과 그가 속한 조원들은 걷는 것이 힘들다는 표정을 지으며 천천히 앞으로 나아가고 있었다. 이런 모습을 수뇌부에서 보았다면 호통이 터졌을 것이지만 이자성을 비롯한 수뇌부들은 이미 이들을 볼 수 없을 정도로 앞서 있었다.

"야, 왜 직접 잡지 않았냐? 충분히 잡을 수 있었던 거 아니냐?"

"내가 무림고수라도 되는 줄 알아? 어떻게 그 많은 병사들을 뚫고 부종용을 잡을 수 있겠어? 좀 생각을 하면서 삽시다. 적광우… 형."

"뭐? 적광우? 야! 이젠 광우로도 모자라 적광우냐?"

"형이 날 건드리지 않으면 나도 그렇게 안 불러."

"내가 널 언제 건드렸다고 그러냐? 그리고 조장으로서 그 정도는 당연히 물어볼 수 있는 거 아니냐?"

"조장으로서?"

"그래. 조장으로서!"

"정말이지?"

"그래. 당연하지. 적들이 탈출한다고 소리친 것은 좋은데 도망치지 않고 싸우면서 소리쳤으면 좋았잖아. 그럼 나도 다른 조장들한테 당당히 말할 수 있었고, 이 부장님한테 널 직접 소개시켜 줄 수도 있는 좋은 기회였다고. 그런데 그 기회를 네가 망쳐 놓은 건데, 내가 그런 것도 물어보지 못하냐?"

영도는 정말 아깝다는 듯 자신의 가슴을 치면서 영인을 쳐다보았다. 만약 자신이 그 자리에 있었다면 좋았을 것이라 생각되었을 정도인데, 그런 기회를 놓쳤으니 영인을 바라보는 시선이 곱지 않을 수밖에 없었다. 물론 그런 상황에 있었다면 살아 있을지 의문이 들었지만 그것은 영도에겐 차후의 일이었다. 어떻게든 지금보다 더 높은 지위를 얻을 수만 있다면 그 정도의 위험 정도는 충분히 감수할 용의가 있었던 것이다.

"기회는 무슨. 난 그런 거 바란 적 없으니까 괜히 일 만들지마. 오히려 내가 그런 일이 있으면 거절할 판이니까. 알았어?"

"넌 지금 뭔가 잘못 생각하고 있는 것 같은데 그렇게 살면 너만 힘들어진다. 넌 지금 세상을 거꾸로 살고 있다고. 알아? 굴비를 봐라. 왜 의술을 배웠겠냐? 저 녀석, 집에 재산이 많았던 것도 아니야. 모두 자기가 힘들게 번 돈으로 어렵게 공부한 거라고."

"……."

"굴비 저 새끼! 겉은 비리비리해 보여도 꽤 알찬 놈이다. 저 정도면 의원들 중에서도 상당한 수준이야. 물론 명의들에 비하면 한참 밑이겠지만. 그래도 저 녀석은 자기가 배운 것을 다른 사람들한테 확실히 인정받고 있잖냐. 그런데 넌 뭐냐? 기껏 배운 무공은 사용하지도 않고, 또 다른 사람들한테 인정받을 생각도 없다고 하고. 도대체 인생을 왜 그렇게 사냐?"

"내가 어떻게 살든 조!장!이 상관할 바가 아니잖아? 난 대충 이곳에서 시간을 때우다가 무림으로 갈 거야. 황제가 이기든 이자성이 이기든 상관없어. 수중에 돈이 모이고 난세가 어느 정도 가라앉으면 내가 배운 무공을 무림에서 시험해 볼 생각이야."

"하하, 무림? 무림 좋지. 강호 초출이 청운의 꿈을 갖고 강호를 종횡한다……. 어느 정도 무공을 배웠다고 생각한다면 무서울 것이 없겠지. 거기다 삼류들과 시비라도 붙는다면 더욱 더 자신감도 생기겠고?"

"카~ 좋다. 더욱이 괴한들에 의해 위기에 처한 어여쁜 낭자를 단신으로 구하고, 서로 사랑에 빠져 밤낮없이 불같은 청춘을 태운다. 하지만 낭자는 명성도 높은 명문세가의 금지옥엽 여식으로 낭인에 불과한 자신과는 도저히 어울릴 수 없는 여인. 자신의 사랑을 이해해 달라고 여인의 부친에게 매달려 보지만 돌아오는 것은 시퍼런 검날!"

"거, 말 되네?"

"그렇지? 비록 일류는 못 되도 강호에서 활동할 정도는 된다고 생각했던 자신이 명문세가의 하류검사가 휘두르는 일검에 허무하게 패배를 한 후 개 패듯 하인들에게 얻어맞아 길거리에 버려진다. 더불어 자신의 비참한 모습을 바라보는 사랑스러운 여인… 큭큭, 정말 애절한 사랑이다."

"개~새끼! 거기에 왜 그런 이상한 얘기가 나와? 누가 그런 이상한 사랑 따위를 하기 위해 무림인이 되겠다고 했어?"

"무림에 이런 사랑 이야기가 끼지 않으면 뭐 때문에 무림인이 되겠다는 건데? 내가 예전에 무림인과 꽤 친했다고 했었지?

그 녀석들이 바라는 것이 뭐였는지 아냐? 바로 이런 거다. 여자 잘 만나서 낭인 생활 접는 거. 그게 바로 대부분의 무림인들이 꿈꾸는 이상향이야. 뭘 알고서 무림인이 되겠다고 하는 건지."

"……."

"말이 나왔으니 한마디 더 하겠는데, 무림은 네가 생각하는 만큼 낭만적인 곳이 아니다. 알겠냐? 그리고 네가 아저씨들한테 무공을 배우고 있다는 것은 잘 알겠는데, 그 정도로는 무림에선 제대로 된 명호조차 못 얻어. 그나마 누구라고 이름이나 알려지면 감지덕지. 물론 명문세가나 그에 준하는 가문의 무인들이 볼 때 우리 같은 낭인들은 땡볕에 살려고 발악하는 지렁이로 보이겠지만. 훗, 그들에게 너와 나 정도는 언제든지 꿈틀대면 밟아버릴 수 있는 지렁이라고. 이제 알겠냐? 쯧쯧."

명규의 혀를 차는 소리가 점점 길어짐과 동시에 영인의 이마에 깊은 골이 파이기 시작했다. 하지만 명규는 이런 모습을 보면서도 그만두고 싶지 않았다. 오히려 모르는 척 입을 열려고 했다.

그러나 이미 영인으로서는 참을 수 있는 인내심의 한계를 넘은 후였다. 따라서 점점 창을 잡고 있는 손에 조금씩 힘이 들어가기 시작했고 숨소리도 점점 거칠어졌다. 눈에 핏발이 선 것이다.

적안.

명규를 향한 영인의 시선은 온통 붉어져 있었다.

도길을 통해 알게 된 무림.

우정과 애정, 그리고 약자를 위해 검을 들 수 있는 용기와 정의.

비록 영인이 이런 것을 모두 바라며 무림을 동경하는 것은 아니었지만, 최소한 자신의 꿈이 다른 사람도 아닌 명규에 의해 깔아뭉개지는 것은 용납할 수가 없었다. 조금씩 살의까지 일었지만 속으로 참자는 말을 계속 되새기면서 마음의 안정을 찾기 위해 노력했다. 그러나 그것이 결코 쉽지 않았다. 그렇기에 눈이 붉게 변할 정도로 힘이 들어간 것이다.

영인은 자신을 잘 알고 있었다. 결코 자신이 정의로운 사람이 아니라는 것도 잘 알고, 될 수도 없다는 것도 알고 있었다. 아니, 이야기에 나오는 영웅들처럼 정의를 위해 목숨을 걸고 싶은 생각 자체가 없었다. 무림에서 자신의 위치가 지렁이라도 좋았다. 당연히 지렁이도 꿈이 있고, 조금이라도 꿈을 실현하기 위해 노력할 수 있으니까. 더욱이 배고픔을 이겨낼 수 있는 지금으로서는 이야기책에서처럼 무림에서 서로를 위하며 도와줄 수 있는 친우를 만나고 진정한 우정을 느끼고 싶었다.

검 하나를 들고 서로의 우정을 논할 수 있는 곳.

그런 곳이 바로 무림이라는 도길의 말에 얼마나 마음이 설레었던가?

영인은 명규를 보면서 지그시 아랫입술을 깨물었다.

'이거, 토 아저씨 말대로 해봐? 다시는 기어오르지 못하게?'

간신히 살의를 꾹 누르며 마음을 진정시킨 영인은 이미 죽어 고혼이 되어버린 토씨의 말이 생각났다. 뒷골목 삼류건달들의 세계에 잠시 몸을 위탁했던 당시의 경험담을 너무도 자랑스럽게 영인에게 해주었던 것이다. 그중에 영인의 기억에 가장 확실하게 자리 잡았던 것이 있었는데, 바로 자신에게 덤빈 상대에 대한 무차별적인 응징이었다.

"지금 지렁이라고 했냐?"

"했지. 너와 나, 그리고 저 아저씨들이나 무림에서 비루먹고 있는 낭인들 모두 삼류 지렁이들이지. 알겠냐. 지렁이!"

"……."

"그나저나 사랑도 아니면 뭘까? 흐음… 혹시 무림정의? 훗, 지나가는 개새끼가 다 웃겠다. 네가 정의라는 말과 어울리는 놈이냐? 당연히 아니지. 그럼 또 뭐가 있을까? 우정? 이거야말로 너와는 맞지 않는 말이지. 우정을 알면 네가 날 이렇게 구박할 수 있겠냐? 진정한 우정이란 나와 같은 친구에게 모든 것을 탁탁 털어줄 수 있어야지. 그렇지 않소, 조장?"

"난 그저… 영인아, 난 이만 바빠서 먼저 가야겠다. 나머지 얘기는 명규하고 해라. 알았지? 그럼 나 먼저 간다~!"

"응? 조장! 왜 벌써 가는 거야? 야! 적광우~!"

"……."

"뭐야? 설마 못 들었나? 그럴 리가……. 그런데 왜 갑자기……."

'제길, 좆 됐다.'

명규는 갑자기 등줄기가 서늘해지고 땀으로 흥건한 것처럼

명규는 갑자기 등줄기가 서늘해지고 땀으로 흥건한 것처럼 느껴졌다. 물론 폭우로 인해 온몸이 젖어 있어 땀과 구분할 수 없지만, 명규는 땀으로 목욕을 하고 있는 것처럼 기분이 찜찜했다.

'오늘 확실하게 교육시켜 주마! 다시는 기어오르지 못하도록!'

"명규… 이 개… 새… 끼~!"

번쩍!

우르르르~!

쾅! 콰앙! 콰르르~! 콰아앙~!

"헉! 뭐, 뭐야?"

갑자기 치기 시작한 천둥과 번개.

정말 절묘한 시기에 하늘까지 깜깜해져 영인의 모습을 감췄다가 보였다가를 반복했다. 그와 더불어 시뻘건 눈빛과 싸늘한 얼굴, 그리고 자신을 향해 조금씩 들어 올려지는 창날은 명규의 생각을 굳어지게 하기에 충분했다.

콰앙! 콰아아아앙~!

번쩍!

쾅~!

쏴아아아아~

"오늘 네가 한 말, 죽기 전에 마지막 말이 될 것 같지 않아?"

"여, 영인아, 난 그런 뜻으로 한 말이 아니라……."

"유언으로 생각할게. 지렁이? 그래, 난 지렁이다. 그런데 말이야, 지렁이도 꿈을 꿀 수 있거든. 살아보려고 꿈틀대는 것도 못하냐?"

"아, 아니……."

"오늘! 네놈의 개 같은 주둥이가 떠들어댄 말은… 내게 들려준 마지막 유언으로 알아듣겠다."

"나, 나는… 으아~!"

타타타탁!

"개새끼! 거기 서지 못해!"

번쩍! 콰아앙!

타타탁!

"거기 서엇!"

"으아아!"

명규는 절규와도 같은 비명을 질러대며 앞으로 뛰어갔다. 앞에 다른 사람들이 있어도 무작정 뛰고 또 뛰었다. 뒤를 돌아볼 정신도 없었다. 이럴 땐 무작정 뛰어야만 했다. 영인의 분노가 가라앉을 때까지 무슨 수를 써서라도 잡히지 말아야 하는 것이다.

도길과 악호는 영인과 명규가 앞으로 달려가는 것을 보면서 혀를 찼고, 자신의 옆을 스쳐 지나가는 두 사람의 모습을 본 영도의 입에선 신음과도 같은 비명이 소리없이 나왔다.

벌써 꽤 멀어졌다. 잡힐 듯하면서도 명규가 잡히지 않고 있었다. 그에 영인은 창을 찔러보기도 하고 사정없이 던지기도 했다. 하지만 그럴 때마다 땅바닥을 구르면서까지 자신의 생명을 이어가는 명규였다. 처절했다.

무림에서 최강의 고수들이 서로의 목숨을 취하기 위해 벌이는 것만이 생사 대결이 아니었다. 바로 명규와 영인의 쫓고 쫓기는 이 모습도 충분히 생사 대결이라 불려도 손색이 없을 정도로 지켜보는 사람들의 손에 땀이 흠뻑 젖게 만들 정도로 박진감이 넘쳐흘렀다. 도저히 한시도 눈을 뗄 수 없을 정도였다.

"헛! 이, 이런……."

"아, 안 돼!"

"영인아, 그만!"

"아~"

영인과 명규를 지켜보고 있던 모든 사람들의 입에서 안타까운 비명과 탄성이 터져 나왔다. 그동안 위태위태했던 명규가 발이 꼬이면서 진흙탕에 구른 것이다. 빨리 정신을 차리고 일어났으면 지켜보던 사람들이 안타까운 탄성을 지르지도 않았겠지만 명규가 일어서기도 전에 영인의 창이 더 빠를 것 같았다.

"으, 으아~ 영인아~"

"내 이름 부르지도 마! 이 개새… 끼야!"

"아악!"

영인이 바라던 상황.

드디어 명규를 잡았다는 생각이 들자마자 영인은 명규가 넘어진 곳을 향해 일 장 가까이 뛰어올라 창을 내리꽂으려 했다. 하지만 순간,

번쩍!

우르르, 쾅!

번쩍! 쾅! 콰아아앙~!

지지지직!

"끄아아아!"

철퍼덕!

"끄으으~"

"으… 응? 뭐야? 괜찮잖아? 휴~ 정말 죽이는 줄 알았네. 개새끼, 또 놀렸군! 이 새끼, 어디 있어?"

명규는 이상한 비명 소리에 감고 있던 눈을 살짝 떠보았다. 분명 조금 전까지만 해도 시퍼런 창을 들고 하늘로 뛰어오르던 영인의 모습이 보이지 않았다. 그에 얼른 일어서서 주변을 둘러보았는데 그 어디에도 영인의 모습은 보이지 않았다.

"헉, 헉, 영인아!"

"어떻게 이런 일이……!"

"도대체 이 무슨……!"

언제 뛰어왔는지 명규의 앞에 도길과 악호, 그리고 병궁우와 굴비의 모습이 보였다. 모두 얼굴이 사색이 되어 있었는데, 무엇인지 못 볼 것을 본 것만 같았다.

이에 명규는 도대체 무슨 일인가 하며 사람들의 시선을 따라 자신의 아래를 내려다보았다.

"헉! 뭐, 뭐야? 왜 이 새끼가 여기에 자빠져 있어?"

팍!

"아야! 왜 때려요!"

"조용히 해라. 죽고 싶지 않으면."

"협!"

도길과 병궁우의 살기가 가득 담긴 퍼런 눈빛에 명규는 자신이 평생 한 번도 느끼지 못한 빠르기로 두 손을 움직여 입을 틀어막았다. 두 눈도 감고 싶었는데, 어찌 된 것인지 눈꺼풀이 움직이지 않았다. 마치 순식간에 굳어버린 것 같았다.

"어떠냐? 괜찮냐?"

"굴비야, 회생할 수 있겠냐?"

"모, 모르겠어요. 의식이 있으면 어느 정도는……."

"허, 번개라니……."

"그러게 말이야. 내 생전에 낙뢰를 맞고 죽은 놈을 직접 보게 되다니."

"끄으으~"

"궤 아저씨, 왜 죽은 놈이라고 해요! 영인이, 절대 죽지 않아……."

마치 굴비의 절규에 대답이라도 한 것처럼 진흙탕에 엎어져 있는 영인의 입에서 미약한 신음 소리가 났다. 이에 굴비의 시선이 밝아지면서 빠르게 영인을 바르게 눕혔다.

"아~ 사, 살아 있어요. 살아 있다고요. 영인이가 살았어요."

"정말이냐? 정말 영인이가 살아 있냐?"

"네. 숨을 쉬고 있어요."

"휴~ 여하튼 살았으니 다행이구먼."

"허, 정말 괴사로군. 번개를 맞고도 살아 있다니……."

'번개? 호, 혹시……?'

"허, 내가 무슨 생각을 하고 있는 건지. 낙뢰와 그 심법이 무슨 연관이 있다고, 쯧쯧. 지금에 와서 무슨 미련이 있다고. 흐음."

영인이 아직 살아 있다는 소리를 듣자 악호의 시선이 살짝 이상해졌다가 평상시의 얼굴로 돌아왔다. 하지만 주위의 누구도 그런 악호의 독백과 표정 변화를 듣지도 보지도 못했다.

"녀석, 정말 운 좋았다."

"끄으응~"

"그러게. 운이 좋은 건가, 아니면 운이 나쁜 건가?"

"어찌 되었든 살아 있으면 된 거지. 안 그런가?"

"맞네. 숨이 붙어 있다는 것이 운이 좋은 거지."

"하하, 송 형 말이 맞네. 운이 엄청 좋은 거지. 다행히 번개를 맞을 때 발바닥이 땅과 떨어져 있어서 살아남았지. 그렇지 않았으면 죽어도 백번은 더 죽었을 것이네."

"오히려 그게 더 위험한 상황이 아닌가?"

"그런가? 난 그렇게 알고 있었는데? 흠흠, 여하튼 살았으니 굴비가 어떻게든 정상으로 만들겠지."

"허허."

"제가요? 끄으응……."

굴비의 뜨악하는 표정을 뒤로하고 모두의 시선이 자연스럽게 운 좋은 놈으로 찍힌 영인을 향했다.

정말 악호의 말대로 영인은 운이 억세게 좋았다. 비록 창을 잡고 있던 손바닥이 시커멓게 탄 것 같았지만, 번개를 정통으로 맞고서도 살아 있다는 것이 신기할 정도로 겉모습은 멀쩡했다. 다른 곳은 아무런 이상이 없었던 것이다.

하지만 운이 나쁘다고 할 수도 있었다. 쓰러져 비명을 지르던 명규를 향해 일격을 가하려고 높이 뛰어오를 때 번개가 정확히 영인이 들고 있던 창날을 때린 것이다. 너무도 순식간이라 뭐가 뭔지 모를 상황이었지만, 영인은 쓰러지면서 자신이 번개에 맞았다는 것을 알았다. 땅에 쓰러지면서도 온몸이 마비된 듯 찌릿찌릿했기 때문이다.

천만다행으로 번개가 영인의 몸이 아닌 창날을 때렸고.

마침 번개가 영인의 몸을 향하지 않고 창대를 통해 지면으로 흘렀다는 것.

또한 번개를 맞기 전, 명규를 쫓던 중 넘어지고 구르면서 진흙이 온몸을 덮고 있지 않았다면 결코 살아남을 수 없었을 상황이었다.

영인은 명규라는 재수없는 인간 때문에 번개에 맞아 영원히 인생 하직할 뻔했다. 비록 누구는 자신이 재수없는 인간인지 생각조차 하지 않겠지만.

"젠장, 자칫했으면 번개 맞고 통구이가 될 뻔했네."

'저 새끼, 얼마나 재수가 없는 녀석이면 번개를 다 맞아? 휴~ 이제 전장에서의 운도 끝난 건가? 에이, 하필 이럴 때 번개를 맞

고 지랄이야? 가만, 그러고 보니… 말이 씨가 됐네.'

　명규는 사람들에 의해 옮겨지고 있는 영인을 보면서 혀를 찼다. 또한 앞으로는 입을 적당히 놀려야겠다고 스스로 다짐했다. 영인의 처참한 모습을 직접 보았기에 입을 함부로 놀리면 저런 꼴이 된다는 것을 머릿속에 각인시킨 것이다. 잊어먹지 않도록…….

『토룡영인』 2권에 계속…

Golden Key

박이수 소설

황금열쇠

「달의 아이」, 「붉은 소금성」의 작가 박이수.
그가 또 하나의 기대작 「황금열쇠」로 나타났다.

우연한 만남이란 단어는 그들에겐 존재하지 않았다.
얽혀 있는 사람들… 그리고 피할 수 없는 운명의 굴레!

뒤틀려 버린 운명의 주인공 셰이엔 가이스카 리베 폰 라시에…
한순간 인생이 뒤바뀐 불운의 주인공 듀이 델쾨
그리고… 유일하게 그녀를 기억하는 단 한 사람 이샤무단!

이제 운명의 주사위는 던져졌다.
엇갈린 운명 속에 모든 사건은 하나로 연결된다!
황금열쇠를 차지하기 위한 그들의 위험한 모험이 지금 시작된다.

유행이 아닌 자유추구 ―
WWW.chungeoram.com

Book Publishing CHUNGEORAM

武士 廓優 참마도 新무협 판타지 소설

무사 곽우

『무정지로』,『십삼월무』,『화산진도』의
작가 참마도, 그가 돌아왔다!!

새롭게 시작되는 그의 네 번째 강호 이야기!!

"힘이 있는 자가 없는 자를 돕는 것입니다.
또한 힘이 없다면 돕기 위해 노력이라도 하는 것입니다.
그것이 진정한 협 아니겠습니까?"
"호오……."
송완은 다시 봤다는 듯 곽우를 바라보았고 담고위는
무슨 케케묵은 보물단지 보는 듯한 얼굴을 만들었다.
송완은 살짝 킥킥거리며 웃다가 이내 곽우에게 말했다.
"틀렸다. 협이란 무공이 높은 자의 중얼거림일 뿐이야.
무공이 낮은 자는 그저 그 협을 바라만 보고 있어야 하는 것이지.
그래서 세상은 협사가 널렸고 그 협사의 주변엔 구더기들이 들끓고 있는 거야."

강호라는 세상 속에서 지금 한 사람이 그 눈을 뜨려 한다.
한 자루의 부러진 검과 함께 곽우라는 이름을 가지고…….

- 유행이 아닌 자유추구 -
WWW.chungeoram.com

Book Publishing CHUNGEORAM

운룡쟁전

조돈형 新무협 판타지 소설

雲龍爭天

팔룡전설을 아는가?

북녘 하늘을 밝히는 별의 정기를 받고 태어난 여덟 명의 기재가
한 시대에 나타나리니, 그들의 눈은 삼라만상(森羅萬象)을 살피고
지혜는 하늘에 닿고 웅심은 천하를 덮을 것이다.
그들이 화합을 한다면 더없이 평온한 세상을 이룰 것이나,
만약 그렇지 않다면 피의 광풍이 온 천하를 휩쓸 것이다.

혼란의 시대!! 모략과 음모가 극에 다다른 혼돈의 강호무림!!

이때 하늘이 안배해 놓은 이가 있었으니, 그의 이름 도극성이라……!!
도극성!! 그가 무림에 다시 모습을 드러내는 날,
팔룡전설은 그로 인해 깨질 것이고 새로운 전설이 탄생할 것이다!!

유행이 아닌 자유추구 -
WWW.chungeoram.com
Book Publishing CHUNGEORAM

임희정 소설

잡니하늘로
그러던 어느 날, 그에게 그 '능력' 이 찾아왔다.
조금은, 아름답지 않은 모습으로.

신의 뜻, 그것 외엔 없었다.
신의 영역, 시대의 금기를 깨는 그들의 불꽃같은 삶!

막연히 의사가 되기 위한 삶을 살아왔던 세요 폰 어뷔니트.
인간을 살리기 위해 의사가 되어야만 했던 웨인 파예트.

잔혹한 과거, 어긋난 현재.
그리고 우연히 찾아온 신비로운 능력!
보통 사람들과 다른 존재가 아니라는 것에 대한 증명.

유행이 아닌 자유추구
WWW.chungeoram.com

Book Publishing CHUNGEORAM